本書由河南大學黄河文明省部共建協同創新中心資助出版

◎清代中州名家叢書

范泰恒集

〔清〕范泰恒　著

鄭慧霞　點校

中州古籍出版社

·鄭州·

圖書在版編目（CIP）數據

范泰恒集 /（清）范泰恒著 ；鄭慧霞點校. — 鄭州 ：中州古籍出版社，2020. 11
（清代中州名家叢書）
ISBN 978-7-5348-9488-6

Ⅰ.①范… Ⅱ.①范… ②鄭… Ⅲ.①中國文學－古典文學－作品綜合集－清代 Ⅳ.① I214.92

中國版本圖書館 CIP 數據核字（2020）第 227662 號

FAN TAIHENG JI

范泰恒集

出 版 人　許紹山
策劃編輯　馬　達
統　　籌　劉　曉
責任編輯　高林如
責任校對　劉麗佳
裝幀設計　曾晶晶

出 版 社　中州古籍出版社（地址：鄭州市鄭東新區祥盛街 27 號 6 層　郵編：450016　電話：0371-65723280）
發行單位　新華書店
承印單位　河南大美印刷有限公司
開　　本　890 mm × 1240 mm　1/32
印　　張　11.5
字　　數　248 千字
印　　數　1—1 000 册
版　　次　2020 年 11 月第 1 版
印　　次　2021 年 6 月第 1 次印刷
定　　價　30.00 元

前言

范泰恒（一七〇七—一七七五），世居濟源（今河南省濟源市），後遷居河内（今河南省沁陽市）。小字金頂，長名泰恒，自號燕川。范氏自始祖范深時遷居河内，祖爲范雍，字積厚。父范傑，字子英。

泰恒於乾隆乙丑（一七四五）中進士，遂通籍入史館。乾隆甲戌（一七五四），散館，出宰崇義（今江西省崇義縣）。乾隆癸未（一七六三），罷官。乾隆乙未（一七七五）冬，因病去世。

范泰恒一生勤學不輟，於詩文皆有獨到見解，如其論詩，雖謂『詩本小技』（《書王漁洋〈懷古詩〉後》），但仍不輕忽爲之，提出『三重』説：『重人』『重性情』和『重閱歷』。『重人』即提出『詩品即人品』之論（《周西園詩序》），且謂『夫詩品、人品恒相倖』（《寄衡草小引》）。『重性情』即主張『詩以道性情，而性情不能無觸而發』（《宗人三山詩序》）。『文章者，性情之事。人心之不同如其面，文之不同亦如其心。學焉而各得其性之所近，豈能比而同之哉？』（《關中書院課文小引》）主張『不爲詩，而詩意故自在有觸而發，以鳴其天籟』（《宗人三山詩序》）。即不刻意爲詩，作詩是因爲對事、物或景等心有所感，而不得不作詩以抒發之。『重閱歷』即主張作詩者需要廣見聞，『墨守一室，足迹不能遍天下，强作解事。按古迹而遥揣之，或無病而呻』，只有『奔走南北』後，『一旦爲詩，觸緒興懷，風致自佳。所謂名山大川以助人奇氣者』（《宗人三山詩序》）。范泰恒爲文之暇，亦作古詩，惜已散失無存。

范泰恒崇尚秦漢之文，曾先後師從任處泉、彭西源等。范氏論文，重融會貫通，主張秦漢與唐宋兼而學之，方能『斑斕始出』：『舍唐宋則野，而置秦漢則薄。野，不可爲也；薄，亦不可爲也。……以秦漢培骨力，以唐宋立間架。由乎法生其巧，淳古淡泊，自我作古，蓋不知秦漢，無論唐宋矣。譬如融金寶銅錫而爲之器，斑斕始出。去金寶冶銅錫，而曰：「苟可以適用而已。」即光氣安在乎？』他認爲理想的文，應具有『震蕩飄忽，下筆怪變』之跌宕起伏和『因物賦形，各成一體，不名一體』之流動自然。（《上張南華夫子書》）故其喜用『跌宕』一詞論文論人，如其贊蘇軾：『文忠詩文書法，當時第一。而畫之怪怪奇奇，筆力跌宕，實爲米黄所見推許。然所謂「萬斛泉不擇地涌出者」，豈獨在文耶？』（《上張南華夫子書》）又如評價王筠『身爲女士，不作女士想，跌宕磊落之概，一如乃翁也』（《〈繁華夢〉小引》）。

范泰恒品評古文的主張和古文創作，做到了很好的統一，爲文以『氣盛』見長，或『議論縱横』，或『華贍奔放』，或『有逸氣』，頗有司馬遷、韓愈之文風。李長青稱其：『生長昌黎之鄉，而游歷司馬子長之地。其爲文，雅近二公，有目者所共見也。』此評極切，范泰恒亦自謂：『恒於駢偶之辭，非其所好。自其少時，即愛讀《莊子》《史記》二書。《國策》、西漢、唐宋之文，亦嘗究。心所願學者，則昌黎焉。古詩自漢魏迨盛唐，時亦觀覽。』時人錢維城稱許其文曰：『其議論縱横，氣蓬蓬不可遏；若疾風起山谷，吹雲氣大小絡繹而奔走也；若濟水伏流，遇淺土騰躍而上出也；若珠之走而汞之流也；若大火燎原野，其光赫然，百步之外炙人不可近也。』此評雖不無過譽之嫌，但確實形象地道出了范文文氣盛、文勢疾、文脉伏、文采赫等特點。

范泰恒有古文集《燕川集》，初爲十卷，乃泰恒自爲編次。其編次經過，據卷二《燕川自序》知：『余年三十九……甲戌散館，令江西之崇義縣……到南昌……遂成《燕川集》五卷。後以時增，無倫次，又成三卷。』可知《燕川集》前八卷編次刊刻於南昌。據《燕川自序》：『余年已六十二矣。乾隆戊子五月望日歸自霍山，舟過陳州新站書。』且云：『近且增末二卷。』《燕川自序》一文作於乾隆戊子（一七六八）泰恒六十二歲時，可知後二卷編次時間當在泰恒離開江西崇義後，編次刊刻於泰恒晚年。此後泰恒又斷續成二卷，與前此二卷共成《續集》四卷，因乾隆甲午（一七七四）冬胡泰舒促刊，遂於乾隆乙未（一七七五）刊成。時任陝西大中丞的畢沅曾令大荔縣令陳某助刊，故知《續集》四卷刊成於陝西。

據泰恒孫范照藜嘉慶己巳（一八〇九）重鐫《燕川集》時所作《凡例》，知《燕川集》十四卷先後刊成次序爲：《初集》六卷，《後集》二卷（即第七、八卷），《續集》四卷，《附集》二卷（即泰恒死後，其孫范照藜於乾隆己亥（一七七九）秋補刊泰恒文十餘篇而成二卷，附於《燕川集》後」。《初集》和《後集》并稱《前集》，共八卷，成於范泰恒宰崇義時。從刊刻時間上看，前六卷刊刻於乾隆丙子（一七五六），第七卷刊刻於乾隆壬午（一七六二），第八卷刊刻於乾隆丁亥（一七六七）。從刊刻地點上看，前七卷刊刻於江西會城南昌，第八卷刊刻於安徽霍山縣之衡山書院。《續集》四卷成於泰恒主講同州府講院時，乾隆乙未（一七七五）刊刻於陝西會城西安。

嘉慶己巳（一八〇九）范照藜把《燕川集》之《前集》《續集》和《附集》合并起來，重新編次爲十四卷重刊，即顧起盧重刻本《燕川集》。顧起盧重刻《燕川集》，按照文體編爲十四卷，文凡二百六十餘篇。分别爲：序三卷、次壽序小引一卷、次記三卷、次游記一卷、次論辨解説一卷、次策考傳紀事一卷、次書簡一卷、次書後題跋一卷、次祭文墓志行狀一卷、次雜著一卷。

據范照藜《恩榮恭紀》稱：『乾隆三十九年，朝廷開四庫館。徵求海内遺書，稽古右文之典，度越千古。《燕川集》前六卷恭蒙采入《欽定四庫全書》，應存集部别集類中，并刊其目於簡明書目第九卷内。』《四庫全書總目》卷一八五集部别集類存目録有江蘇巡撫采進本《燕川集》六卷，此當爲范照藜所謂被『恭蒙采入《欽定四庫全書》』之『《燕川集》前六卷』。

《范泰恒集》所載内容以乾隆十年（一七四五）至乾隆二十六年（一七六一）間事爲多，其内容涉及經史之評、詩文之論、歷史之究、山川之慨、書畫之研、家世之嘆等諸多方面，從中不難看出泰恒之學養、襟懷和性情。此外，更頗多賀壽、祭吊等迎來送往之應酬文章，但往往能量體裁衣，於規矩中不失自我面目。綜而觀之，《范泰恒集》文風以氣爲主，以縱横出入，高下頓跌爲用，興會所至，舉筆數百言，一氣往復作數十轉而鋒不頓、神不竭，堪爲古文範式。

此次標點整理以《清代詩文集彙編》第三百三十七册《燕川集》爲底本，系據清嘉慶十四年顧起廬重刻本影印。點校凡例如下：一、本次點校一般采用正體字，盡量不用古體、异體字。對於底本中明顯的形誤字，一般徑於行文中改正。通假字一般不予改動。二、較長的段落，根據文意重新分段。原雙行小字夾注、眉批，今排爲單行小字。三、相關之評語和作者自記，均照録該文後。四、未能確定爲書名、篇章名者，謹慎起見，不加書名號。書名、篇章名表述不準確，能確定爲書名、篇章名者，不做文字删減，均加書名號。如《居官寡過録》《居官寡過之録》等。由於點校者水平所限，點校錯訛之處恐不能免，敬希讀者指正。

目録

卷二

卷三

卷四

卷五

卷八

卷九

卷十

卷十一

卷十二

卷十三

卷十四

恩榮恭紀

先大父一生績學，肆力文章。著有古文《燕川集》六卷，《後集》二卷，《續集》四卷，先後鋟板問世。乾隆三十九年，朝廷開四庫館。徵求海内遺書，稽古右文之典，度越千古。《燕川集》前六卷恭蒙采入《欽定四庫全書》，應存集部别集類中，并刊其目於簡明書目第九卷内。恭誦之下，涕零感激，莫可名言。伏念先大父通籍入翰林，改官知縣。雖一行作吏，未嘗一日敢廢文章。身後遺文，得以上邀睿鑒榮叨异數，實爲歷代臣子未有之遭逢。不惟小臣世世子孫感戴天恩，而先人遺集從此永傳不朽矣。安徽鳳陽府定遠縣知縣臣范照藜恭紀。

原序一

乾隆十年乙丑會試，余奉命知貢舉，覃懷范子無崖成進士。文有逸氣，蓋本古文而爲之者，然未見其古文也，既而改庶常，旋以憂歸。余亦歷任内外，不可常晤。癸酉來京師，頗聞其從事古文。顧范子深自韜秘，自一二師友外，不以示人。人見之，亦不以爲异。甲戌，外用尹江西之崇義，所得益富。丙子，分校鄉試。余男有澳出門下，因以其文集來。閲之，知其成就已卓然，一空前人壁壘。有文如此而不以文鳴，是其所以深於文乎？夫覃懷，一河山之奥區也。天壇王屋，高者矗霄漢，盤礴迴旋百餘里。嵌空玲瓏，稱天下第一洞天。黄河下龍門，至孟津，離山就平壤，澎湃鏜鞳、激宕崩摧。白晝如雷霆，不可休息。而太乙池出天壇下，伏而再現涌泉，爲濟水。貫穿懷孟，以注諸河。天地之文，於是乎大。韓昌黎生長河陽，往來太行盤谷間。文約六經，衰起八代，巍然爲世儒宗，此地氣之助也。

夫山川，亘古不毁而偉人不世出，非天地之氣之或竭也。中州水深土厚，覃懷在山河間，結聚尤堅，精氣不易泄。及泄，而挺特瑰瑋，遂爲宇宙冠。昌黎後數百年而范子出，自其捉筆爲文，即近昌黎。非學昌黎也，使進而不息，其所造復可量哉？且八代之衰，昌黎起之。至南宋以來之衰，明人欲起而卒未能。天地之精、山川之靈，往而必復。復之，必自中州始。昌黎不可作也！起衰者，其猶在昌黎之鄉乎？昔李義山頌昌黎曰『此事不繫於職司』，范子勉之！千古事，其待之矣。乾隆丙子一陽月通家生楊錫紱序。

原序二

河南范君無崖，與予同舉進士，官翰林。其爲人朴率，不自修整，默默不多言。言則斬然，不爲世俗澳涊態。予性喜談，又好爲詞章之學。與無崖同官，落落如也。既無崖出爲江西崇義令，故人自江西來者，每述其治行悃愊無華，有古循吏風。予謂無崖性固然，無足多，然益心重之。己卯，予奉命典江西試，無崖分校《詩經》。同坐起者四十日，貌益朴，言益寡。吾不知古循吏之悃愊無華者何如，觀無崖狀貌，則今日之所謂敏練捷給能吏中無此人也。既竣事，無崖又病，不得一談，獨以其文一卷授予。則見其議論縱横，氣蓬蓬不可遏：若疾風起山谷，吹雲氣大小絡繹而奔走也；若濟水伏流，遇淺土騰躍而上出也；若珠之走而汞之流也；若大火燎原野，其光赫然，百步之外炙人不可近也。慨然嘆曰：『無崖之文至是哉！』向者乃以朴率寡言失之，今夫文章所以居不朽之一者，以其真氣不可磨滅也。

人壽多者七十年，或八九十年，大抵百年止耳。此百年中，生死不可知。然至竟百年而遂死者，其百年之中，固無可以生者在也。孔子曰：『文王既没，文不在兹乎？』文王之聖，而第以爲文。道非文不傳也。然則文章，豈直不朽之一？立德立功，胥賴之矣。無崖之文以氣勝，已得乎古人，不可磨滅之。實其涵養沖融，益進於道而不求勝於氣，蓋必有與年俱進者。而吾獨怪無崖朴率寡言，而文之華贍奔放乃如是。司馬氏曰：『吾意子房必魁梧奇偉，觀其狀貌，乃如婦人女子，不稱其志氣。』嗚呼！此子房之所以爲子房歟？此吾無崖之所以爲無崖歟？其粹然一變而進於道，吾又安足以知之？乾隆二十五年六月既望年弟武進錢維城序。

原序三

歲辛巳，撫軍胡泰舒先生延余主豫章講席。范君無崖適以公事至，握手道故，相得甚歡，乃出所著《燕川集》見示。受而讀之，其文之神味，於太史公爲近。至於氣盛力肆、浩乎沛然，殆造昌黎韓子之堂而嚌其胾者也。余與無崖同年成進士，入史館始相識。其爲人也，淳重敦篤，疆志而婉容，即之也温。偶發一言，簡直而當於理。余愛之敬之，每見益親。然以分肆國書，各專所習，倡酬宴會之事亦稀，余固不知無崖之文之至於斯也。俄而無崖請急歸里，屢遭大故，至甲戌始散館，旋出宰崇義。蓋自乙丑釋褐以迄於今，已十七八年矣。中間事勢之不齊、出處之互异，南轅北轍、天各一方，分離乖隔，不可合并。集中所載，此十七八年間之文爲多。則其得力於此十七八年間者，亦匪淺矣。使爲之而不止更歷十七八年，所造詎可量耶？吾知其必將迴翔臺省，入著作之庭。鋪張揚厲，潤色鴻業，鳴國家之盛，以震耀寰區而傳於後世。文人學士宗仰以爲依歸，如昌黎韓子無疑也。雖然古者有三不朽，立言其末耳。無崖事親孝，篤師友之義。其爲政也，修孔子之廟，養士愛民，訟獄衰息。文固不足以盡無崖也。余資材駑鈍，騖廣而荒不自樹立。童之所習，逾强仕而無成。三復斯編，愧生於中，赧然汗出，懼修名之不立，感勝會之不常。日月如流，内省多疚。挂名簡末，或相托於無窮。余所得不滋侈矣乎？若夫推原山川靈秀之所鍾，剖别其文之同异於古人者，則他序論之備矣，兹不復贅。臨川年弟李友棠序。

原序四

覃懷范無崖先生已刻《燕川集》八卷。入關以來，合前後文成四卷以示余。余嘗恨於此事之難，而深幸先生之爲之更有進也。顧先生每自謂『所詣之淺，牽於應酬，未成一家言以效古人文章報國之義』，然讀其集，序事議論、見識筆力，舉人所難能者，蓋已兼而有之矣。余生於南方而宦游西北，觀其土厚水深、才不易發。間有所發，往往瑰奇絶特，空所倚傍而能自樹立。先生生長昌黎之鄉，而游歷司馬子長之地。其爲文，雅近二公，有目者所共見也。豈心摹手追而至是與？抑生其鄉、游歷其地、得於風土者有同符，故其文不規仿而自近與？嗟乎！文章，公事也。非一手所能推，亦非一人所能掩也。世有好學深思、心知古文之意者乎？可與讀《燕川續集》矣。乾隆乙未五月既望黄岡李長青序。

自序一

余昔手抄秦漢文，都爲一集。謂唐宋以下，無足學也。朝夕諷誦，手不停披。閑一自爲之，馳騁縱横而無法。無法，不知也，然且自負。後見處泉任師，師曰：『生之文，昌黎爲近，且非昌黎。無爲生藥者，曷學之？』退而肆力，則用功少而獲益多。即前所治秦漢，亦覺有端緒。而宋人室家之好，更可窺見底藴矣。嘗上張南華夫子書有云：『以秦漢培骨力，以唐宋立間架，其進也。我用我法，蓋不知秦漢，無問唐宋。』已質之任師，亦以爲然。又嘗辨漢以來經傳之是非真僞，割裂罕通。而漢唐北宋諸家之短長，更較其毫厘分寸。在京師時，就正彭西源座師。師出其公餘常課手抄經傳子史古文，又多吻合也。蓋昌黎謂辨古書之真僞，昭昭然黑白分者，於今誠信。而所爲因文見道，或亦不無小補焉。惟是少之時，没溺於時文。於古文，則肄業及之耳。其壯也，若飲食嗜好之不可離。於古文，則篤矣。而埸屋之事未終，終不免兼營而并騖。夫『用志不分，乃凝於神』，孔子蓋嘗言之而荀子亦云。自古及今，未有兩而能精者。古今人，不相及也。不專，不精。古人且病之，况今人乎？且評騭古人，眼高手生。徒高之，無甚卑論耳，豈遂與古爲徒耶？其後釋褐入史館，竊幸讀書中秘，此志克遂。而丁艱旋里，叠遭大故。始則塵務經心，繼且衣食奔走。疾病糾纏，幾死者、屢如是者又十年。而日暮途窮，一跌難起。不惟伏案常課無望也，而迴憶舊業，如同隔世，荒落益難言矣！夫事非性之所近，不能也；近之而所好不存，亦難望其有成也。近之矣，好之矣，而卒於無成，茫茫終古，此恨何窮乎！雖然，在人者信難必矣，而讀書效古人之文詞以自托於不朽，其誰阻之而泥之者？然余自應童子試，已冠其曹。爲諸生十餘年，食廩餼，貢太學，旋登鄉薦。一試南宫，中乙科，選學博。未任事而成進士，改庶常。迂拙如余無所爲，揣摹求合也，而意外之獲，獲不見難。獨於文章一事，若阻之若泥之。青年有志，白首未逮，倘此中亦有命或鬼神播弄其間耶？不然，近之好之而卒無成，誰實爲之？謂之何哉？

又任處泉師初見余文，曰：『生之文，天骨開張，沿而不止，即古人不難到。進此而閎深肅括，以幾於醇古淡泊，當爲生徐俟之。』而彭西源座師亦云：『此事有十分，然自古九分亦少矣。生已有六分，二分讀書，二分養氣，無患不卓然。善自愛可也。』名師大賢，實慎許可。屈指數十年，一二巨公外，當其顧盼者鮮矣。而微材薄技，克邀激賞。是伯樂之厩、匠石之園，駑駘樗櫟得以混處也。夫駑駘之不能致遠，樗櫟之不中繩墨，自分此生亦已矣。而使伯樂失相馬之明，匠石損量材之智，即不麾之，尚可靦然門墻耶？乃檢舊作若干篇，梓而存之，以志余憾。且使好余之好者，鑒之而勿蹈覆轍也。乾隆丙子十月范泰恒自序。

自序二

古之深於文者不甘易悅而自足，往往自爲別裁以永其傳，而其文遂傳。嗚呼！何其慎也！蓋孫可之因僖宗行在三絶之語，則删其文二百篇爲三十篇。歐陽公之文，所謂磊落軒天地者亦夥矣，而自訂爲《六一居士集》者，所存亦不多。又余座師彭西源先生，詩文數十卷不以刊木。所刊者，皆鄉先生文集。至其詩文，屢事删改，姑以其傳俟後人。其心之虚，而見之大，豈復可於今人中求之耶？余不材，嘗欲追古而從，即師之所以取爾者，亦以其無人之見者存也。自傷未逮，序而藏之，足矣。胡遽刊木爲？嗟乎！余不得已也。不得已而遂已，安可哉？安可哉？今夫果於自信者，妄也；而過於自疑者，怯也。二者皆譏業之不精則均焉。余從事此事，獨行寡侣，無有就正者。每與古人較求，一言之近不可得，旋作旋廢，殊不自惜也。任處泉師見而哂之曰：『子欲去糟粕，并精華亦不存矣。』輒爲别白而定其歸。其在京師寓彭師園，數月未敢以所業進師。將歸而進之，則曰：『嘻！何餒也！早爲商校，即點勘，數日可畢事，今無及矣。』然猶逐篇指示，面爲訂正之。夫閉户造車，出門合轍，必有大匠爲之指揮也。意爲造之而轍之，合者亦寡矣。余初也但爲壁上觀，不敢登壇對壘者蓋已久。得任師以鼓其氣，而任師歸浙十餘年矣！復得彭師以授之方，而彭師去京師旋湖湘又三四年矣！雖曰此事不繫於職司，而妨功害業由於職司者，正不少。况風塵鞅掌，又無人焉。左提右携之流而忘返，豈復知所稅駕哉？夫行百里者半九十，余設心豈遂若是，徒以積其多疑，漸成自怯。請業請益，既無人而坎坷汩没又已甚，蓋大懼。所事無成，不覺中夜彷徨，涕泗交頤也。抑又念心追古人，不必迹侔古人也；與聞師訓，不必僭擬師事也。蓋已精者，益求其精而或以永其傳、或以俟其傳。當其未精，事在勉强，又宜熟計而審處也。藏之篋笥，不論不議以避近名之嫌，則可耳。所謂未逮者，終不能逮。其貽戚，可勝道耶？且天下，亦大矣。好學深思、心知其意者，當吾世豈少也哉？吾無與爲質，而將以求其質也，庸知其他！丙子季冬泰恒再序。

自序三

燕川者，盤谷間村名也。列峰屏其北，昌黎云『長崖巨壁』者是。南則岡陵漫衍如依附，蓋兩山相盤也。其東界沁水，即方口。横斷兩山，不通舟楫。所謂『溪深不可渡』者，蓋猶信。西抵靈山，始有樵路。王屋、天壇峙西北，山益深，益與世隔矣。中多水泉，可灌田，亦可豢魚鴨。灌已，仍伏地流，不外及也。山半泉涌，松竹掩映。間爲盤谷寺，旁祀昌黎，實李愿舊居云。第『天井溢如長劍』者，無從覓，或屐齒未到耶？抑昔有瀑布今無耶？草木茂如故，居民漸有。然自吾族聚處外，他族亦不多。以田以漁，不關人世事。不讀書，亦鮮識字，更不知時會遷移、仕宦升沈狀。庚申授徒濟源，入訪之，則争問遷河内幾世、生聚若何、生業復若何，相嘆也已。復相笑留余，不可，則逾南岡，止許村。回望兩山，高下積叠，白雲瀰漫，即不知此中是何境界矣！昔以爲號，今復名吾集，觀者亦可知余志也夫！丁丑除日燕川居士范泰恒書於豐城舟中。

自序四

乾隆三十九年冬，撫陝畢，大中丞促余刊《燕川續集》。逾年刊成而序之曰：

余之於文，蓋終身病其未至也。己未信，何敢質諸人？顧見而好之者，或不乏。先是，江西大中丞胡泰舒先生，見余文於京師。到豫章，索刻本。再催，始應其命，爲《燕川集》五卷。後又增第六卷。解組寓南昌，門生輩恐失近作，爲之刊第七卷。講課江南之霍山，同年程峃堂代刻第八卷。不能藏拙，徒增愧恧也。入陝以來，屢邀賞於當道諸名公。大中丞弇山公尤嘉予之，而命刊之。并飭大荔令陳君助剞劂費，續集四卷，又哀然成帙矣。

夫文章，一技耳，無所當於古之立言也。而其遭逢之難，或异世而相慕，或日相接而不知。幸生同世，又或賞於尋常之侶，大賢君子求一顧盼而不可得。即云知，亦何足貴？乃前後兩大中丞，獨索我於形骸之外，殷勤督刻，以成其美。余無古人之文而意外之知遇，雖古之有道而文者，或未之逮也。豈非余之厚幸歟？其幸也，抑又增余之愧歟！乾隆四十年九月九日覃懷范泰恒書於長安之寓舍。

附札一

使者返，日取尊稿讀之：其間濃淡奇正、高深繁簡之法，各極其妙者。體裁不一，底藴難窺。僕本鈍根，加以近年學業荒落，捧覽之餘，實增愧悚。

伏念閣下以一代作者，殷殷下問，安敢以狂瞽之故而匿短於知己之前？閣下文氣厚而筆能高舉，前輩任處泉先生以爲似昌黎，誠篤論也。然細案之，其中亦有紆徐委婉似歐陽永叔者；亦有刻削巖峭似半山者；亦有走筆疾書浩浩落落如長公者；亦有高明疏暢如老泉者。八家文體，大約獨無似南豐、子由二人者耳，其故何也？蓋南豐之文，緩而近迂；子由之文，渾而近弱。閣下文以氣爲主，以縱横出入高下，頓跌爲用。興會所至，舉筆數百言，一氣往復，作數十轉而鋒不頓神不竭，故於二家不相入也。其餘各家之長，忽然湊泊筆端者，往往而有。然則任公所謂神似昌黎者，亦不盡然也。沿而不止，古文一席，當斷斷乎屬之覃懷矣。

天氣尚熱，舟旋，惟强食自愛。何時來省？若有旬餘之留，望遣一使召我。家冗可撥，即當謀江城聚首之歡。使者匆匆，不盡所言，幸察不具。年弟余騰蛟頓首。

附跋一

山川鬱紆奥衍之氣，積以待人。非其人，非其文，不能相抒發，則仍鬱紆奥衍於烟雲香藹之中，而面目不開。吾崇義自設縣以來，幾三百年。抑塞掩蔽，亦久矣。覃懷范無崖夫子，素以古文著史館，出宰吾邑，初不言文也。前大中丞胡公知之深，索其文，始次第成集，得七卷，計百三十餘篇，屬西江者半之。今因吾黨之請，復取其中有關風土文治者，别爲《西江藝文》，而夫子自道，則曰『區區文章，不多也』。

今夫文章，末也；政治，本也。文歉，於政陋矣；政不足，於文抑又飾矣。由其文，想其政而窺見其殷勤不倦之心，則本末交著而山川之面目亦豁然而顯。嘗怪柳州謫永，其所作諸游記，冠絶今古。獨於人民政事，無所干涉。即昌黎在袁州，滕閣一記外，文亦不多。所謂蓄道德而能文章，果何從窺其底藴耶？此册，文雖少。然觀其文，知其所爲：修廢舉墜、浚源瀹流；固風氣、培人才、振學校、興利賴、布置方隅形勝，爲前此所未有。其爲我崇人經營慘淡，爲何如？其視徒以文章鏤刻山水者，又何如也！抑英千嘗慨吾邑文獻無徵、舊志簡陋，而夫子亦以未暇修輯爲憾。然山川人物之奇，何莫不自此開耶？後之讀者，可以勃然而興矣。崇義受業朱英千謹跋。

讀《燕川集》六則

大人云：吾先子孝友之行，式於閭鄉。余好文學，實愧前人。顧研述經史，猶或有裨世宙。應酬文字，抑末也。故生平所作不自信，亦不示人。頃以胡大中丞命，勉强付梓，非本心也。觀者即其所已至而求其所未至者，則幾矣。

又云：人有真性情，乃有真文章。無病而呻，不堪一唾。或戲曰：『君凡作事，皆因文起。』應之曰：『言立而行，從之亦勉强，爲善之端也，孰謂文藝虚車乎？』

又云：文章之事，低者由流溯源，高者則由源逮流。雖曰人事，豈外天分哉？余幼年泛覽秦漢，苦無畔岸。味昌黎，始有入手處，然更下不得也。柳、歐諸公，挹其精華可耳。此言罕信，讀是集者自得之。

又云：昌黎《淮西碑》，經涉旬月不敢下筆。而子瞻則謂『不擇地皆可涌出』，此二家高下所由判也。大人凡題到手，構思或數月，或數日。一旦會心，拈筆疾追，猶且徘徊却顧，數改而後定。雖文從字順，其經營何慘淡也。

又云：作文字，最忌預設意見，立間架。預設預立，必無生氣。試觀山窮水盡，自有雲起。

思入，不患不妙來也。凡所作，隨手曲折。即初想或不到，然非强爲也。矜心作意，終未之逮。又云：火以相附而明，土以獨生而茂，吾中州人嘗云爾。然商邱侯朝宗，有賈徐諸人商校之。襄城劉芳草亦伯仲間，自爲師友。余壯年，猶莫適從。不得任處泉夫子定其歸，與彭西源座師、余曦庵同年相參考，則亦廢然矣。小子志之所自，何敢忘！男榗謹識。

凡例

燕川，村名。在濟源縣盤谷間，見韓昌黎《和盧郎中送盤谷子詩》。先大父游其地而愛之，取以自號。刊古文，遂以名其集。云《初集》六卷，宰崇義時，乾隆丙子刊於江西會城。壬午，復刊第七卷；丁亥，主講安徽霍山縣之衡山書院，復刊第八卷。共爲《前集》。《續集》四卷，主講同州府講院，乾隆乙未刊於陝西會城。是冬，先大父弃養。尚有未刻文十餘篇。藜於己亥秋補刊之，附《續集》後。惟是前、後兩集，板片不齊，《前集》刷印五十餘年，字頗模糊。今合兩集爲一，重刊之。計文二百六十餘篇，編次十四卷。先大父一生著作庶無遺缺矣。

《前集》初刊六卷，清江楊勤慤公爲之序，己卯同年錢文敏公典江西鄉試又序之，辛巳同年少司空李西華先生又序之。《續集》之序，則同州太守李松村先生所作也。先大父《前集》有自序三、《續集》有自序一，《前集》有附存同年余曮庵比部札一、崇義門人朱英千跋一，今皆彙刊於卷首。

古人文集，有編自門下士者，亦有手自删定者，大率皆不用圈點。若後人選前人文字，則用圈點，所以示文法也。然前輩文集，亦有用圈點者。如寧都《三魏集》、商邱侯朝宗《壯悔堂集》、嘉定邵子湘《青門集》、遂安《毛會侯集》、桐城《方望溪文鈔》，皆細加圈點。海内無非議者。《燕川》兩集，經師長前輩如任太守應烈、彭尚書維新、胡中丞寶瑔、秦廉訪勇均，諸公朋儕同年如錢少寇維城、李少空友棠、余比部騰蛟、李太史英、趙太史秉忠、顧太史汝修、畢中丞沅、張大令生馨、楊大令鸞諸公，各有評點，以故付梓時，仿照侯、魏、邵、方諸家集例，悉載圈點。近日有謂爲非古者，今悉去之。後世有子雲，自知子雲文章之流傳，原不藉圈點也。

古人文集，凡有圈點者，必有評語。亦有不用圈點，而僅載評語者。良以評語有論其文者，有論其事者，有參互考訂以質疑者，非如圈點之可悉删也。集中除自記十餘條全載外，評語中取其有關係者約録六十餘則，然亦僅十之一二云。

《燕川》兩集皆分體。《前集》序記論傳各體外，列『雜著』一門；《後集》雖分體，而稍有不同。又簡跋書後，有太短者。或謂當另爲一集，然前輩如王漁洋、朱竹垞、施愚山諸家，未有不編入正集者也，今從之。

原本兩集分體，次序不一。今首列序三卷、次壽序小引一卷、次記三卷、次游記一卷、次論辨解説一卷、次策考傳紀事一卷、次書簡一卷、次書後題跋一卷、次祭文墓志行狀一卷、次雜著一卷，以類相從，庶便於閲者云。

原本行間凡『國家』『朝廷』等字空一格、『御詔』等字空二格，用漁洋、竹垞諸家集例也。今仿楊勤慤公集例：凡應空一、二格者，另行頂格寫；其當空三格者，皆高出一格寫。益昭敬謹云。孫男照藜謹識。

卷一

《論語》論文序

今四子書，義揭日月，欲增一解不可得。而學者成童以往，口講指畫不再思而已明。從此代言應試，日求工於語言文字以求一當。復使之紬繹聖籍，將勢同嚼蠟而思去之。然舍此一二，讀書作文之人又不可以誘進於大道也。則且因書論文，就其所從事者，使之循其本，或庶幾心領神會於開示之下。而必曰屏去文法、坐證了義，又或傳習於土羹木飯之語録以求生活。嗚呼！文章不達、性道罕聞，而躬行又不足言矣。《明史》謂性理，襲宋元之糟粕，二百七十餘年無專門名家之學，則制藝使然。然卑者逐於文藝而由糟粕契精華，因文見道，高明者固資善誘之方也。昔兩漢去今已遠，其事迹反熟於魏晋而後。蓋其文美，故其事傳又近，入選《國策》，名曰去毒。舍其文不忍，又恐駸駸乎入其室而不自知，紬繹聖賢之籍而駸駸乎入其室而不知，固事之急相待者也，獨文也乎哉？且即以文論，《論語》之文高簡蘊藉，即《大》《中》《孟子》不逮也，善學者自得而已。

《大學》《中庸》論文序

《大學》《中庸》章句遵朱子，而十三經、《禮記》原文頒在學宫，亦未嘗禁人誦習也。昔王陽明首重《大學》古本。近日李厚庵、華半江咸有注，而王若霖集成之。《中庸》古本并多遵者，批郤導窾，則王若霖獨有力焉。夫有德必有言，而無言或未必有德也。性道固罕聞，而文章亦未易言也。聖賢立言至文，以生執後人之見以繩前人之文，有不可通，闕疑可也。况以意逆志而昭晰無疑者耶？且夫古人之文，其不易測也多矣。隨手之變，變化無方。其不可以後人繩之，明矣。《大學》之前幅、《中庸》之後半，其尤神妙難言者，即章句，言皆至當。而旁見側出，可以廣義；旁推交通，可以考文。豈朱子必以爲否耶？今夫天不止容光，而容光何莫非天？地不止一泉，而一泉何莫非地？河海不止細流，而細流何弗歸河海？故容光測天，天弗秘也；一泉驗地，地弗惎也。以細流投河海，河海弗遺也。而必曰『由吾所見』，乃天地河海焉，豈通論耶？况頒在學宫，原本不廢，恐不可束之高閣矣。今朱子《章句》，家有其書，不具論，論《禮記》，白文於是乎序。

《孟子》論文序

孟子，願學孔子者也。學孔子者，不襲孔子者也。蓋自曾思之書、氣、體，已异孔子。而私淑孔子者必强之。襲孔子則必入於鄉愿而後可。夫不變者，道也；日變者，文也。文以闡道耳，而辭氣之隨時遞遷者，其不同，不害爲大同也。《孟子》七篇言仁義、言性道，何一不由曾思以溯孔子之傳？然好貨好色無害乎王。山木湍水可以論性，豈故爲是恢詭譎怪、類乎蒙莊之言以炫世哉？蓋春秋時王道缺微，列國名卿尚知説《禮》《樂》而敦《詩》《書》，故莊言格論可以直陳。值處士横議、人心陷溺之時，天下之人已不知共主之宜尊。而功利食色之説，中於隱微而不可奪。當斯時也，復舉正心誠意、帝典王謨以投之，持方枘入圓鑿，不能入矣。而所謂納約自牖者，豈此之謂乎？夫隨時處中、因時立言，一而已矣。《道德經》簡直高古，而蒙莊則馳騁飄忽，不可方物。蓋文章之變，時代爲之，不以理限也。王通《擬論語》，宋儒以爲僭。而其語録之作，一切以方言俗語爲之。自孔子、曾思、孟子以來，有此文體否乎？襲古不可以立言，而不文又不可以闡道。聖之時，文之時也，述《孟子》之所述者，可以觀矣。

《周易》論文序

御纂四經、三禮，於今大備。同文之治，亘古爲昭。《周易》既復古經，而取士仍用今經。次序尊古便時，甚盛意也。謹按：折中凡例云費直初變古制，時彖象傳猶附經後。至王弼而大亂，則坤以下諸卦，先經后傳，宜照乾卦之例。況《易》《詩》皆用韵而彖象傳尤顯而易見者。且比事屬詞、意義文法，殊可觀玩。一經分裂，義法涣然矣。又每卦彖傳全而象傳獨裂岐而二之，又豈尊聖傳而不敢妄作之義乎？夫《易》之同乎《詩》，又不徒用韵已也。古人有不能直言之隱，則托物曲喻以寄其志，故多寓言。而理數之藴之不能舉似者，則假一象以傳之。《詩》不可溺辭以害志，《易》不可執象以盡意。其體殊，其義一也。然繹其辭、逆其志、玩其象、得其意，考音辨義，獨不可誘進於大道乎？且《易》之爲書，自無之有，又自有之無。由有象之《易》以探無象之《易》，即卦爻彖象俱化矣。而當其始基，則豈能離象以釋意、離辭以測象、舍其音韵而通其辭哉？至文言傳，宜在繫辭之後，以全《十翼》之舊。斷不可易而上，繫『鳴鶴在陰，自天佑之』以下。各條下繫『憧憧往來』、各條『湛甘泉』，謂以類相從，宜附文言之後者，亦近是而可從矣。無戾今之習，而不倍古之實。諸經皆然，獨《周易》乎哉？

《尚書》論文序

學者屈首受書，不辨古書之真僞。矜講學、事訓詁，名爲遵古，其實悖古，然而無怪也。彼拘促秦漢而後，於唐虞三代，不能考其時勢、察其風尚，妄欲辨黑白而定一尊。或事删改纂補；或茫然昧然、一概信從。嗟乎！古聖既往，不能起而告後人文字源流。昭晰者鮮，又安能强之使辨哉？而依口學舌、不啻矮子之贊嘆，又卑卑無足與言矣！《尚書》二十九篇，傳自伏生。遒古沈厚。體雖不一，而義藴、文法，居然四代法物也。梅賾所上僞古文，去其所襲古句古字，則平順淺近，四代如出一手，亦不再觀而決。不獨朱子疑之，吴才老、吴草廬、歸震川、郝楚望、徐退山諸人辨之也。夫秦火而後，《易》以卜筮存；《春秋》以口授傳。三傳迭出，亦完無缺；《詩》以歌誦，幾幾乎全；《儀禮》《周官》或傳或補，舊籍猶多。獨《禮記》多秦漢人補凑而成，然亦昭昭可按，不得混淆也。典籍亡矣，能存十一於千百，皆可寶貴。即有造作補綴者，言苟有當，功亦首庸。而必冒古人以欺後人，售欺者無論矣。而甘受其欺妄、事信從，獨何爲哉？獨何爲哉？夫有子之言似夫子，曾子尚不肯從諸子以事之。遇優孟之衣冠，遂降而從弟子之列，又豈所以尊聖耶？夫信以傳信，疑以傳疑。不以今冒古、不以古廢今，蓋讀書自有權衡也。今以伏生原本爲主，而出自晋人者附之。其中精神凝聚、斐然可觀者，亦并取之而見一二。心性語、經濟話，奉爲衣鉢，轉相傳述而不可破。嗟乎！人各有面，吾能比而同之耶！

《詩經》論文序

歌咏之文，文之一體也。然國家治定功成、禮明樂備之後，爲臣子者，鋪張揚厲、被之管弦，俾宏庥配天而無極。或追溯化源、勞民勤事之迹。言之不盡，而反復咏嘆之。蓋歡愉之辭，非聖人不能工。或有所刺譏，亦悼喪亂而扶雅道，非僅垂空文以自見也。嗚呼！作者難，即論者豈易哉？自後世以應酬風月之故視詩，又設爲文章窮而後工之說，轉相仿效，牢不可破，豈得有詩乎？且登高作賦，可以爲大夫誦《詩三百》，可達於政，其用亦大矣。豈徒屏絶人事、吟咏於寂寞之鄉，以成一家言耶？

夫論《詩》，貴尋其本，不在區區章句間也。其祖父承天眷，闢草昧以肇王迹。而丕丕之基，後人更光大之，傳之《雅》《頌》，可考而知。而列國政治之得失、風俗之貞淫，爲法爲戒。言者無罪，聞者知感，蓋探其源流而詩可得，亦究其流，極不反之勢而力挽之。古則其源亦可追而復也。朱子《集傳》，《雅》《頌》《國風》前綱領、後總論，不可不玩而辨。其賦、比、興之體，誇多於鳥獸草木之名，又其次耳。抑《書》以道政事，故多質言。《詩》以備諷諭，則多隱語。逆志以意，非可執辭以害也。自朱子削大、小《序》，後人遵之。夫大、小《序》即非昔賢之作，而揣時度勢、尚論者所不廢也。寓言十九，隨人領取，豈得以《書》序例之乎？

《禮記》論文序

《禮記》之文，有周、有秦、有漢，其説有醇有駁，其辭有簡有繁，有冗漫複踏之不同。蓋論《禮》之書，非《禮》之本經也。全經亡矣。《儀禮》十七篇，止《士禮》，缺者尚多。而《周官》，則一代之官制耳，亦非《禮》經也。夫《易》以卜筮存；《春秋》以口授著；《詩》大備而稍缺；《書》缺或僞作，然伏生所傳自真也。獨《禮記》雜而無統舉，非孔氏之舊。即醇如《大學》《中庸》，亦非《禮》之本經也，胡號以爲經而與《易》《詩》《書》《春秋》并列耶？然秦火後，書缺有間矣。苟有補於聖籍，便於誦習，所謂執禮，亦其基也。全者既不存，存者又過爲抉摘，與諸經較其分寸毫厘之差，而大小益無所由矣。昔韓昌黎欲削荀氏之不合者，附於聖人之籍，識者韙之。夫删其不合，則其合者固自可存，且可爲作聖基。今記所存，合於孔氏亦多矣，獨不可援其例以待人服習耶？夫漢唐以前經，患不傳；宋元而後經，又患不辨。然則好學深思、心知古人之意者，蓋古人望之矣。且《周官》亂自王氏、劉氏，今别其僞，而其真者益知爲周公之舊。記之真僞，姑不深考而醇駁不分，豈所以衛大道而定信從哉？夫分之當何以，曰：『其文具在，細論之而已。』

《周官》論文序

《周官》與《尚書》相表裏，《尚書》綱而《周官》目。一經一緯，治天下之大法備矣。漢以前本名《周官》，後名《周禮》，今定爲《周官》，遵聖制也。余少時，見家内舊藏《周禮》，初視茫然。再四觀之，覺可好，然猶恨注解未詳也。前入史館，見同官有校正『三禮』者，取閲之，益復欣然。今且裒然成書，頒之學宫矣。昔唐太宗問三代損益，何者爲當。魏徵以《周禮》對太宗曰：『《周禮》，真聖作也。但不井田、不封建、不肉刑，而欲行周公之道，恐不可得。』夫求王道於唐虞三代之書，心法既端，治法可舉，本立而末張，舍《周官》，無以也。然古今無變道之實，而有改制之名。琴瑟不調，解而更張。即聖人之法，豈能久而無弊？而可膠柱鼓瑟爲乎？夫舉冢宰之職而通之，則内外相維，因材器使，即郡縣可也，何必封建？舉大司徒、大司馬之職而通之，即農安於畝、兵安於伍，農出財以養兵，兵出力以衛農，亦可也，何必井田？舉大司寇之職而通之，法律相維，明慎用之刑，可明而教。可弼也，何必墨劓剕宫以復肉刑而民命始全？蓋得其人則治，漢唐可以爲三代；不得其人則亂，彼托經術以誤國家，又不止三王矣。且治天下，猶操舟。而《周官》，其柁也。從流而上，柁不易而大川可濟。柁失，而舟子無所施其力。莫適其主，其不覆舟也幸耳。夫天子者，有天下國家之責；而庶人以上，亦有承弼天子以奏治平之義者也。修身爲本，《尚書》備之。而行《周官》之法，即好惡同民，而絜矩之道得矣。列之學宫，既令師弟子講而明之。倘著爲取士法，與諸經同科，人才出而大化成。雖唐虞三代至今存可也，而又何羡乎貞觀之治哉？

《左傳》論文序

古者經傳各自爲書，《周易》《春秋》皆然。費、王亂《周易》、杜預亂《春秋》，割裂不通，識者恨之。然程子因今經作傳、朱子因古經作本義，亂而未盡亂也。今《周易》盡復古經，蓋亂而復正矣。獨《左傳》割裂如故，無與是正者。近年俞長城因論文，稍復其舊。而又類經於前，如文章體。夫割傳附經，不可也；撮經以從傳，又豈所以尊經乎？前在都中，見彭西源夫子《春秋》《左傳》讀本，上格書經，傳則詳於下格。雖非古制，要其便於觀覽，亦不悖古人也。夫經學不明，趨時者取爲文料，不知裂古之爲非。而講學之徒，但事訓詁，亦不知文氣之不貫也。千古憾事，孰從而正？夫《春秋》綱而《左氏》目，固也。然目必具首尾，實開史傳之例。截首去尾，分隸各年，而妄爲先。經起傳後，經補傳之説序事，文法一概不講。襲陋承訛，直至於今。豈大惑果不可解耶？且《左氏》之長在序事，辭令次之。貪説書而衍卜筮、排句迭承皆其病處。昌黎云『左氏浮誇』正在此種。去浮誇而講序述，乃成史裁。太史公得其一二。超卓千古而其所自出者，反無與賞奇。其謂之何？嗚呼！秦火後，《左氏傳》獨全而最後出。立之學宫亦較遲。方顯於漢，而晋人復亂之，杜預注《左》之功，豈敵其裂《左》之罪乎？今欲求彭夫子本不可得，輒以意仿其體裁，庶《左氏》復開真面。勿令好古者快《周易》之復舊而獨悼嘆於《左氏》也。於是乎序。

《老子》論文序

老子之文簡古質直，視《莊子》之恢奇變幻不侔也。然《莊子》易識《老子》難知，是以好之絶少而溺其教者又不達其文之妙也。夫文章遞變，即聖賢莫之易。《論語》之簡而蔚，《大》《中》之整而暢，《孟子》之醇而肆，精義則一，而文實不同。蓋義由人闡，而氣隨時移也。生中周之世，欲如太古之無事，老子之術則過矣。而其文之高古，即《論語》莫加焉。故《老子》爲《莊子》之所自出，要豈《莊子》所能及乎哉？然論古者從源而流，而追古人而從之，則自流而源，不得《莊子》之奇肆，而遽欲從事《老子》即木强之態，索然無味矣。且文之繁簡，各成其體。繁者之不必簡，猶簡者之不必繁也。今之論古文者，不考時代諳風氣，動欲取古人而删之而易之，而矮子觀場，又從而附和之，又何怪改《孝經》、易《大學》、支解《中庸》而疑《孟》删《孟》者之紛紛耶？蓋鳧脛雖短，續之則憂；鶴脛雖長，斷之則悲。人之巧，能代造物者之拙乎哉？執《老子》以例《莊》者，可以思矣。

《莊子》論文序

《莊子》者，文之至者也。内七篇不可不讀；外篇、雜篇，有可全讀、有必不可讀、有可擇段讀。然段必具首尾，不可擇句，更不可溺宗旨而忽文氣。蓋《莊子》者，文之至者也。文自虞夏而後，至周大備。周由西而東而戰國，遞變而至《莊子》，奇幻極矣：能走、能飛，更無可開之境矣。龍門昌黎議論之文得其神氣，故蹊徑幾不可測。東坡得其縱，然其神力轉換處，他家不逮也。夫得魚兔，或忘筌蹄；而魚兔無得者，又妄事逆意而指示人以筌蹄。此何异以瞽導瞽、以聾導聾？夫以瞽導瞽、以聾導聾，豈足與乎文章之觀鐘鼓之聲哉？余嘗承教任處泉夫子，識内七篇之妙。又以所會心者，别裁其餘。不拘宗旨，但論文氣，而《莊子》之文之可讀者已無遺。其不可讀者，勿徒廢日而逐其流也。夫心之所識，口不能盡言也；口所欲言，筆不能盡書也。由筌蹄得魚兔，又或不筌而自得魚、不蹄而自得兔，蓋目明耳聰而文章鐘鼓具是矣。世不乏高明人，其旦暮遇之耶？

《列子》論文序

《列子》八篇，視《莊子》之文校質實，朱子嘗云爾。然恢詭譎怪、不可把捉，文氣終遜《莊》也。而精言約旨，原出《老子》而更暢矣。夫《老子》五千言，以退爲進、以下爲上，挾術任數之書也。而以爲致虚守寂，誤矣。《莊子》乃離事自全，《列子》亦然。與《老子》同而實异也。説者謂虚無之後，流爲刑名。申韓得老莊重己而輕萬物之術，遂以刑名顯。豈知挾術任數，申韓老子固一家眷屬也。而以刻酷之術入《莊》《列》以作始之罪，豈不謬哉？夫聖人之道不明，雜家紛出，何足深辨？而文章之出奇無窮，《老》《莊》而外，《列子》固可觀玩也。餘子雕鑿澀索，有語言而無筆力，又可與三子并乎哉？

古文讀本序

余録《莊子》、《國策》、《史記》、西漢唐宋諸家之文，都爲一集，厘爲十二册。而序之曰：洋洋乎大觀也哉！今夫山肇於昆侖，衍爲嵩、華、衡、恒、岱，而天台、雁宕、匡廬、王屋、九疑諸名勝，其支派也。今夫水源發星宿而江漢淮濟，則中華之巨浸。其洞庭、彭蠡、伊、洛、滹沱、桑乾之屬，又其分流也。今夫人堯舜尚矣，禹之拯溺、湯武之放伐，功於是爲盛。若漢祖唐宗與明祖，英武天授，以力相服，亦考鏡之林也。夫登山不昆侖、涉水不星宿；爲人不若堯舜，近矣而未至也。然昆侖高則二千五百里，日月相隱避其下爲星宿，黄河出焉。而張騫之所見，果真昆侖星宿耶？言人則軼三王、溯二帝，而操懿新莽襲爲禪讓，果真揖遜耶？嗚呼！其蔽矣！抑或謂漢唐即三代。而明德之迹、順天應人之舉，不復睹矣。游天台、王屋諸洞天，視爲莫加。彼坐如岱，卧如嵩，立如華，遠若衡、恒，無復更歷矣。不觀江河之廣，且大不知天限南北也。而北涉桑乾、滹沱、伊、洛，南渡洞庭、彭蠡，且謂睹難窮而旋其面目焉。夫務廣者，荒也；見小者，隘也。乘雲氣、馭飛龍，以游四海之外，安得旦暮遇而决起而飛？搶榆枋時不至而控於地，蜩與鷽鳩笑大鵬，適爲大鵬笑也。嗟乎！不及猶過也。道固如是，文何爲獨不然？今夫《易》之奇、《詩》之正、《書》之渾噩、《春秋》之謹嚴，非文也，而文特至。《左氏》《檀弓》《考工記》《公羊》《穀梁》，博奥誚冷，奇崛萬狀。實事也，亦妙文也，然去人實遠甚。夫經則昆侖，而諸子亦其片玉也；經則星宿，而諸子則其始達也；經則帝德、無爲而垂裳，而諸子亦九官、十二牧之勷贊也。夫隨山導水，《禹貢》爲信。而紀山，始積石，弗及昆侖焉。導水則江淮河沇，不探星宿焉。且帝德難名，而王功可紀。夏商周之制作昭昭也，奚待他求乎？昔漢武爲張騫誤，而信玉石河源之説。魏晋新莽之世，或推戴、或頌功德，當時莫辨。凡此者，後人笑之。乃笑之而不鑒之，其貽笑可窮乎哉！夫經傳渺矣，非曰不必本之而參之，背柳州之所述也。承弊易變，近而易行，勢不可復軌耳。且夫是今者非古，矯枉者過正，逆流誠難也。而從下而不知返，弃柁廢楫，欲登彼岸，能乎哉？明初，若宋、方諸公，體未具而文故成家，厥後王、李、何、李，自謂不讀秦漢以下書，其失也僞。自陽明、震川、荆川、遵岩諸人起，原本八家，郁郁彬彬。而終之者，艾千子也。自是厥後，文軌大同。迨國朝而侯朝宗、魏叔子、汪鈍翁，亦不失故步焉。夫三王之道若循環，忠之弊以野，野之弊以鬼，文之弊以僿。而救僿，又必以忠，豈不知蹈常習故之可樂哉？前人沿流而逮末，後人逐末而忘本。不與更新，胡能善其後？蓋商彝、周鼎歷年久，斑斕出，識者鑒之自僞。鼎彝之受欺也，謂不若田家瓦盆、市井鍋器之便於用。夫閭巷誠便矣，是豈可薦之郊廟、登之天府哉？前在京師，見内府將造供器，命詞臣能畫者彙進各式而工鐫之。然後知古人製器，紋理精緻，其初猶是也。而今供器傳久遠，故自可寶耳。且鼎彝之色難僞也，鑒其僞而真不作，惟瓦盆市器之是製焉。嗚呼！是何甘處閭巷而謂人皆不能登郊廟、薦天府哉？百餘年來，沿唐宋、弁秦漢，又何怪文不古若也！夫古今人非不相及也。徒以從事時文，精神血氣消磨於此，不暇追古以從耳。盡心力而爲之，古人何有焉？且唐宋無秦漢，惡成唐宋？沿唐宋而不止，并唐宋亦非其至矣。且夫匡廬、雁宕、王屋、九疑，非不幽邃也；伊、洛、滹沱、桑乾之泛濫，洞庭、彭蠡之汪洋，非不驚心動目也；登泰華，陟中岳，攝恒以望大漠，陟衡而見海日，而眼底空闊矣。見黄河之濁浪排空、大江之地拆吴楚，漢水下峽，淮流入海，又望洋而嘆矣。蓋史公歷覽名山大川，文多奇氣，其真能自得師哉？而柳州謂封建不如郡縣，是漢唐又過三代也。荆公借經術誤國家，豈經術果不可用耶？食不以噎廢，即奈何坐而待斃哉！今夫勁如《國策》，潔如《史記》，樸茂如西漢，則三代制作而五岳四瀆之高深也。韓之奥、柳之峭，歐逸而曾醇，王峻而折，健拔若老泉，雄快若東坡，紆迴若子由。又名山福地、高人羽士之所宅。南潴北流之，或匯或奔也。其建樹則漢高逐鹿，太宗馭群雄而明太祖之廟算也。凡此皆中國之所共睹、史册之所衆著，蓋不可偏廢矣。抑又思山無高卑，其靈氣蒸蔚、烟嵐迷離，圖畫可盡耶？水無大小而日月之激射、霧雨之濛籠，又可遍繪耶？純王與雜霸則有間，然其神謀默運、乘時而濟變，又不能悉傳簡册矣。若《莊子》者，恢詭譎怪、不可方物，其山之光乎？水之色乎？其人之神韵乎？追古而不於此所珍者，晝士舊譜，而古人之糟粕耳。即非假優孟活叔敖，則不得而見也。嗚呼！是豈足盡天下之大觀而無憾哉？昔老泉年二十七發憤讀書，取生平所爲之文盡焚之，不下筆者六七年，然後自謂可而文始成。其後歐公薦之，天子召試，亦不赴。其守定也。余汩於時文，三十始好古，又兩者交戰，不得一心力於此，文何敢深言？然心之所見，不敢苟同於人，輒裒集而以時觀玩焉。或者曰：『姑舍是，余將取法最上爾。』嗟乎！王通《中説》、楊雄《太元》，即《論語》《周易》可僭矣。其孰爲禁之？

余曦庵曰：『春水瀰瀰，不見涯涘。』自是西漢人學先秦文字者，而起滅轉换、開闔頓挫之法，則仍是元和、長慶間人氣象，其故難言。

族譜序

吾范氏傳世十二，歷年三百，子姓衆多，世澤綿延。嗚呼！何其盛也！夫子孫振振如此，歷年之遠如此，世澤之綿又如此，弃先德而弗克記載，予滋懼焉。於是序其世次、著於篇。是譜之作，豈得已也哉？今夫由高曾以至子孫，服止五世，其下則服盡。而伯叔兄弟之漸而殺者，視此矣。由子孫以溯高曾，祀止四廟，過此則廟毁。而祖父之伯叔兄弟其益遠者可知矣。夫有父子，然後有兄弟；有兄弟，然後有伯叔。支分派别且至不可紀，而其始則一本也。一本而服盡廟毁，親且盡，禮則然矣，情則惡可已？按譜而考若者，吾身之所自出也。若者吾祖之所由分也。非篤親之仁，其亦可興也哉？且吾見人之世其家者矣，或數世，或數十世，聚族而處，相親相愛。非其族獨厚也，蓋亦勢所助焉。我祖宗來，多擇里而居，喪祭歲時，始一往來。幼子童孫，面各不謀。日遠則日疏，其何能返？且夫小加大、少陵長，所謂逆也。父慈子孝、兄愛弟敬，所謂順也。去逆效順，和氣致祥。觀吾譜而知家道之易易也。抑又思積善累行，厥後克昌。繄惟前人之賜而承先啓後，則後人與有責耳。吾家自委吏公造其端；司農公宏大其聲，寵光三代；别駕公、觀察公接踵而起，厥後文武兩途、相繼代作，至於今未艾。夫久而盛，盛則可喜；盛而久，盛則可懼。且家世，即寒微亢宗亦分也。若考作室，弗肯堂構。厥父菑弗肯播穫，基則弃矣。後於何有？嗚呼！古之人豈欺我哉？嘗觀太史公自序，數千年家世皆可考。我先人世居濟源，名諱不詳。能詳者，蓋自遷河内以來，而行義又多不傳。夫歷年三百，非千年之久也。向惟不考，以至於今。及今不考，更復數百年、數十年，族益不可稽，而敦睦其永無望矣。抑是譜也，大人蓋有志焉。今輯之，亦用成厥志云。

過夏序

錫山鄒慎齋先生，與南華夫子相友善。都中言文望者，必曰鄒張云。歲辛酉，予受知南華夫子。適慎齋先生操選事，例甚嚴。而予三藝，盡登評騭之辭，視衆有加。予初不知也。比入都，先生先通價於予，見之則曰：『北方之學者未能，或子先。』先是，先生視學中州，予兩試高等而未前列。詢及之，則又曰：『吾覿面失國士，吾過矣。吾過矣，如不予弃，嘗試以所業來。』南宮見放，勢不可留。所謂請業請益者，嗟無及矣。昔越石父曰：『士莫不信於知己而屈於不知己。』韓昌黎曰：『感恩有之，知己則未。』夫士固不易見知，知士豈易易也！期速效者，托於揣摹之途。投之而中，即謂某公知我。而繫籍聖賢輩，自負能相天下士。亦動謂我知某某如是。以言知，知果足貴乎哉？果無足貴乎哉？抑又有負望當世。成名或數年前或數十年前，其所由非揣摹也。而工揣摹者，雜之以進，未之或知。并蓄兼收，絜短較長，此淮陰所自嘆。乃與噲等伍者，而曰知己也得乎？則更有能自成者，其生長則文獻之邦，其與游則師友淵源，自其少而已然。其術業，則斐然成章。夫以非常之才，遇非常之知，可不謂大快乎？然材已達，無待於裁成耳。質已成，無煩於追琢耳。其未知之前，既知之後，相遇不疏而相需，不猶未殷耶？由是觀之，知己難言也。知己而無足重輕，與知己而無復後望，亦不得謂得知己，可不恨也。予自惟潦倒風塵，不可年計。其不知，則曰『中風狂走耳』。其知之，又曰『苟如是，是亦足耳』。嗟嗟！我思古人，欲從末。由纂言記事，不知所裁。彼云云者，烏知予心哉？今先生所期予者甚厚，而予所望於先生者，更深且切。有信而無屈知己，而感恩兼之矣，抑更有進也。乃儀型頓遠、趨步難追，彼蒼者天，其謂之何？夫向日之潦倒，自分此生亦已矣。即惴惴焉，惟不得出大賢之門是懼。抑或意幸出其門，庶長藉以有成矣。而今若此，過此以往可知也。嗚呼！何其難哉！何其難哉！南華夫子年當服政，而慎齋先生已近古稀。老不倦勤，更唱遞和，遥憶把酒論文時，亦知有向隅而泣者否？

唐人下第寓蕭寺曰過夏，余壬戌歸自都門，下榻仁孝寺，有是作。自記。

前、後《漢書選》序

議論易，序事難，文章家皆知之。顧昌黎工持論，且欲作唐一經者，而《順宗實録》則罕稱。歐陽公《五代史》序事直接《史記》，其他議論文猶不逮韓。史有史裁，信矣。易者難，難者見易，豈不存乎其人哉？孟堅莊而潔，蔚宗詳而贍。其序次故具史裁，而表志論贊，或失則板，或失則靡，遠非西漢比也。夫逸致遠神，史遷莫尚。舍其短而録其長，班范又可少耶？入吾選本，蓋言慎也。

《丹林集》選本序

明崇禎間，東海王中丞漢宰河内，善兵機而好文學。邑俊秀多從之游，而蕭先生紫眉兄弟尤號翹楚。顧中丞刊古文意，教諸生務取人所不常見者，一時間遂成風氣。及蕭氏兄弟順治初先後魁鄉會試，文甚雅正。紫眉官郎署歸，益肆力古文。峭健偉岸，出入子長、退之間。一洗少年虛憍之氣。其善變乃如此。夫文無定規，起衰爲大，明末怪僻生澀相徵逐，反正宜矣。而萎薾疲軟、無復生氣，仍蹈宋末明初故轍者，蓋至今也。而起之者果誰耶？覽《丹林集》，不禁掩卷而三嘆之。

重刊《韓文五百家注》序代周閣學

昌黎韓公，自謂約六經之旨而成文，而後世論者則謂公曰『文以見道』。夫道外無文，故明道必先論文。顧章句之徒，罕識古人之意。度波瀾、求其説而不得，則武斷之。又或不循其本而妄爲訓詁之。他家多，然於公尤甚，蓋公之文怪怪奇奇，不可捉搦。既難測其意義之所主，而多讀書融會以出又難，執一書以爲證，故學韓益多，似韓益少。由不得真解或執一解以誤之也。某公司藩江右，出所刊《韓文五百家注》以視予，蓋自唐宋以來解意解辭，彙萃無遺。傳述苦心，前序已詳哉言之矣。予獨怪昌黎有作後三百年，至廬陵歐陽公篤好而表章之，其文始大顯於世。而同時之爲古文者繼而起，若王若曾，與公爲三。雖自南宋以迄前明，文章家體裁不同，而源本古文而爲之，則一耳。乃今予所閱十四郡州之文，亦遍矣。或於古絶不相似。夫廬岳章江，嶔崎激宕，本於韓爲近，而山川之靈又未有往而不復也，嘗欲振而起之，愧力弗逮。而某公加意養教，持是編爲登高之呼，豈無聞聲而響應者乎？且昌黎刺潮，潮之士皆篤於文行。量移袁州，想亦如是。而其文章所留，鄉先達既表章於前，賢司牧復傳述於後。士生其間，有不緣其解悟於心，躋文章於昌黎之盛，豈情也哉？雖然，迹履之所出，而迹非履也。得意忘言，無論五百家如一家，五百家如無一家。即韓文四十卷可以爲我注脚，并可以糟粕視之矣。嗚呼！有真見道者或不至河漢，予言即起昌黎於今日，更可相視莫逆耳。又泰山北斗，當世共仰。得是編而觀玩之，人人昌黎，又不獨江右矣。起衰之功，謂某公功不在昌黎下可也。

吴景元類詩序

類書，非古也。自學者不能貫穿載籍，而類書重。即類書亦不能遍觀而盡識也。而依類咏言，以便記誦，而類林之詩始重。承學者不諳文義，博觀而强識之，亦可免於遺忘矣。其繼也索然無味，又勢同嚼蠟而思弃之。夫屈首受書，不能自作古，而羈人籬下爲涉獵計，即計亦不終。

豈盡承學之過哉？吾友景元吴子，篤古而達於辭，貫穿載籍，能自作古。又憫初學服習類書，而近人所謂類林之咏，不過排纂典故，未能啓發人意也。依類爲詩，得七律四百餘首，鎔鑄古籍如自己出。視古人體物之作，有過之無不及者。觀者見其詞之工，幾忘其爲麗事數典計也。始而强記，再觀而玩之久，益難忘。蓋其動人之易而感人之深，一至於此。嗟嗟！世有貫穿載籍者，類書可不作，亦可以作。類林可無咏，亦可以咏。以類詩存詩教，則夫扶《大雅》之輪，吴子爲首庸矣。區區焉小子有造云爾哉。

《程氏家約》序

古者人惟一本。自得姓受氏，有大小宗，以至於支分派别，不可辨識。後人敬宗收族，綜其支分派别者而復歸一本，豈惟恃族譜哉？蓋家教立而譜之。涣者、萃睽者，比人人親親長長，而天下平，由此其推也。余同年友峃堂程子，著籍南省之霍山。念其先世建祠修譜，數百年昭穆秩然。所謂敬宗收族者，於是爲備。又以規範不立、無以訓繼起而紹前徽也，乃作《家約》十八篇，卷分爲二。統言行而準物，恒閑而正之於有家者，蓋益謹矣。余嘗造其祠，識其諸昆弟猶子輩，皆雅飭循謹、退讓有禮，雖萬石君家，無以异。未嘗不嘆程子之以身爲率。而《家約》之行於一家者，旋至而立效至於此也。顧余二十年前，因吾族失譜，嘗草創，而未慊於心。竊計十年後當增修之。及浮沈宦途、家遭水患，向之草創者蕩然無存。數年來辛苦奔馳於外，不暇及此。自返，厥心有懷未遂。於戲！觀峇堂之《家約》，益滋吾愧矣。峇堂此約，視《顔氏家訓》、司馬公《家範》，又加詳焉，由其已效於家者，達鄉邦而及天下。爲物爲恒，以閑以正，其可量也哉？爰撮其大旨而爲之序。

卷二

燕川自序

余范氏出自陶唐，晉士匄序述蓋詳，東漢北宋益盛。顧中原屢被兵，南北逃避，譜系莫考，安爲依附則不敢。傳濟源縣始祖遷自山西洪洞縣，世居堯義河，葬鹿寨。三世明。大司農濟世公豐碑表之而名諱不能詳。遷河内始祖深，葬縣北清平村。次子繼祖生子四：次嘉樂。嘉樂長子濟物，四子濟烈。濟物生啓愚。次子九錫，字龍章，余嗣祖也。濟烈次子汝愚子一雍，字積厚，爲余生祖。并葬清平村西南隅。積厚公生余父傑，字子英。龍章公缺嗣，遂嗣焉。自深公以誠樸著鄉里，繼祖公爲廣源倉使，破産代民累，并以司農貴贈宫保尚書。嘉樂公以禮部儒官贈安慶府判，而龍章公文行益茂著，子英公篤於孝友，以寬厚和族、以慷慨緩急人，又并以泰恒官翰林庶吉士贈如其官。數世積善，宜達而窒，以待後人。及余身培胎前光，恒思自樹立以表見於世。迄今六十餘年，跋前躓後，日暮途窮。然生平心迹，亦有不忍自没者。

初，龍章公没，子英公壯而未育子，祖母秦禱於太和山，夢壽星戴冠戲於庭。康熙丁亥吾以降，故小字即曰金頂。長名泰恒，則父命也。又以上世曾居濟源之燕川，游而慕之，復以自號。

余生未能步，老僕負之，見人門署春聯，一過即識。歸，爲祖母誦，歷歷不爽。幼嬉戲群兒，异以行而排，列其衆於前；或據几作斷事狀，群兒貼服，無敢争者。九歲入塾，不待父督，自知學。諸玩好之具，不好也。稍長，則篤於古經史外，博習前人古今文，泛覽久之，豁然以通。昔人論文必從流溯源，余則從源逮流。人或不信，亦不求人之必信也。長從閩中鄭師金章游，受周、秦、漢、唐及啓禎文，得其涯涘。又武林任師應烈守懷慶，則指示古文今文法益加詳。嘗薦余於所知曰：『此生讀書有眼，語羞雷同。』又自浙寓書曰：『生之文，天骨開張。進一境，宏深肅括；再進一境，醇古淡泊。當爲生俟之。』余甚愧師言，然不敢不自勉。乾隆乙丑，通籍入翰林，余年三十九，座師彭公惟新館之類澗園，且謂：『古文，從事蓋寡。古人有十分，生已具體而微。』甲戌散館，令江西之崇義縣。既與師違，懼無指示者。到南昌，晤武寧同年余曣庵，往返是正。又撫軍胡公寶瑔，向在都，見余文。索之急，復命刊刻以進，遂成《燕川集》五卷。後以時增，無倫次，又成三卷。近且增末二卷，成十卷矣。古詩散失無存，今文閑存數十藝，深爲撫軍激賞，餘少存者。余爲文，不立意見，不設間架，冥心搜索，每至思路斷絶處，輒得佳境，又不可必得也。着意爲之，反不工。泛常應酬，又往往生异趣。雖論文不論事，自古皆然。而不遇佳事，文無所表見，余與古人均病之。余未通籍，分力於今文，功既不專。入翰林，習辭賦，又不暇畢力於此。作吏親民，似不宜以文見，而未始不可以作文之法作吏。

崇義爲江西微末邑，界接湖南、廣東，人雜俗刁，前令苦之，不二年輒免去。余初至，則喟曰：『是豈不足爲政耶？』先修文廟，建奎樓、文昌閣、啓秀坊，以開風氣；開山徑以便民；立旗陽行館以資士。前令疑獄，判決無遺。八年於此命，盜詐僞之鈎深難決者，無不立剖。不立意見設，成心隨時，事以審克之。窮日不足，繼以火，情必得而後已，蓋稍縱即逝，機在迅速，判事一如行文也。然以不善應世故，久不調。而辨理疑案，與上游侃侃言之，又心折不能奪。故自撫軍胡公、常公均、臬司蘇公崇阿、康公保、石公禮嘉、南贛道福公明安、董公榕、南安太守富公躬、呂公崇信、嵇公瑛，咸重之。卒以幹練才量，調廣信府之廣豐縣。行有日矣，下石者中之，遂罷職。先是，有某某者，同鄉同年某之兄，以小官夤緣至南安守。以賄進身，索賄更無厭。與大庾令某狼狽爲奸，恃奧援，吞噬益熾。始見余，謬爲款洽狀，詢及兒女家室事，則爲其孽子求婚余女。面言之，兩屬人言之，余不許，遂起下石心。披毛索瘢，掇拾二年無所得。適崇民葉德行七人者，輪奸沈何氏，賄和不成，始報余。一訊而服，猶釋幼者二人，以五人聞。而何氏素行不端，又別簡達某守，欲五人俱從末減。當是時，余奉調入闈，而守與某令交構之。求奧援者，改令專訊。則故緩之，賄和復成。某守匿別簡不出，而揭之奧援者，遂罷余職。余未歸，而某守與某令以賄敗。蓋假修橋、建文昌閣，索人多金。終以狡猾故，守止褫職，而令論城旦矣。

方余被構時，自南安舟赴南昌，念有任師命作詩序而未果，途間作序與書各數百言，視平昔或過之。蓋余自立志學文時，視功名得失，毫不介意。常自謂身在事外、心在身外。極患難糾纏時，把筆構思，一切都忘，或意興轉增也。但以性高亢，思與古人頏。降心今人殊不能，故官不達而貧困且終身。

初，余之官崇義也，前令有何翊皇、龔亮友兩命案，屢刑不服，幾褫職。余聞地近湖南，有所謂受刑藥者，服之則不吐實。官格於例，受罰無辭。其富家交結胥役，官舉動輒有以待。余令縣尉薄暮省獄，而使僕人提犯來。一人藥入口方待水，則力出之。一人探囊取藥，則斷其囊不得出。不施刑，囚服，獄遂解。曾文茂鳥銃傷婦入獄，久亦不竟，余登山相勢，則婦牧牛山上而績麻坐草中，自下上視，不可見。鵲起，文茂施銃，誤穿其項。比擬傷痕，繪圖以上，文茂得不死。又王叫化，本崇義人，逃自山西流所，賭於贛縣之五眼橋，臬司索賭具所自，贛令無以應也。余訊之，則賭以瓷碗，其壞，賭具則買自路人。欲補修完好之，賭以求贏者，未行而覺。以覆臬司，而贛令遂瓦全。木商彭姓者，買江南三女子，欲賣人爲妾。舟返被獲，則云爲子侄娶婦。詢三女，亦無异言。即令當堂合巹，送旅舍。而命老婦潛窺之，則三女各异卧，其子侄俱不入室。詰朝訊之，立爲擇配而重懲彭姓者。又古墓無主，朱姓歲祭之，且家譜載某世祖葬此。而謝姓則賣墓於沈姓，刬去骨骸。朱姓拾餘骨，以刬墓聞。近山多冢，又果謝姓也？及啓墓，内有小碑，則萬曆五年袁氏樂山墓。配關譚兩氏，謝姓改譚爲謝，預伏以待占。而朱氏譜亦欲占而作僞也。令合袁姓遺骸，歸之墓。別立石志，而存原石於庫，以杜後患。取士以行符文，無間於已屬他邑也。南康謝啓昆、崇義朱英千力薦學使者頗洽人望，乾隆丙子、己卯、壬午，三與同考，所賞取多知名士。決春闈必售，則竟售。奉新鄒玉藻、豐城徐秉霖、新城楊鈖、會昌廖占鼇，其尤者。而寧都盧力瀛、臨川胡焯、廣豐劉梓，亦必售材。劉年已老矣，然亦從事古文者。又己卯入闈，分校主司中，或欲以不慊意文充數者。余以士子，竭三年力而令薄植者，售不可也，則抹去己房兩卷，而讓他房補其額。人或不肯爲，及調廣豐，湯撫軍聘，方以爲人誠樸、辦事實心，入告矣。

被人構陷，真反爲僞。爲人而致害於人，似不可解。抑又念立言與立功、立德，自古難兼。致身通顯，文采或不彰。而能文者多失意，蹉跎終其身。余通籍入翰林，文見賞於世，亦幸矣。庸庸之福，又豈能争耶？昔吾家孟博，臨難語子曰：『吾欲教汝爲惡，則惡不可爲；欲教汝爲善，則我未嘗爲惡。』吾文行不諧俗，以致困抑，何憾？可憾者，祖父貽謀不能光大耳！吾子孫其以吾爲鑒。其將毀文與行以入俗，然或諧或不諧，又未可知也。不敢自文，亦不欲自誣，略述梗概以示後人。余年已六十二矣。乾隆戊子五月望日歸自霍山，舟過陳州新站書。

晋杜預作遺令，陶潛作傳、作墓志，宋程珦自作傳，子頤述而傳之，人知我，不如我自知也。援例爲此，諒不諒聽之耳。自記。

序次變化、錯綜詳密中風致轉增，可以抗史遷而追廬陵矣。受業郝著識。

《瀨園全集》序代

人貴自樹立，文章其虛車耳。夫樹立不在文章，而文章者樹立之影，則樹立又即文章而見。生當明盛，處廟堂之上，佐時敷治，或外撫人民，綏靖邊疆，司馬文富、韓范之勛，彪炳宇宙。天下文章，孰大於是？而生晚近、處末造，於廟堂經濟、生民理亂之故了了於胸中而無所施，即不得不發抒於文章以自表見，蓋東坡所謂『石壓笋斜出』者，將於是乎？在故發而爲詩，又詩所不盡而溢爲文。蓄於心，衝口而出，即工拙不計也。況其本無不工者耶？

華容嚴瀨園先生，生前明末年，自其少時即留心四聲之學，而旁通古文辭。時當變亂，留心世務。於廟堂經畫邊防盜賊之杜禦，洞若觀火。其後潛踪伏奥，托爲方外人。與一時名流互相切劘，乃悉發抒於文章。年益高，文益工。流離轉徙之况，胸中勃勃不可遏之奇，一於詩於文焉見之。夫詩文窮而後工，每在窮老山林而無志於世者之爲之也。先生遇之窮而文益工，又豈可以山林遺逸同類而共視之耶？而自處於山林遺逸，且惟恐人之不與山林遺逸同類而共視者，此先生之苦心也。此先生之詩與文之所自出也。此其初即不欲以文見而不得不以文自見也。抑當是時，不可文人目，而托文以自見者亦有之。江西魏叔子、江南陳定生，皆不得志於時而留心世務，皆弃其故服，以山林老。而其文章之流於世者，皆經濟大猷、當代大故，其人其文遂并傳而不朽。先生之人之文如出一轍，殆鼎足而三矣。嗚呼！文章，小技也。以爲德充之符，又大業也。惟卓然自立者爲能不朽。而不朽又或兼在文章。百年而後，誦其詩、讀其文以考其世，益慨然想見其爲人。其文在，即其人在，文顧不足重乎哉？而先生又豈僅以文重哉？余楚人也，每誦《離騷》，心焉慕之。過洞庭、溯三湘，訪其士風，視他人蓋尤。悉讀《瀨園集》，與《離騷》并觀可也。

《增訂四書左國輯要》序

漢以前經傳，各自爲書。自費直、王弼割傳附經而《周易》亂，杜預裂《左傳》附經而《春秋》亦亂。《國語》爲《左氏外傳》，獨以不解經故，猶得仍各國分載之舊。而《左氏傳》則後人徒取辭令，其序事之妙，爲《史記》之所自出者，蓋無有過而問者矣。余嘗於杜氏既裂之傳前後連接處，批載於坊本之上，而又恐久而或忘也。於主衡山書院時，舉各事各人之原傳首尾不具、割裂不貫者，詳其始末，聯絡成編。又類萃經文於上格以便觀覽。蓋舉綱詳目，非以傳釋經也。況文以載道，文法不講道，於何見哉？惟是原傳不傳，以意測之，或有難通。及數語無文者，姑置之。功未半而毀於書院之火。蓋乾隆戊子正月除日也。歲庚寅，主講關中書院，咸寧賀子大德來請業，嘗以周蓼圃前輩《四書左國輯要》呈覽，取三十餘人之事，備載靡遺，序次秩然，即文法可悟也。且由此三十餘篇而進之全傳，即盲左之史裁，何不可盡見哉？賀子今主講二曲書院，以昔所受之蓼圃前輩者增訂而復刊之，此善誘之一端。復古者可借爲嚆矢也。嗟乎！好事難成，以數千年無人問之業，而余爲之，而又不成。今老矣，衣食奔走，尚能復爲此乎？然天下有志如賀子者或不乏，豈不能遇之旦暮耶？

《居官寡過録》序

程子云：一介之士，存心濟物，於物必有濟。而敷布無因，所及不廣，終有所域而不自慊，故可以濟一家矣。而推之一鄉，則有隔。可以濟一鄉矣，而推之四境，則又暌然。則統四境而爲一鄉；統各鄉而爲一家，惟其所濟而形弗能隔，勢不能禁，此古人所以願作親民之吏也。而豈曰有地百里，得乎心與不得乎心，一境之民爲之喜懼而已哉？且居官而濟物者，心也。而不克遂其濟物之心，以疚於其心者，又多也。區區寡過，蓋難言之。遑敢自以爲功耶？此吴陵亦先生所以得盤嶠野人《居官寡過之録》而心焉慕之也。先生曾令江西之上饒，愛民如子，誠所謂存心濟物、於物有濟者。而兢兢爲民父母之意，又自視欿然。此其所以政成於闤闠之中而聲騰於湖山千里之外，既可名當時而傳後世。而文孫登書君，今令陝西之朝邑，實政實心，一仿先生之所爲。繼繼承承，方興未艾。其於是録之所書者，又不謀而合。乃以先世嘗欲付諸剞劂而未果者，爰取而刊刻之。以公諸世，其用心亦勤矣。抑又觀盤嶠之自序曰：『吾克稱乎父母，則一邑之赤子受其福；而吾之子孫亦受其福。』陵亦先生用是書以佐治而貽厥孫謀。而有孫繼起，更能繩其祖武。蓋其濟人利物之心，後先有同揆者，此固上饒朝邑赤子之幸。而祖若孫之克盡父母之義以爲民父母者，一邑之福，不即一家之福也哉！則登書君之克成先志、宏大其家聲，抑又可尚也。余待罪於西江者八年，而主講陝右復近五載，於陵亦先生嘗耳其遺愛，而親見登書君之行政又彰彰也。今讀此録，其能已於一言耶？世之居官者，觀吴氏祖孫之風，更可慨然而興矣！

《金正希文選》序

余於古文，嘗恨明人懲僞秦漢之弊而以宋人爲鼻祖，不復溯其祖之所自出也，即時文亦然。弱如隆萬，無論矣。化治正德，骨力沈雄，神不外散。嘉靖間，文尚疏暢流轉，骨力較輕，即號爲大家者亦然。至啓禎諸公，毅然學古，變態百出。而其中筆力遒健、氣骨深沈、折而勁、亦走而留。不以馳驅爲豪、明快爲暢、輕雋爲超。鬱勃輪囷，駕唐、宋而追《莊》《史》，正希先生一人耳。夫能自爲古即復古。彼謂時代限人，法日備而力日薄者，猶淺之乎論文也。又先生無庸語而有粗字，當日風尚則然。閑易以雅，用合時軌，不可以古文律之矣。

《陳大士文選》序

昌黎之文，怪怪奇奇，大士亦然。或立身題上、指點虛神，或直破中堅、動中肯綮，或雅飭恂謹而神不外散，馳騁縱橫而義無留遺。峭健似周秦，道厚似《史》《漢》，疏宕逸猶似唐宋八家。有化治之簡而饒生氣，有正嘉之暢而多變化。法本隆萬而骨力過之，氣騁啓禎而蘊藉加焉。備古今之文之體而不名一體，時文至大士亦至矣。抑以古文爲時文，而時文又自有時文之體，時文又自有時文之辭。大士行文太快、亦太多，體或不全、辭或不雅。氣方行而忽止，筆宜止而又行。不加以增删改訂，恐難游於羿之彀中也。而豈若古文之不可增减耶？然以俗眼恣横，議以時。手事纂改，點金成鐵，又見笑於大方之家矣。余於時文，宗仰正希，觀玩者一百六十餘篇，復參以大士數十藝。爲應科計，未盡厥美也。而選家動以一隅之見衡大士，不名一體之文，挂一漏萬，何足與於文章之觀乎？數年來教授生徒，遍閱大士已刻未刻稿，取名手所定而參酌之，得文一百六十餘篇。所謂具古文之體勢，備時文之義法。怪怪奇奇，毫髪無憾，直作起衰之昌黎觀可也。

時文十家小序

震川

古文之史遷，詩家之子美，時文之震川，至矣。夫摹史遷不史遷也，由昌黎而化之，則史遷矣；摹子美不子美也，由義山而充之，則子美矣；摹震川不震川也，由金陳而渾之，則震川矣。震川古文近歐曾，然於古人未能加至本。歐曾爲時文，則淡宕樸疏，真開山祖也。夫其十上不第，講習於荒江矮屋之間，故其理精而食古不化、屬對不變，自正嘉氣習也，震川亦不免此。雖不足爲震川病，而學其病，則真病矣，可弗慎哉？

荆川

荆川深於《史》、《漢》、八家，故時文精嚴而流走，法律備而變化。老年刻核之作，視少有加。彼其學，固與年俱進也。夫少年薄有文名、老而眼高手生，妄肆號招，無識者乃從風而靡，在昔已然，於今尤甚。嗟乎！天下大矣！世固有不甘小成，而好古可以忘年，乃困頓阻抑，幾乎不終所事、反爲若輩笑者，豈少哉？若荆川者，人謂有讀書至性，而福實不可及也。噫！是可羡也已！

正希

以史遷傳贊爲時文，而離奇變幻、曲折遒逸。靈境獨闢，一變化治來時文之貌。正希之文，可謂具大神力矣。夫歸震川以古文鳴，然集中惟太僕寺志有班馬風，其餘近歐曾而力薄，然已爲明人冠。神似史遷如正希，一生精力僅以時文見，而古文則不逮。嗚呼！古人之衰也六七百年矣，幸有其人，又爲時文所汩没，而無復起而光大之，其不幸獨正希哉！

大士

大士之文，不名一體。其未縱筆，則近木强；太縱也，又落輕佻。去是二者，而真大士見矣。夫大士立身題外、指點題神、游刃於虚、涵蓄不盡，蓋文家最上乘也。其或閎中肆外，亦屬天然。威施所由，與莊嚴色相者，异矣。嗟夫！不識古文，不知大士之美也。識古矣，不得其深，不知大士之所以美與所以不美也。擇言誠宜慎，然能强爲哉？

大力

善夫曾弗人之論文也，曰：『理題如剥笋，膚殼不盡，真味不出。』大力以清言闡名理，一空前此訓詁襞績之習，或病其深拗耳。食耳如章之深入健出，豈復可京哉？夫學者患其不肖，又患其相肖。遺大力之貌而取其神，是貴善步邯鄲耳。

文止

蓋有志者，競學古矣。顧滂沛易，瘦硬難；絢爛易，静穆難；疏暢易，樸茂難。夫易者易辨，難者難知。聲價之定，豈關毁譽乎？文止先生文，密栗典茂、氣味蒼深，如鼎彝，如樽罍。三代法物，非復耳目近玩也。艾千子雅號知文，且贊不容口。後來者妄生异議，豈篤論乎？顧晦澀空調，未始非病。效其病而不知戒，即何怪議者呶呶也？

千子

江西時文，陳最有名而艾遜之。顧艾之古文，獨超諸家，而陳則絶無可觀者。豈古文時文終不可齊乎？而非也。大士得古耑用於時文，故易動人。而息胎唐宋，得《史》《漢》真脉者，千子也。骨勁力遒、氣厚辭樸，非時文家所常見，蓋於古有更深耳。夫艾之時文，艾之古文也。而謂外强中乾，材質較下也，可乎哉？

維節

無山不深，無水不折，無境不幽，豈獨正希哉？蓋維節亦云。夫正希以悟入，維節亦以悟入。有二公之至性，不必求工于文也。泊然相遭，至文以生。疾行無善步，率爾者又惝然若失矣。

卧子

方靈皋謂大樽之文古光流溢，不假設色，似矣。抑其每發一論，旁見側出。適與本文相發明，情何别也！又或空諸所有，夷猶淡蕩，致何逸也！夫大樽宗仰六朝，不受汩没，所造乃若此。倘其天分有獨异耶？若以大樽之天分而息胎於《史》《漢》，涵濡乎八家，其所造更何如哉？後之學者可以觀矣。

陶庵

陶庵先生深於史籍，故議論闊熟於古文，故氣局横。其他整體談理之文，平庸膚廓，自摹當日墨裁耳。舊評者一概贊嘆。或有别其僞體，并訾散體之文爲無法，皆非也。兹選取其議論散體爲獨多。蓋陶庵所長，專在於此，廬山真面始開矣。夫文章得失，寸心自知。物論不齊，又烏乎齊哉？雖然，詩籍古文具在也。沿本逮末，故自昭晰無疑耳。

時文四家小序

鐘陵

自昔鑒襲古之僞而以秦漢爲大戒，此因噎廢食也。鐘陵先生乃以秦漢爲真時文，顧味厚，非皮厚也。百年來，知者且鮮，矧學乎？夫縱之利害，兩言而定。乃日中不決而待毛遂，豈恃氣哉？彼其識誠過人也，先生談言微中、簡古而蔚，或乃徒索之氣象，抑末矣。嗟乎！不得其味，姑置之耳。作僞之弊，吾懼覆轍頻蹈也，故揭之。

慕廬

慕廬先生自謂少通五經、《史》、《漢》、唐宋八家，故能獨開風氣，爲世文宗。而處泉任夫子之論文也，獨不取韓，爲其姿態濃麗，原出幾社耳。然其中波瀾壯闊、鏗鏘幽渺，所得於《史》、《漢》、八家者，故自難掩。且畫家六法，而神韵生動居其首。丰神顧不重乎？存其本色，則在擇焉而精者。

百川

本朝之文，百川爲最。前此或炫氣象、或事姿態、或尚斑駁陸離，雖同出於古文，而義藴則淺矣。作者醖釀深厚、行以逸氣。百年來，一人而已。夫雜百川於他家，似爽口悦目不如也。及游息其中，名山大川，實耐登臨。卓卓乎遺世獨立哉！若夫逸而不遒，公幹貽譏。論文不更細乎？

靈皋

深山大澤，實生龍蛇。藴蓄多而光怪出見者，驚其异莫名其异，其靈皋乎？夫靈皋，由正希、江西五家以溯歸唐，盡各家之美而滅其迹。非强爲也，游息於秦漢八家者久而蒼茫一氣，自不可辨。或謂視百川較粗，而其厚處，故自不可及。二難并矣，餘無足觀也。

《國朝四十名家文選》序

時文者，隨時之文。法漸備而氣則遞薄，勢使然也。然力而矯之，從流而上，未始不可以復古。國朝時文，自順治初年至康熙庚戌，骨重氣蒼。雖義或未精，而筆力不可及也。壬子癸丑，文尚疏宕。以啓禎之魄力，運隆萬之規矩，至戊辰而猶然。辛未逮辛丑，義理精密，以平實充暢爲主，而古文之氣魄或不存矣。然自好之士作爲行稿，猶欲追古人而從之，卓卓乎不可掩也。雍正癸卯及庚戌，漸染冗長浮靡之習，旋易爲雅正清真。至乙卯而振，至乾隆丙辰而大振。又癸卯庚戌間，卓然成家者，亦不乏人。而由丙辰以來，或有特起者，惜余奔馳南北，所見不廣耳。夫以國初之文培氣骨，以近今之文研旨趣，相雜適均，彬彬郁郁，豈不待人哉？又看時文，如觀法帖。一家之書聚玩之，筆妙始見。今按其科次，文無論多寡，各從其類，庶得梗概云。

王巖公先生時文序

秉時文之體裁，出入於唐宋八家，而得其氣與骨，放恣縱横，不可涯涘。應律合節，一歸自然，其巖公先生之文乎？先生非文人也。通籍爲邑宰，由郡丞而太守。誠民愛士，整飭風化，絶上下之交，剛不可撓，久爲當代巨公所激賞。卒困而歸，老失明，賫志以没。其人也，豈徒以文耶？然其文，浩氣孤行，獨往獨來。所由與下筆千言，而脂韋隨人、尸素而竊高位者异矣。其文也，即其人也。又何不可以文傳乎哉？先生文必己出，間有少作襲前人舊調，巨公嘗加别裁，序而藏之矣。而同鄉翻刻者，仍其舊，恐非先生意也。余昔以文質先生，蒙知最深，删定之以全其美云。先生諱作梅，字伯鼎，巖公其號也。

王巖公先生時文後序

巖公先生文，每發一議，皆有開於世道人心，而古氣足以運之，非苟焉弄筆以博名者。老年失明，有未刻文數十藝。余選其尤者，附諸原稿之内。昔揚子雲草《太元》以爲後世，有子雲自知子雲。余何敢擬先生？然知之深，信之篤，先生亦可無憾於地下矣！

兩鄒先生時文合稿序

鄒珵美、堯文兩先生，予姑子也。少食貧，即知嚮學。長師太翁伫鶴公。又兄若弟，自相切劘，無間寒暑。貧益甚，嚮學益力，而文亦駸駸日益工。雍正甲辰、丁未，兩先生相繼成進士。堯文先爲福建福安令。珵美亦宰直隸之故城，凡七年。骨鯁，勵清操，大吏重之。其後堯文改授歸德郡學博，珵美則歷任江南，調華亭、牧壽州，江南、北大著循聲。骨鯁如故，不肯害人媚上官，乃巧中以法而去。堯文亦由歸德致仕歸，授徒里黨，門下士始集。兩先生文合刊之，於是懷郡之士，無不膾炙兩先生文稿者。不數年，兩先生先後弃世。乾隆辛巳，沁水決郡城，水深丈餘。田園廬舍，漂没無算，兩先生文板，亦付之波臣矣。水灾後二年，珵美次子汝模構求原稿，重刊之。乞序於予。兩先生爲予中表兄，自弱冠後，承教久矣。其文之工，夙爲有目者所共賞，無俟予言。

而予獨怪堯文穆然而静，既不合時宜；　珵美以骨鯁器重上官，卒以是中忌歸，并鬱鬱以没。士君子立身行己，宜何如自處耶？夫兩先生之人，不必以文見，而其文固有卓然可傳者。其文傳，即其人傳，此固曩者波臣之所不能肆其虐者矣。予故樂得爲兩先生序之。

江西兩科鄉試同門卷序

文章之源，與山水通。江西南梅嶺而北匡廬，磊落嶔崎，高矗雲表。章江水出自聶都二十四岩下，涌泉争流，合十川潴爲彭蠡。天下山水，莫奇於是。文之奇，其足异哉？夫山川不改，而文章則隨時遞更，又何也？明初館閣，盛自江西，故文章亦開自江西。其後歷朝屢變，至五家之文出，闡微抉奥，一洗前此排衍填砌之習。雖時際中晚，而自有制藝以來，文章之盛，誠莫之能加也。自是厥後，一變而爲宏博典麗之文。宏麗，視淡遠則有間，然亦詩書之華也。再變而爲龐雜，又變而爲吊詭，三變而爲庸膚浮靡，文斯下矣。嗚呼！山靈川澤，有時而竭，理固然歟？或復而剥，剥而再復。且剥久而復之盛且長，抑尚有待耶？乾隆丙子、己卯，余兩科分校江西試，受卷多而佳文少。就中采得若干卷，各彙爲册。雖非尤雅者，以視前人，或不至背而馳也。嘗過匡廬，雲捲霧開，五老峰面目畢現。又往來章江千餘里，潦水時盡，清映長空。而梅嶺聶都間，搜岩剔穴，數年來奇境亦迭出，即安在時不可逢，而人力不足恃乎哉？屬在同門，作如是想可也。

江西壬午科鄉試同門卷序

壬午秋，余復與分校役。閱《春秋》四百三十卷、官卷二十六，佳文頗有，三作全璧亦少見。擇可觀者若干篇，彙爲一册而序之曰：

嗚呼！文不易言。即閲文，豈易哉？昌黎云：『體不備，不可爲成人。』余謂氣不充，不可爲活人。夫搏土揭木、被以文繡，而驚爲天神瞻仰，恐後者不知。五官具而精氣亡。其存者，特人形耳，即人果安在乎？蓋活人難，而相人尤不易也。夫相之將何？以神氣骨格間而已。然稠人廣衆，紛至沓來：眇者，秃者，兀者，五官指天者，缺無唇者，折臂者，跔僂者，背橐駝者，盤散而行、一足跉踔者，九竅百骸、賅而存者，尚難也。外之不備，内於何有？而神氣骨格，又不暇論矣。雖然，觸目皆人，人之體不盡不備也。由其外測其内，凝神一志，以得其機。所謂冠冕秀發、神氣生動者，不乏矣。美不必全，而有奇，故自可賞。何必天人、神人，始快吾目哉？此册中，求非常人，誠不能。然本色自在，具眼者或不至不顧而唾矣。至文，皆兄弟。無間於已售未售者，故并列之。

《燕川存稿》自序

余時文之學，始受自閩中鄭倬雲夫子。後從錢塘任處泉夫子游，乃克就緒。凡有所作，隨手散亡，不自收拾也。通籍入史館，處泉夫子自浙中索余文，集前後未亡者得百二十篇以呈閲。寄來一册，其一仍留。而已寄之册，藏之櫝中，又没於沁水之灾矣。官江西，絶不爲時文。迫於入闈之試及同事者索，擬墨亦不過數篇。歸來主講雍邱，徇生徒請，搜向之散在族黨及舊稿未没者，得八九十藝。未幾，道大梁赴固陵，爲生徒持去又半。人或憾之，而余竊幸其爲我覆拙也。今來關中主講，生徒復索文。更無以應，適幼子童孫自家來省，帶得殘稿。又益以曩日試作，都爲一集，止八十餘篇耳。夫余於時文，亦深知作者之意。徒以從事文場，不能無。人之見者存用，是欲追古人而從之，輒愧未能。題曰存稿，即存而不論可也。

《來青閣詩》序

同年友馮君蓼園，以能詩鳴，品在青邱、大復間。近來作者未逮也，繼室徐孺人亦能詩。詩不多，然清迥無脂粉氣。蓼園仕途多舛，乃爲虔州書院長，而孺人亦隨以來。書院爲虔之最勝地，又得孺人唱和之，蓼園雖失志，亦不寂寞矣。顧孺人才長命短，二十有二而歸。蓼園又四年而没。中間南北暌違，聚首纔二年耳！嗟乎！詩能窮人，蓼園宜矣。若孺人何至如此？豈造物忌才，無擇於丈夫女士？而女士多才，又遇才丈夫，日夕唱和名勝地，尤爲造物者所不容耶？蓼園哭之哀。既作詩挽之，又撿孺人之詩之存者彙刊之。噫！孺人能詩，爲蓼園知。蓼園刊其詩，吾輩又以知蓼園者知孺人。孺人胡遽死？然若孺人，亦可以死矣！

烟江叠嶂堂唱和詩序

西江奇秀，萃於洪都。南浦平鋪，滕閣聳峙。章江水隨郭右轉，又自西南而東北。西山屹立，與北蘭秋屏相揖讓。臨流看山，則烟江叠嶂堂尤郡勝。概生斯土者，率多文人才士，能發揮山川之奇。即四方秀杰游寓此地，亦足以暢泄其才思。而人與地益相待而彰。余官崇義，往來此邦者七八年。常愧才質庸下，不能答江山之貺。幸與余曣庵同年數往還，獲益良多。而臨桂秋岑朱子亦遇諸此間，出其同人宴集唱和詩。名流畢聚，風雅大振。益嘆山水之秀，足以興起乎人。而文人才士一唱一咏，更能令山光水色出奇於無窮也。抑余家太行之陽，沁水丹流，隨在可娱。又性厭塵囂，常習静仁孝寺翠筠道房。與二三同志雅集高談，樂而忘疲。今僕僕塵埃十餘年，諸同人或亡或去，或宦游异方，不可合并。回憶曩游，如同隔世。雖欲如此邦諸君相與酬唱名勝地，豈復可得耶？讀唱和詩，益滋健羡矣。

《快閣詩》序

吾先人家盤谷間，不到者數世矣。乾隆庚申，余授徒濟源，入山尋李愿故居。『崖壁開張，井溢如劍』，退之詩彌復可玩。又東涉枋口、西抵靈山，咏潞公『雪消山瘦』、東坡『海外斷鰲』之句，益思相依而無從也。數年來浮沈卑冗，然山川名勝之思，終勃勃不可去諸胸中。又自恨馬齒加長，此志將恐遂負。而任處泉師《快閣詩》乃於今而得睹之。吾師才似放翁，曾染宦迹，即掉頭不肯出。年七十得放翁故居而居之，而繫之以詩。名流屬和，裒然成帙。放翁後又一放翁也。且生當明盛，歌咏太平，無今昔山河之感。以視放翁，爵雖遜而遇則遠過。此又放翁不幸，而吾師之大幸矣。放翁《渭南集》詩文兼備，吾師古文有專家，而詩之冲淡高潔更近之。泰恒慕放翁，恨不得近放翁之居。幸游師門，口講指畫，猶若昨日事。讀師詩，如接師顔。如追隨快閣，而親見放翁也。夫太行，兩山之間，虚無人矣。采山釣水之徒，過而不知領。退之、潞公及東坡諸公安在？山靈有知，不笑人寂寂耶？覽《快閣詩》，心向往之而又竊自愧之也。

癸未春正廿四日，僵卧舟中。時事孔艱，過於庚辰之冬。念如果不免，則吾師《詩序》恐不可即作。是三十年老門生，竟成負心徒也。且昔年學於師，謂何而區區者遂足動心耶？拈筆爲此請嘗試之。泊舟潭口自記。

卷二

《龍嗣霄詩》序

吉水龍嗣霄，寄籍雍邱，乾隆甲子從余游。時方事舉子業，不暇説詩也。越歲余，入史館。龍子亦以副車選學博，不見者十餘年。及余宰江右，往來吉水，維舟三曲灘。左山右水，嵚嵜曲折。因嘆鬱，爲文獻甲他郡，良有以也。則憶龍子，益不置。去年余歸里，今爲雍邱書院長。龍子袖詩一册來，其意趣若頽然者。蓋天倫骨肉間，近多坎壈事，故其詩多苦調商聲，倘亦有不得已而然耶？

夫言，心聲也，心不苦則聲不悲。龍子秉其鄉山川之奇，負天倫骨肉之至性，而又積坎壈缺陷抑塞不可平之氣，其發爲天籟，一往而深，即工拙不計也。夫江右詩派，清迴瑰异，自昔已然。見其近日名流，亦復如是。龍子寄籍雍邱，才幾爲地掩矣。一旦挫其際遇，以迫出其土風，龍子誠不幸，而豈龍子之不幸哉？余生長河朔，慨然有意斯文，而無以發泄其志氣也。江右八九年，與其名山大川相揖讓。搜岩剔穴，日不暇給，始信江山益人，故自不爽。龍子試消不平之氣而出以疏越和平之音，雖作者之堂可登也。即何必假窮愁之言以求好耶？以謀所處，不禁因其詩而贈之以言。

《李蠡塘詩》序

事無難易，非性所近，則無成近矣。而好不篤，用志紛而神弗凝，即成亦弗精。又或以應世之故，率意出之，從流忘返，即所謂近而好之者，且日退而不自知。曩余學習史館，居近而契深者，爲同年蠡塘李先生。蠡塘善書，余甚好之。時方迫應酬，未暇深論其詩也。即蠡塘亦不以詩自矜。嗣余以憂歸里，復出宰江西，蠡塘方校書内廷，同考鄉會試。書日工，求者日衆，亦不聞以詩名也。余近歸里，由固始來霍山，叠主講席。時蠡塘主講六安且數年，地近音通。余復求書，蠡塘則贈以詩。一氣頓宕，清老有杜風而不襲其貌。閱其全集，并如是，然後嘆。余向愛其書，獨异於衆。而不知蠡塘之能詩，則余與衆人，皆同也。雖然，無怪也。蠡塘淡中而冷面，不爲翕翕熱，亦不爲崖岸之行，故不傍門户、不立間架、不作趨時媚人態。其書也，其詩也，一而已矣。又聞其語曰：『凡吾爲人作字，即當課功，何敢潦草塞責？』故其書老而彌工。而詩亦然。然書多見者，而詩則自一二知己外，罕窺之。不自炫而名不彰。余猶悔知之晚，况外人乎哉？顧其淡中冷面，不爲翕翕熱，不爲崖岸之行。蠡塘爲人，即其詩之所自出也。蓋二十年前，余既已知之矣。何獨書耶？

《玉汝堂詩》序

乾隆丙辰，余與成子在中肄業懷仁書院，而各有好。余好古文，《莊子》《史記》、昌黎之書尤愛之。在中好詩，愛杜子美。網羅全編，一字不遺。二人者，心摹手追，自常課外，不爲時文也。歲辛酉，同舉於鄉，歸而理業，所好各如故。乙丑，余通籍入史館。時尚館課詩賦，余獨從事古文，不敢示人。而在中辛未以前困公車，近十年。遇益窮，詩亦日工。甲戌，余宰江右，不暇爲文。大中丞胡公，向在京師見余文，屢索之。則哀集以獻。在中自辛未榜後即宰甘肅，以罣誤羈留七八年。爲詩不輟。制府楊公見其與人唱和什，則大驚。覽全集，更好之。力雪其事，復其官，詩名益大振。由此觀之，詩、古文何負於人，而惟時文之好耶？自明人專事時文，二百七十年間，經學非漢唐之精。專性理、襲宋元之糟粕，史言信矣。抑時文何能限人，人自限耳。彼荆川、震川之古文，崆峒、大復之詩，又誰爲之限耶？余性近文而多失意事，構思把筆，方作忽輟，心甚恨也。在中始貧困，更歷患難，因時言情，高下中度。蓋余之有志未逮者，在中則大進矣。昔在中語余曰：『吾堂名玉汝，子盍爲我記之？』予謂人自樹立，何假憂患，是以久不爲。今讀其詩，核其境遇，雖在中之才，故自可成。而非前後數十年患難困苦爲日滋長，安能無病而呻其爲詩至於此耶？嗟乎！三十年前，與在中課習書院，論文言詩，不相降，又交相勖也。即豫章酒泉，西北東南，不可合并。然在中復官粵西，予亦量移近北，加以男女聯姻，音問常通。即克遂初志，游息太行沁水有日矣。乃癸未，余罷官，而在中亦故於粵西。重與論文，竟在何日？蓋堂名玉汝，信而有徵。易堂記爲詩序復之地下，即在中或聞而心惻已！

《匼匝山堂詩》序

汶石張子，余初不識也，丁亥遇於霍，貌古而訥於辭，邊幅不修。或以其長於醫也，貌敬之，不知其能詩。後余游六安，晤同年友李蠡塘，閱其詩，多與汶石唱和作，且言汶石詩勝其詩。余在霍，固已重其人，聞能詩，益重之，然尚未見其詩也。返霍未久，汶石袖其詩以來，余讀卒業，乃喟然曰：『詩至此，乃真詩矣。』然其潛踪伏奥，托於醫者，人知之。而其人之古樸不見可親貌，敬之，未必心知。至其詩之悲壯清遠、不名一體，更未必其知之也。今夫詩，亦難言矣。習揣摩以適功名之路，或以應酬兼及之，即自號專家。抽黄媲白，有塗抹而無性情，乃求一二先達者顧盼之。先達者名高望重，不忍峻其門墻，或賜一言，則附會妝點，裒然成帙，以誇於稠人廣衆之中而不知其不堪一唾也。然其人方且訑訑以能詩鳴，詩豈可復言哉？汶石惟樸訥寡言，乃能深於詩。惟深於詩，乃於詩不自滿。假既與蠡塘商校之，雖以余之無能，亦虚心以咨詢焉。雖然，汶石詩故在，即其人故在也。何必更以醫見？而不以醫見，則人亦終不得而見之矣。余與蠡塘，且不敢以詩人目之。或但以醫人目之也，曷足怪哉？曷足怪哉？

余交汶石，欲贈以文而未果，讀其詩草乃序之以代贈。然汶石詩，能作繪，余文愧不能繪。汶石也不敢藏拙，録以是正。自記。

《葉亟齋詩文》序

葉亟齋先生，名風，字維風，霍山人也。善詩、古文辭，通醫術而不以成名。嘗爲南昌太守汪公知，延署中數年，相得益深。然自汪公外，知者或鮮。予寓固陵，見有刻《達生》篇者，知出先生手，未知其人也。來霍山，晤張曉林，始知其亢志高尚，有古逸民風。其孫旗，復以所著史論詩篇來。論具隻眼，有古風、詩律，高騫更軼倫超群也。欲窺其全，則先生衣食奔走，不自收拾，多亡矣。嗟乎！烈士殉名，猶貪夫殉財也。擅一長輒思表見於世，有兼長而不自著其長如先生者乎？惟不自見此其長，所以必見而可傳也。旗亦能詩與書，庶幾克繩前武者，例得附書云。

張詒庭《哭母詩》序

余少時即耳儀封張清恪公清守亮節，望重一時。長閱洛學，徧心向往之。又以不及侍側爲大憾。其後通籍入史館，晤大宗丞懃敬公於京師，往返逾年。重其人，吊其實學，益知家傳淵源，其來有自。其後余憂歸外任，而公則撫軍安徽，旋晋北河制府，疊著猷爲。爲天子所倚重，始終隆眷，榮加身後，一如清恪公也。别自京師，曾幾何年，公遂没。而余亦忽忽將老矣。乾隆庚寅春，余主講關中書院，慤敬公文孫詒庭君，丰裁玉立，髫年老成。時倅西安而兼理涇陽，邑諸上游咸器重之。益知明德之後，必有繼起也。嘗投余《哭母詩》一卷，至性激發，情見乎辭，令人不忍卒讀。讀之，則孺慕之心不覺油然而生。蓋至文感人固如此！嗚呼！以清恪公之理學清節，得慤敬公宏勛猷茂以紹述之，今又得詒庭君焉。偶爾矢音，原本純孝。夫移孝可以作忠。居官莅事，皆本乎此。繼乃曾乃祖之遺徽，以仰答聖天子設官分職，篤厚世臣之至意，余將爲天下賀。不但爲張氏一門賀，而誼切世好，固所争先而快睹也。爰贅數言以弁於首。

《周西園詩》序

西園先生冲淡和平。余嘗傾倒其人，不知其能詩也。出一編示余，則于役滇南之作而金陵草附焉。沈鬱頓挫，不异老杜紀行詩，而無無聊不平之鳴。所謂冲淡和平者，猶故也。詩品即人品，不其信與？歲乙丑，楊清江夫子知貢舉，余幸托門下。而令子有澳，又余丙子分校所得士，通家往來。嘗進拙刻《燕川集》，而夫子序之。西園亦出夫子門，夫子序其詩，贊不容口。又惜其以詩獲遇之不如古人者。夫子古道自持，不輕許可人。余文無當古作者，夫子許之過矣。西園詩，肖其爲人，即古人無以過。夫子許之而惜其不遇。夫子之愛才則劇矣，而西園何憾焉？西園從事鹺政，借轉輸之勞以發泄其中所藴者，視老杜間關跋涉抱抑鬱不平之氣而於詩焉，發之者异矣。且托食公家，抒寫性靈，雖無大遇，聊適己志，亦足矣。而又何羨乎成都參軍之薦爲耶？嗟乎！世之不甘自廢，欲有所論著，而衣食奔走，不遑寧處，以不得自達其志者如老杜，豈少也哉？讀西園詩，又滋余感矣。

宗人《三山詩》序

詩以道性情，而性情不能無觸而發。墨守一室，足迹不能遍天下。强作解事，按古迹而遥揣之，或無病而呻，以效夫抑塞磊落之態，而曰『此吾之性情』，即性情安在耶？吾宗三山先生，席談一太史遺蔭性情。本有詩，又自幼隨任，而中年奔走南北，足迹幾遍天下。一旦爲詩，觸緒興懷，風致自佳。所謂名山大川以助人奇氣者，又不獨性情之爲矣。嗟乎！以如是之性情，加以如是之閱歷，即不爲詩，而詩意故自在有觸而發，以鳴其天籟。噫！安得如三山之人、之性情、之閱歷，而與之論三山之詩，且與之細論古人之詩哉？書此以質之三山，其以吾言爲當否也？

送任夫子歸宛序

皇帝嗣位十一年，考績時行，用備拔擢，甚盛典也。處泉任夫子明揚，大廷寵嘉之，復莅宛以俟後命。先是，夫子由詞垣出守懷慶，閱四載，政通人和，大吏將薦之。會憂去，不果。今守南陽又五年矣，政如懷，奏課又第一。恒惟古昔多循良吏，三代尚矣，兩漢間風猶近古。夫政平訟理，惟兹良，二千石而或簡用之途輕，或用之而任之不久，久任之拔擢或不優，礪世磨鈍之謂何？即吏安得良？漢之時，天子貴近臣，多出守。其懋乃績，則入爲三公。或璽書褒之，加其秩禄以寵异之。夫托以股肱，然後股肱自爲耳。其於民也，若臂之使指、心之愛身。疾痛疴癢，聯爲一體，而無復有掣其肘者。於是乎百姓受福而太平之治以成，此唐宋元明所未及也。

今天子念切民依，慎簡廷臣，以宣德意。而夫子侍承明刺大府，不爲不重。兩莅中州，歷九年，不爲不久。報政入覲，喜動天顔。需次作監司待之，不爲不加。夫治教休明，遠邁兩漢矣。而遭逢盛世，以克顯其猷爲者，又豈獨古人乎？抑恒思平政理訟、誠循良事。而政之大者，雖漢人似未之盡。如潁川得黄霸，則百姓向化。吏民富實、獄訟止息，則龔遂渤海之政也。秦彭治山陽，以禮訓人。而貴陽若衛颯、許荆輩，或郡内清理、或父老稱歌，此其表見，皆不虚，史言亦彰矣。然漢興，至孝惠始除挾書之律。後數十年至武帝，六經稍稍出，庠序學校之事亦未遑也。即諸人最號循良，豈聞有扶樹人材爲國家長久計哉？夫子之來豫也，覃懷人文廢墜數十年。宛自兵燹後，益湮不光。設科來鼓舞振作兩地惟均，不數年，河朔人士蔚然興起而發憤爲雄，以争風會之先者，宛亦彬彬焉。嗚呼！息訟寧人，一方之惠也。閭閻充實、愚氓向化，亦一時之功也。天下治安在人材，人材生植在學校。因勢利導、勿翦勿敗，易與耳。闢羊腸、開鳥道，天梯石棧等於康莊，其勢艱，其心與力亦更勞，其爲功於國家益大且久。漢諸人又何足云？抑恒少之時，落拓不羈，屢困場屋。夫子獨哀其窮而誘進之，激勵裁抑，蓋極其至。其在懷三年相終始。郵筒指示，歸浙亦然。下第南走宛，進所業以請益者數矣。去年捷南宫，厠詞垣，假歸往謁。旋迫事入都，幸相值，又匆匆南旋矣。夫心悦誠服、恒所信從者惟夫子。而夫子相賞格外，望之切、教之深，亦恒是屬。且史館内誼屬師弟輩，聯前後在夫子勖恒者，當更有在。即恒亦且有幸心也。冀北、宛南不可合并，獨且奈何哉？於夫子之歸也，既祖於道，而復述夫子之治行，見於紳士大夫之公論者。與同館視之，蓋欲夫子歸仕王朝而不久於外也，是爲序。

送楊嘉之司鐸新安序

楊子司鐸新安矣，始同人與楊氏兄弟交。伯也年長，提筆，作鉅鹿戰，無不人人惴恐。楊子方讀經，年甚少，同人每擬之二蘇云。歲戊午，楊子薦於鄉，而伯氏顧數奇不偶。然楊子試南宫，再報罷，則又嘗相向而嘆其屈。楊子今司鐸，同人與之酒而廣其意曰：國家教養之本，在刺史、令與博士。刺史、令爲朝廷牧民於野；博士爲朝廷育才於學。其職殊，其責一也。今天子廣勵學宫，特加甄别，以重師儒之選。而楊子以方壯之年，通經學古，往踐是任，才則顯矣；遇亦不爲屈。且楊子之遇，又安可量乎哉？蓋蘇氏兄弟，門内師友洎如也。遇歐陽公則同登上第，事業文望赫赫入耳目間。君兄弟之才似蘇氏，而當今名公卿又不乏歐陽公。其人一經指顧，聲價百倍，直旦暮事耳。楊子勉乎哉！且語伯氏『勿爲戚戚也』。既贈以言，又各爲詩，以道其行云。

余曦庵曰：每於吞吐頓折處，傳出古朋友期許親切之意。此妙，唯昌黎、永叔能之。北宋後，不彈此調久矣。

贈族兄儆三序

吾范氏自明初遷覃懷，其曰濟源，家河内，爲泰恒始祖。而儆三大兄之祖，世居修武，同出山西洪洞則一也。修武，自龍圖太史紹刺史公以起，文學政事炳耀一時。而功庸，太史父子復繼之。在河内者，兄弟并起，實惟司農公、别駕公肇其端。至觀察公，更衍厥緒。夫祖若宗，修仁行義，兩地惟均，亦歷久未艾。嗚呼！其盛矣！自是厥後，生齒視昔有加，而亢吾宗者或未多見。豈君子之澤久而不可恃歟？抑後之人不自振拔，無以似續前烈歟？大兄與泰恒，困省試久。每寓大梁，未嘗不相對唏噓也。歲辛酉，泰恒領鄉薦，乙丑成進士，入史館。而大兄困試省如故。顧大兄恂恂雅飭、温厚和平，鄉黨問群稱長者。泰恒自維性急量淺，恐非載福器。爲人如大兄，亢吾宗似續前烈，庶其在兹。科目遲早，何計焉？而大兄今且捷省試，方今聖天子勵精圖治，知人善任，而崇儒右文、宴賞賡歌，更千古所未有。泰恒雖與清班，旋以憂歸矣。大兄奮其學力，聯翩而上。玉堂金馬問，定當高置一座。他日追隨同官，朝夕聚首，固於兄有厚望焉。區區省試云爾乎？且夫科名，抑末也。人重科名，科名始足重。仕無問内外，官無論崇卑，竭力盡職，無愧清夜，無愧朝廷，無愧天下後世。光史册者在此，光家乘者亦即在此。幸通顯而無所樹立，反不如伏處里巷、泯泯者善藏其拙，且使我祖宗或有待而寄望也。蓋泰恒辛酉以來，矢之久矣，大兄豈無意乎？情親誼切，故不敢以頌言進也，是爲序。

贈孫玉昆序

孫子夢長，余故友也。居同巷，又前後同選，拔貢，成均。余於文藝，自知不足。而夢長甚推余，且謂其弟玉昆他日必從余游。時余宦江西，不知也。去年歸里，玉昆道前意，殷勤不倦。惜夢長已故矣。余延之，授兒孫句讀，而時時爲言文章之意度波瀾，玉昆輒心領。孟冬，遂補博士弟子員，又前後同庠也。夫余於文，豈敢徒爲高論，而使一世之人不好、以誤人哉？往從任處泉夫子游，夫子曰：『吾人日對古人，時見不足。非心虛，實抱歉耳。』而時下坐井觀天，或曰『天小』，或又曰『天大』。夫謂之『小』，或出井而自失也；謂之『大』，即甘處井中，終身無復自進矣。嗟乎！以井中爲授受，而從事蝸角之争，方存乎見多，又安能見少哉？玉昆從此而有悟焉。其於文藝，思過半矣。余今年衣食奔走，惜不能時爲切劘，相與有成也。於是乎言，而又恨夢長之不及聞之也。

王參戎暨范夫人忠節序代

忠孝節義之事，人知之，而由之蓋寡。或迫於無可如何，求生不得，而從容就義、百折不回之操，則鮮矣。又或孤忠自致而室家不振，嗣緒罕成立，懿節又難言之。若參戎王公與側室范夫人，豈不足以風乎？公諱九人，古滇人也，以游擊佐守臺灣。康熙六十一年，逆賊朱一貴亂，總鎮歐陽凱率屬戰，没。公負創血戰，殺賊既多，冀保海口圖恢復。聞海口又失，勢益孤，援復不至，乃躍海以死。死七日而援至，臺灣復矣。使公少遷延，可以無死。然與其付不可知之事於七日後，求一死所不可得，曷若見危致命之爲愈乎？當是時，側室范夫人居厦門，聞報，不欲生。又念藐孤方幼，勉力提携，間關萬里歸於滇。迨受朝廷恤典，賜祭葬，稠叠有加。而藐孤曰愼，復以難蔭，歷官協鎮。公死重泰山矣，而非范夫人黽勉完貞，表揚先公之烈，且育子俾成立，豈能至此？

曰慎今任袁州協鎮，范夫人年且八十，屢膺封誥。蓋聖朝眷顧死事之臣，亘古未有。而參戎公從容就義，范夫人又能表章之。孤忠懿節，史册光昭。至協鎮，忠能承先，孝克揚親。一門之内，自足千古哉。余備藩江西，於協鎮爲文武同僚，景仰嘉徽，遂不揣而爲之序。

贈吴履豐序

乾隆丙戌，吴子履豐成進士，分曹户部，爲主政。同人曰：『籍繫此邦者，近三十年無進士矣。』吴子以能文名，裒然高舉，其此邦風氣將轉之機乎？或又曰：『吴子少失怙，能自樹立。故困久而亨。有志事竟成，更可爲來者法。』余曰：『是固然，然此不足爲吴子异。且吾所望於吴子者，故不在此也。』今天子勵精圖治，久道化成。内外臣工，奉職惟謹。在外者爲股肱，爲奔走。大小相承，庶績咸熙。而自心膂以逮耳目，屬在内臣，無不分曹效能，以亮厥工。其在初登仕進，尤宜惟勤惟慎，是爲兢兢。今吴子以方壯之年，厠身其間，其建立固將有在。即吾之所望於吴子者，方於是乎始，而豈徒科目顯赫已耶？昔羅文恭公大魁天下，歸而作《吉安進士題名》，記其末云：『有武弁而與祭文廟者，文官嘲之曰：「公亦識坐上諸公否？」弁曰：「某武人，焉識諸公，但聞諸公皆非賜進士出身耳。」』嗟乎！人重科目，科目始足重。文恭公有志於道者，其言豈不足以警乎？余講課於此逾年矣，見吴子明敏而諳於事。文學而外，於接人馴衆、居官事上之道，無一不諳。繼至今洊登顯要，出其素所積蓄，自無不爲所優爲也。而區區之心，不能以自已，且不能苟同於衆人之贊之也，故贈之以言。不從頌，而從規。

送袁英伯北游序

儒者空談無實，又高自位置，而緩急不可恃。翻令朱家、郭解之徒，爲史公所健羨。而史公即以進游俠而黜儒術，貽譏班氏。然吾觀前漢陳孟公、後漢孔北海，或獎藉善類，或篤交游、尚氣誼，至今千載下聞聲者心切向往。彼獨非儒者流耶？或不僅以儒目之，抑或不敢以俠目之。則又何耶？余生長河朔，往來大梁。每過夷門謁信陵祠，竊意此中有人，特未有物色之者。顧四十年來不我遇已矣。將終不得見之矣！而吾亡友成在中、張子香道其同年睢州英伯袁子之名，余則弗能忘。又吾兒楣在都中，英伯忘年下交，左右提携之意甚厚也。而余益以不得見爲憾。乾隆丁亥來霍山，適英伯游迹至兹。一見出肺腑相示，磊落之氣，十步照人。又見其爲人謀，動中機宜。囊橐蕭索，好施而不望報。或有中道暌違者，不顧也。苟有求，忠告輒如故。嗟乎！以英伯之才識、之經濟，由其膺民社者而任方面、制一方，其建樹必大有可觀。乃成進士，出宰濟陽，輒報罷。南北奔走，訖無寧晷。有人如北海、孟公而不得一挂朝簪、風施當世，可恨也！然英伯或杜門老牖下，天下孰知有英伯者？即知之，安得有見英伯者？數年來，已游燕趙、歷齊魯、過大梁以抵湖湘； 近且涉浙逾江、溯淮濟河，由楚而豫而三晋，出關游宣。大復入關，到於都中。所至之地，傾其座人。非史公所謂賢豪間者耶？量爲執鞭所欣慕耳。昔成在中，張子香與予縱談古今事，嘗以懷、孟居天下之中。唐宋元明，儒術茂焉。而野王好氣任俠，前史稱之，迄於今。儒者如韓如許如何，邈不可得。即軹深井里，俠士風亦罕有繼者。儒而俠，今得英伯亦足矣，吾復何憾哉？惜乎臣之質死久矣，而徵者其誰耶？

贈張曉林序

余讀畫之癖，甚於讀書。夫爲花卉、爲翎毛、爲佳山水，皆畫也。花卉翎毛，動云如生。夫如生，何如真生之爲愈乎？余生長中州，游歷南北，所爲花卉翎毛之屬，亦既飽聞而飫見，無事向畫中求之，而山水可以怡情。余性尤好西北之名岳大河，尚未足以滿志也。於東南，見江山之奇秀奥曲。所至觀玩，樂而忘疲。但過而不留，欲嘗目在之不可得。即《名山》有記、《水經》有注，止可意會而不可目睹。則於古今人名畫，一見弗忘，又朝夕卧游，恐讀之不能遍。或迫俗務，不暇讀書，而畫之與接爲構者，日涉成趣，且可長留而不去也。曉林張君，工詩善畫，余見其詩舉人所難繪之景，無不可擬諸形容。而又恨不得見其畫，以鼓吾讀書之餘興。歲丁亥，遇之霍山，則遺余秋景一幅，時方夏也。未幾，冬之半，又遺一幅，則夏景。其峰巒之秀削、山房舟楫之清爽，長夏觀之，可以忘暑。而冬日觀夏景，山嵐蓊鬱、竹樹茂密，又幾忘寒氣襲人也。畫之移人，至於如此。視詩之但得其意者，又不侔矣。夫詩禪畫偈，古人嘗合參之。余之所癖，又豈計與古人合否耶？余老矣，目□神倦，又衣食於奔走，不耐觀書亦久矣。一見名畫，夙緣頓生。蓋身處西北，而東南之迹，時時於畫遇之。今處東南，凡名山大河之在西北者，無不可登臨而憑眺也。然則君之畫隨手日出，余將竭力讀之，應接不暇矣。雖然，觀秋畫可以忘暑，觀夏畫可以却寒，而所謂雪消山瘦、春工明麗者，余終不得以盡讀爲憾也。君若不予弃，更當拭目以俟之。

贈尹右衡序

右衡尹君，倜儻卓犖，有英偉奇杰之氣，而寓於醫。去年游霍山，余聞其概，未見也。今復來，適余將返棹，幼孫照藜病，兼旬未即瘳，余甚憂之。或有言君復來者，則急延之，投以藥，應手而愈。先是，初與接，風裁亢爽，咄咄逼人。聆其言論慷慨，内外洞澈，更無世俗委瑣齷齪態。始嘆君寓於醫，而醫固不能盡君也。然非醫，人將終無知者。即余求天下士甚殷，而於君亦由醫得之，他又何説？然則世有如君者，又可易知乎哉？

賀賈學博捷南宫任刑曹序

聖天子論辨官方尤懋，選舉於南宫之試，幾爲詳慎。而登第後，别其材堪内用者，分任各部郎曹。厥典綦重。乾隆三十四年，引見新科進士。又於衆材中，特擢户刑二部司曹。爲官擇人，器使攸當，猗與休哉，從來未有矣。某翁老先生，司鐸武安已七載，己丑應試南宫，則報捷。蓋其久於司，教人材成而已。先有成也，登第後即任刑部主政。由是本素所蓄積，以諳練於武安七年中者，出而克稱任使，益可燭照而數計也。士人屈首受書而有志當世之務，司教以儲材明刑以弼教。其職大小不同，其要一也。先生爲人，亢爽不拘小節，課士以實不以文。其成就多士，可以楨幹者甚廣。而今而後，明慎典法，仰贊大司寇。而糾萬民、以之明刑，即以之弼教，其爲功於邦國者，又甚宏。且司鐸之教，教以空言，而由明刑寓祥刑。且刑期無刑焉，其見諸實事之深切而著明者，不誠，可以上報聖天子。特簡之曠典，而無愧乎哉！武安紳士久與先生處，及游其門者既以自幸。而先生之分任司曹，又將爲臺省幸。且由此而以材拔擢，洊晋台卿且爲天下廣霖雨也。情不可已，謀製錦以賀。問序於余，余昔聞先生行誼，雖不能文，然寧質勿華，識者或不鄙其言爲難信也，於是乎序。

送秦柱川廉訪序

古者司徒有使，教以君臣父子兄弟夫婦朋友之倫。而梗頑不逞之徒，猶未能以盡化也。則又作之刑，以補教之所不及。其或分方宣猷，有觀察提刑之任者，必久於其官，稔其風土人情，審克輕重，以教祇德，而協中之治始成。柱川秦老先生登上第、入史館，文望蔚起，特邀帝眷。又以其有平政莅事才，出守西江山右數大郡。旋秉關中臬。關中地屬西陲，風氣剛勁，勇於尚義。而鴟義奸宄，亦往往芽蘖其間。先生本欽恤之心，貌稽辭聽。數年來，簡孚平反，仰答聖天子刑期無刑之意，已不遑言瘁矣。而又以其暇，至講院，進立諸生，口講指畫，歷久不倦。蓋關中自橫渠張子開其先，道脉文章，代有繼起，先生更提闡而振作之，士氣蒸蒸，日見丕變。又不獨惟良折獄人服明允已也。夫人臣責任分陝，惟教與刑，實關民莫。司教者勿忘棫樸之風，司刑者克念祥刑之訓。仰瞻典型，前徽猶在，安見古治之不可復耶？先生出素所蓄積，既以明刑者弼教，而教事大備，復久而成化。蓋敕法儲才，勛猷并茂矣。昔聖命官，各熙乃績而不相兼，舉人所不能兼者，一身肩之而裕如焉，不尤爲難能乎哉？然則出宣德化、入贊廟謨，無不宜之。又可燭照而數計也。歲庚寅之閏五月，先生報政入覲，克稱休命，而天子寵嘉之，用作霖雨以濟蒼生。蓋天下之幸，非一方人士之所得私也。而陝人之被澤久而愛戴切，則又何能一日忘耶？某講課此邦，目擊誠悃，不徒羡陜人之所感恩，而益嘆先生德之厚、化之深，有以入人而難量也。敢摭其實，以爲祖道之祝。

送華年弟歸養序

吾弟華年，叔父子敬公幼子也。叔父先没，叔母年近八旬。華年事之得歡心，又以衣食故，奔走於外，無寧晷，心不安也。華年長於醫，又善詩畫而篤交誼，諸同好者咸重之，樂引以爲助。近由山右來陜，從事鹽榷。適余主講關中書院，時時過從，甚歡也。前年，叔母患肱瘡，已愈矣。華年念切膝下，夢寐間不能自安，喟然曰：『吾父老而生吾，吾年幼，見父操勞，未能得甘旨以承其歡。今母氏年又高矣，吾以衣食事奔走，雖甘旨不缺而吾心神時時在母側也。且生計，何厭之有？忘所生而自爲謀，即致素封，吾寧不愧於心乎？且吾在母側，雖守約，吾親自歡也；吾不在側，親即諒我，我愈不自安也。』於是辭所共事者，而决然舍去。諸同好者留之，余獨喜而勸成之。夫吾人大節，以敦倫耳。故事父母能竭其力，即謂之『學而』。日事詩書，博一第且有絶裾而不顧者，即使事功赫赫，亦不可爲人，不可爲子矣。其或邀絲綸、崇名號，而奉養不逮，究何益哉？且奔走於外，色笑不親、寢膳不視，所謂『菽水承歡』者，安在耶？華年能此，吾叔父有子矣。古人有匹夫而化鄉人者，其本立也。吾族之人，聞華年之事，不可風乎？而可風者，又豈獨吾族之人乎？吾喜其歸而序以送之，且以勸也。

畢大中丞迎養母太夫人至陝西序

乾隆甲午五月之望，撫陝大中丞弇山公恭迎太夫人至署奉養。自入關以來，地方有司奔走郊迎，萬目共矚。到會城，鎮守僚吏及所屬，出郭門候起居。中丞公跪迎道左，親扶八座以入。威儀烜赫，極人間有子之榮。惟茲厚德，實受其福。遠近傳喧，萬口一辭。當是時，泰恒主講同州府書院，爰進諸生而告之曰：『人倫有五，莫先父子。不言母者，婦統於夫也。母慈子孝，大義昭然。非天下之至慈，無以成天下之純孝。而非極天下之純孝，又無以慰天下之至慈。中丞公由鼎元官宮詹，出而觀察西陲，秉臬陝右。近由藩翰，特進中丞，以撫此土。實心實政，誕敷西方。即古者分陝之猷，無以加茲。公曰：「非予之能，此吾母之教訓也。」惟是南北風土不一，太夫人久安南中，不便北來。中丞公違膝下久，雖祿養無缺，不慊於懷。太夫人俯鑒厥誠，於今乃至。目睹吏肅民諴，回思辛勤教子，誠極天下之豫快而無憾矣。泰恒，豫人也。往來大梁，謁孟子、游梁祠，并考《列女傳》，知孟子周游列國，實奉母以行。其游梁也，母氏必從。故今日游大梁、謁孟祠，又心懷孟母之德於無窮也。中丞公之爲政也，恩威兼到，義以輔仁，泰山岩岩之象復見於今。而太夫人教子成，功不下孟母。而子之遇，則遠過孟子；即母氏及身之榮，又豈孟母當日所敢望耶？諸生讀書懷古，以古證今，亦可知慈孝源流之所謂矣。抑泰恒又聞分陜而治，周公首稱。後人入陜者，無不追憶，盛烈赫赫若目前事。而周公之德，實由母氏太姒之胎教，又不獨西伯爲父能止於慈也。今觀經書所載周公相天子：營陜營洛、制禮作樂，教化大行。蓋由母儀克端，有以裨成聖子以爲一代之光、一家之慶。□而《同州府志》載：太姒生於郃陽之夏陽鎮。夫周公勛著陜東，而其母即陜産也。信乎有聖母，斯有聖子。胎教身教，一身兼之，又豈獨孟母哉？而中丞公分陜之猷，克繼周公即將來。佐天子勷制，作霖雨天下，亦一周公也。周公日奉母而治績彰，中丞公繼治陜而迎母來西方，盛事今古同之爾。諸生更目擊之矣。

諸生曰：『曷紀之以備掌故，使後來者有所考。』泰恒唯唯，又愧不足鋪張揚厲以傳永久也。謹述梗概以塞其請。

翁誠軒太守晋職觀察序

雍秦爲天下右輔：東控豫、冀，西扼川、甘，郵鹺之政實繁。自今上皇帝威德廣被，西拓地二萬餘里，差使旁午，郵政爲重。又辛卯以來有用兵金川之役，師旅轉輸，軍書往來傳遞維謹。故今日督率郵政，視昔尤要。非有猷有爲、長於才而敏於事者，莫能勷贊焉。乾隆甲午夏四月，誠軒翁老先生恭膺簡命，實踐是任。先是，先生由漢中移守西安，政平訟理，吏畏民懷，數代掌郵傳事。上憲知其能，合辭薦之。天子寵嘉，仍俟後命，乃於今而有是任。泰恒常謂士君子有真才情，始有真經濟、真事功。一二才短命長之夫，不誠身而圖獲上，碌碌因人成事，久假不歸。一若己之所真有而忘其爲幸致一時。依草附木之流，又爲之譽揚稱贊、轉相仿效，而其底蘊蓋不堪識者之一唾。若先生之實心實政，謨謀已出而不因人誠意相與上下交孚。守漢中則漢中治，守西安則西安治。清介著於鹽榷，整飭見於郵傳。既已隨任見長而意念深矣，常抑然有以自下者。即古循良可多得乎哉？抑泰恒聞古之循良，莫著於兩漢，黄霸尤膾炙人口。考其兩任潁川，力行教化而後誅罰，長於治郡矣。及爲丞相，『功名損於治郡』時。即神雀一事，大爲張敞鄙薄。竊疑《漢史》所稱，似乎妝點粉飾，抑或僥幸立名。不然，漢廷之上，方以經術潤色吏治，霸以不學無術之身加衆材之上。在帝左右，粉飾無從，蓋其所從出之源不可問也。夫天下事，容有知而不能爲者，安有不知而能爲者哉？昔人謂國家用人，他曹皆可以雜材爲之。嗟乎！才情不真，何職可假？而謂雜才果能耶？然則先生之於鹽榷郵政，特寄焉耳。由此，外而屏翰、内而卿貳、爲三公以佐天子。隨試隨效，猷爲更茂，必有以异乎？黄霸之爲之者，其本有可信也。泰恒親炙之已三年矣。今日主講左輔，聞兹遷擢，不能已於言也，乃忘其固陋而序之。

卷四

王禹林先生壽序

王子琮，恒友也，丙辰領鄉薦。出禹林王先生之門。每言先生善相士，則惴惴焉，惟不得出門下是懼。酉之役恒與同學成子文并獲售。而成子又出先生門，恒益愴然，不能爲懷。及成子趨謁歸，語恒曰：『子知子之所以前茅乎？先生實有力焉。』再叩得其故，不禁喜滋甚而嘆息於遭逢之奇也。恒數困大梁試，走謁信陵祠，輒徘徊不能去。及讀史遷所爲傳，益感其義高能得士，不可於今人中求之矣。侯嬴爲夷門監者，不遇公子，旦夕且填溝壑，誰其載之？而公子亦孰與成其功？又毛公薛公，博徒賣漿耳，更非抱關比。公子物色之，卒賴以成其名。説者謂有真精神以作合，故有真氣誼以投報，似矣而未盡也。夫公子，魏人也；侯生，魏産也。失則有憾，而拔之亦在指顧間。毛薛隱趙，於公子何與？然且與之游，恐不我欲。此豈徒市虛聲而爲此汲汲哉？無心求士，泥塗聽之耳。有一愛才如命者，高瞻遠矚，一過無復遺材焉。成其功，成其名，始願固不及此。夫日接膝而不相知，或异時而相慕，遭逢蓋難言之。然則爲侯生者何其幸，而信陵收毛薛，其感戴之輕重更何如耶？今高明如先生，而恒辱格外之知；落拓如恒，而先生有非常之愛，蓋不可求之今人者，今忽有之。夫生伯樂之廐而長匠石之園，振拔亦固其所。駑駘、樗櫟并邀一顧，遭逢奇矣。何日忘之哉？王子捷南宫，而成子與恒則見放，顧安得相士如先生，而使恒輩弗戢其翼，激昂青雲耶？先生初政於商邱，繼於密、於杞，所在有聲，都人士類能道之。今登堂以祝，恒獨自有感也，爰述之，以進一觴。

顧星五曰：是何意態？雄且杰，不圖於壽序見之。

余㸚庵曰：空中作波瀾，如夜半松濤，自天而下。聞者以爲有霆電驅策之，然過耳則星疏雲淡，無可迹象矣。文之變幻翕忽、奇駭恣肆，亦應有神物出没其間。

顧大尹壽序代濟源李廉訪

今天子勤求至治，澄叙官方，特重親民之吏，用作股肱之司。於是邑侯顧公奏課上上，例陟主政而暫莅於共城。侯之未莅共也，布政吾濟者九年於兹矣。下車時，值時吏競尚刻核，乃喟曰：『奉職循理，亦可以爲治。何必威嚴哉？』於是問民疾苦，廉得環邑山居者十七。地瘠民貧，爲之薄賦以綏之。邑人樸而愿，質而少文，爲之申條教、省敲扑以馴擾之。其有訴誶，爲之委曲剖析之。縉紳先生及弟子員之進謁者，必接以禮。悉弛繩削而弗尚焉。侯爲人，内明外寬，不爲翕翕熱，亦不爲崖岸斬絶之行。任益久，情益悉，和平敦大之政澤於濟民者，極深且厚。雖濟民至今無少長，皆曰『於我有德』。其視武健嚴酷，果孰爲勝任而愉快哉？抑余觀兩漢多循良吏：黄霸治潁川，前後八年而百姓嚮化；龔遂在渤海，吏民富實，獄訟止息者數年；秦彭六年於山陽，以禮訓人；衛颯視事桂陽凡十年，而郡内清理；厥後許荆亦莅桂陽，父老稱歌。其任事蓋十二年。夫天下未嘗無才也。今之賢者，智能非獨讓古人也。一介之士，存心濟物，或無位訖不得施。即綰半綬，治一方，其居官也若傳舍。雖有非常之人，能竟非常之功哉？若我侯者，可謂政平訟理、久道化成者之效也。孰謂古今人不相及耶？抑又念霸、遂諸賢，其在職未八年而已耳，未數年而已耳，未十年、六年、十二年而已耳，其設施能若此耶？且使潁川得霸也，不止八年；渤海得遂也，不止數年；桂陽得颯與荆，不止十年、十二年；而山陽之得彭，亦不止六年。其設施量更有加者，豈第如斯而已乎？觀於此者，吾爲吾濟幸，更爲吾濟惜也。歲五月之十二日，爲侯岳降辰，舊庇治下者謀稱觴往祝，問序於余。夫激濁揚清，以弼聖天子。得人之治者，廉訪之職也。余不敏，謹綴數語以紀其實云。

任太母壽序代任夫子

吾任氏族，姓蕃衍散處南北，同出有熊，則一也。丙辰秋八月，余奉天子命出守覃懷。念此邦素饒人文，則拔郡士育教之。族子履素，適在選中。及來謁，雅飭循循。叩之，則經術湛深，有吾家彦昇風，心异之。往還既久，益悉其家世，蓋與乃兄健行，同佩封翁子植公之教，而馬太孺人之内訓爲尤深也。太孺人爲文學馬公儀元女。大父允昇公，以名進士歷官汀州司馬。生名門，姆儀素嫻。其繼某太孺人，而于歸子植公也。太翁尚在堂，翁姑具慶，小姑小叔均幼。當是時，家非素封，食指衆多，惟子植公一身是賴。公性故孝友，依依子舍，不忍離。迫家務，又不可鬱鬱久居也。太孺人曰：『行矣！勉之！君但理外。門以内，自吾事也。』於是拮据甘旨，恒得兩世大人歡。姑早衰多疾，承志色、養左右，無方。小姑出嫁，心力竭，不惜。子植公所以得事居奇，往來燕秦百粤，或歲一歸，或間歲始一歸。家道日起，脱然無内顧憂者，則太孺人力也。小姑適曹，未中年，夫出不歸。太孺人委曲解慰，衣食躬親，三十年如一日。小叔故，子女幼小，則代之漸畢婚嫁焉。其教健行、履素輩，法益嚴。出就外傅，入必考其功。履素成進士，更以守正勤事爲訓；謂失己而不能濟人，苟富貴，可愧也。蓋其長養宦族，識治身居官之體，故言中機宜，非尋常巾幗所窺尋。而子植公倦游以還，無事更勞心，又非太孺人之力，不及此。嘗讀《鷄鳴》之詩始章曰：『將翺將翔，弋鳧與雁。』繼乃曰：『宜言飲酒，與子偕老。』儆誡於初而圖適於後，古淑媛之相其夫，蓋其勤也。又《列女傳》稱季文伯之母，見文伯之傲其友也，既引二聖一賢之義以訓之。又責其年少位卑，擇嚴師賢友而使事之。此其教子，又何勤勤懇懇、有加無已也。世教衰微，士女不嫻大義，操井臼、主中饋足矣。《詩》《傳》云云，得一難，兼之則又難。或乃執無成代終之説，謂妻道、母道如是而止。嗚呼！婦代子職，嚴以成慈。觀太孺人之所處，蓋百不一得耳。《詩》《傳》所述，何愧焉？抑余於此又自有感也。先大人手足衆多，不克終舉子業。生平奔走海上，作室家計。而先母屈太夫人，亦豫産也。撫予兄弟姊妹，俾各有成。持家莅事，内外井井。先大人每顧而樂之，無門内憂。及余兩仕中州，則屢述外家侍御公之烈以相勖。蓋其用心，與太孺人相似云。今太孺人年登七十，康健無恙。健行兄弟方舉觴上壽，朝夕奉色笑也。余守懷及宛，先太夫人遠隔越水，迎養不可，終養又不能。聞二子之奉厥母，益愧吾母矣！今歲十月之某日，爲太孺人設帨辰，崧年范子游吾門而與履素相友善。代乞余言以爲壽。誼深矣，不可以不文辭。爰述梗概，歸之使張於庭云。

龍太母壽序

甲子秋八月，龍生省試之日，而母氏沈太孺人設帨辰也。予迫歸省，不獲效。登堂祝，然胡可無一言？生嘗出尊公斗墟先生家教卷示予，竊嘆教子之詳、望子之切，至於如此其極也。又嘆其不得見生之成立，而生亦不得資身教以有成也。太孺人實代成之。先是，先生没，生甫逾十齡。諸兄散處南北，太孺人總家政。内外井井，馭生尤不少寬假。出就外傅，入必課其功。朋儕往還者，相勖以道義。聞之輒色喜，否則怒。去年，生科試冠軍，則曰『及鋒而用，不可緩也』。

延予課之，督之益急。夫父嚴母慈，自古志之。顧夫在，則然耳。代夫教子，蓋以母兼父道矣。生先世以甲科起家，斗墟先生之教生至矣，而志未竟也。太孺人督課有加。父以勞爲愛，母更以嚴成慈。紹先烈、盡妻道、垂母訓，一舉而三善備。如太孺人，真女丈夫哉！或曰：數極於亥而生於子，故六十一周，窮變通久之義也。太孺人年近甲子，今甲子適舉省試。而設帨之辰，又值甲子入試日。生之捷省試以報母氏者，將在甲子初開之年。理有必然，數有固然。是言也，豈無徵乎？敢即太孺人所自爲功者爲太孺人壽。想同人登堂公祝，當亦不謬予言云。

丁太夫人壽序代

桐軒丁君，余長子以烜同年友也。前由益昌令司馬永定，在官聲大起，達朝寧。余竊异之。以烜數道丁君文學政事卓越一時者，蓋得母氏某太夫人之訓居多云。丁君今倅宛，宛太守任君，又同年友也。而幼子荀龍適宰宛，通家。屬吏登堂拜母，見所見、聞所未聞。而太夫人之賢益悉。太夫人幼嫻《女誡》，相念雲先生。肅雍勤恪，内外無閑言。及先生厄龍蛇，桐軒尚在童年，仲方襁褓。當是時，外無期功之親相助爲理。太夫人一身楮柱，事各有條。奉姑備色養，没，則勉强拮据以當大事。所謂必誠必信，勿貽後日悔者，即丈夫猶或難之。若太夫人，可謂孝矣。太夫人日是，猶未足爲夫子報。及桐軒兄弟漸成長，義方尤嚴，言笑不少假，擇賢師友諭教之。旦日就館，入必課其功。躬親機杼，資膏油，迄於成立。今桐軒以文學政事顯，而仲子宰粤，并稱良吏。孫復繼起，賢書曾孫有補博士弟子員者，似續前徽。以慈代嚴，蓋念雲先生未竟之志，始於是乎成。昔歐陽文忠公表其父阡，今讀其文，未嘗不嘆。賢者必有後也。余尤多其母之賢爲不可及，當其父秉燭治官書時，公方在抱，豈復能記憶？且即公之賢，能自樹立，而非母氏聖善，勤勤懇懇述先德以啓迪之，亦未克遽至於斯也。所以遵遺訓、大節不辱而至於斯。知母氏之先，公泣而志，志而弗敢忘者，非一朝一夕之故矣。矧晝荻教子，以基成立，故自多乎哉！然則汝父有後，母雖不自以爲功，而即是母其有後也亦必矣。今丁君兄弟登仕宦，孫曾蔚起，微太夫人之力不至此。太夫人顧而樂之，固其所自致而非會逢其適也。蓋丁母，即今之歐母哉。歲小春，爲太夫人八十設帨辰。宛太守以通家子，謀率所屬進一觴，而命荀龍求余言以爲重。余惟太夫人教子成名，猶歐母也。而其遇亦歐母所同。考歐公爲龍圖學士時，母氏在堂，躬受寵封。今聖天子孝治天下，恩廣錫類。君兄弟循良日著，必有六珈錫袂、榮及所生者。三朝寵命，何獨歐母哉？荀龍試述之，并代余進一觴也可。是爲序。

余曦庵曰：《瀧岡阡表》，無人不讀，然於故紙堆中。尋出窄路如千岩萬壑，忽聞一縷幽香潛通鼻觀。呼吸久之，則見懸崖凍瀑間梅花數點，蕭疏掩映而已矣。此種文境於壽序，得之尤奇。

鍾勵暇先生七十壽序

癸未仲夏之九日，勵暇先生七十誕辰也。仲子立軒爲江西南昌令。其同僚知交咸思傳述，爲先生壽。泰恒與立軒處最久，聞見益切，胡可無一言？先生通經術、砥行義，屢見知當代公卿。間顧自持介介，終始不渝。雖位不稱其德，而老成典型，中外共欽焉。少讀書，即留心經學，尤善《禮經》。丁未成進士，絶意仕進。因太夫人患足疾，侍養之餘，益治經書，不少閑。今上詔修『三禮』，相國西林鄂公、桐城張公、少宗伯望溪方公，特薦入館。而方公更以《周官》屬先生。乃薈萃儒先説，折而衷之。凡三閱歲而書成。泰安趙相國重其名，薦授國子監助教。在職六年，勖諸生以敦品研經，聞教者如游得歸。人人咸知自愛，無异昌黎之爲博士、魯齋之在太學也。時簡親王以象宰兼監事，湛深經學，尤相契。而觀少司馬、吴陸兩大司成、鶴少司馬，咸敬禮之。遷禮部主客司主事，晋祠祭司員外郎。晨入治事，退食，仍手一經。不事干謁。海寧陳相公兼部務，亟推薦之。士生天地，得一知己亦足矣，况名王巨公耶？講學成均，議禮春官，人與事稱。即先生復何憾？其在書局也，《周官》正須校讎。故事，書成列上等，得議叙。聞太公違和，即日戒、行不顧也。時有進士應外任，以在館留京職。或以諷先生，亦不應。又在監時，詔舉經學。諸公皆屬意先生。座主海寧相公面詢之，則爲稱某某有學行，而於己反若忘，素與習者咸訝之。在部數年，位止副郎，有以也。然時有保舉御史之命，同僚咸謂植品力行，此舉非先生莫屬也。且先生在監爲真，先生在部爲真，禮官即在朝，將爲真御史矣，而竟不得與。先生處之仍淡然。及引年去，或有減年以幸留者，先生尤不顧而唾。蓋先生内行肫篤，砥礪名節，至老不變有如此。夫士不通經，誠不足用。漢唐來治經者衆矣，其品行或立與否則不齊。而一二方正自持者，或質美未學，經術則茫然。如先生，非所謂二難并耶？所排纂《周官》已進呈，欽定頒學宫。而難進易退，大節又昭然。蓋先生自能壽，不在區區年歲也。泰恒誼不可辭，姑即先生所自爲壽者以壽先生，諒先生或捧腹而進一觴。

鍾淳庵七十壽序

郡參軍鍾君榮秀，與余弟質夫契最深。去年仲冬，其太翁淳庵公年七十，雅飭循循，古貌岸然。余登堂拜祝，心异之。又從質夫問其家世，得其孤立勤學、事親教子諸大節，自少至老，立身有本末而勤且不倦。其古所稱惇史歟！胡可無一言？

公，閩之武平人也。生八歲而孤，一妹外，家無次丁。母夫人備歷艱苦，不令子失學。公仰體母心，自誓曰：『孤子不成立，不如無生。』而從事章句，又學非其學，不可以言成。則立志砥廉隅，以不言躬行爲根柢。復留心經世大業，意將力圖顯揚。冀母夫人得目擊之，而竟不能矣。

先是，公入庠應舉，薦而不售。或勸其他途干進，公曰：『吾母迫桑榆，膝下無人。求光榮而缺定省，吾不爲也。』左右就養，以永朝夕。數十年，母夫人亦怡然安之，壽逾大耋。此雖母夫人植節育子之報乎？而公之年未强艾，絶世榮以供子職，則固有鑒之者矣。初，公幼時，母夫人撫此一綫，常懼宗祀或不延。迨成立，已過初望。而公且連舉六，丈夫榮秀君以優貢任司鐸，洊擢今職。凡所以立身造士贊理郡政，一秉公教，餘亦有聲庠序間。并醇謹不侈。孫曾十有餘人。前遇覃恩，貤封公修職郎。配某夫人，亦年近古稀，鶴髮齊眉。同堂四世。迴憶六十年前，形單影隻，母若妹煢煢相依，豈望有此耶？即貴顯或未備，公故可快然無憾矣。然且蹙蹙然，懼子懼孫或未成立，家聲未振。吾先母以慈代嚴之心，或未能慰也。益事循謹，教誡益有加。門内肅然，不聞人聲。吾睹其貌，益復重其人。昔荀淑子孫多才，竇禹鈞諸子皆貴，前史詳哉言之，而吾獨嘆萬石君家爲不可及也。夫才不盡醇則滋累，貴不擇時則滋瑕。漢魏之間、五代北宋之際，荀氏、竇氏，有識者或不滿之。而石奮父子兄弟祖若孫，馴行孝謹，至動人主聽，又豈在區區爵位間耶？然則行誼如公，家世醇謹如公，彼荀竇猶不足擬也，而徒以石氏父子俱躋顯列爲公惜，或且爲公覬，豈知公者哉？又豈余之所以嘆服乎公者哉？蓋吾質夫之言，誠有徵。而余故非工於諛言者矣。公試扶杖聽吾言，或可解頤而進一觴也。爰述之以爲公祝。

某封翁七十壽序代

覃懷守某，余同年友也。居近都門，與余交獨深，故家世亦最悉。其尊大人，某老年伯迎養覃懷逾年矣。今夏初七十誕辰，余欲往祝而不得。其寅屬紳士，謀製錦稱觴，走伻來問序，固余所樂道也。

翁生長燕南，豪邁亢爽之氣，得自風土。少之時，受書陶太庸。略觀大意，輒得其要領，然斤斤章句間效描頭畫角之技，不屑也。又好擊劍、便騎射。從父任都門，明習世故。凡居官御衆之略，一學即能。以此父師咸奇之。嘗應童子試，不售。聞有京官子弟效力之例，則曰：『大丈夫當出所蓄積，攸濟蒼生。立功名求自表見於世，安能持三寸不律以了一生乎？且年少不自樹立，老將何爲？』則弃八股業而從之。在公之暇，留心方略。讀《漢書》至《趙充國傳》，謂：『古來名將多矣。老成持重，耕戰交修，不務目前赫赫之功，惟此公耳。彼衛霍之勛，何足道哉？』上下古今，貫穿不遺。曩吾李恕谷來訪之，歸語人云：『輕裘緩帶，羊叔子不是過也。』其得名輩激賞又如此。居久之，不得一專任。即需次武選亦有待，翁於此乃不堪鬱鬱以處也。既不得於大，姑試之小。則就漕運協辦，例得江淮之五幫。漕運舊規，現任者以次出運協辦。隨行慢不可否事，迴船押空，不過虛名。而運丁柁工及水手類，皆驕悍不馴，黠而貪利，辦公不足而舞弊營私則有餘。

翁抵幫，即嚴明約束。一出以誠信，人人畏服。及選授鎮江衛，在幫者聞前事，益不敢少有縱恣。蓋行事中機宜而風采可畏愛，即何异於古所云也？當是時，觀察黄公、太守陳公并重翁，謂使任閫外、克壯其猷，其樹立幾不可量。領運六次，雖課最，而例不得破格以用，於是喟然曰：『吾年十六七即從事武備，歷練辛勤且有年，不得已而任衛事，亦謂勃勃進取之志蓄諸中者，庶幾其大吐之。今忽忽其將老矣，所至止此，吾豈可不知難而退乎？又吾父嚴課讀，望吾成立，卒不果。吾有子，幸能承吾教，不得志於身，將假吾子以竟吾志，足矣。此而不止，更待何日？』則乞休。歸鄉里，絶外事，一不與聞。翁前遭父艱，悉準諸禮，族黨稱之。其教吾同年友也，嘗云：『「獨抱遺經究終始」，此語甚可味。且好讀書而不達於用，其失則愚。小子戒之！』某某凛其教，掇科莅官，隨試輒效。而自宰滇南、擢郡丞，升守貴陽，以逮今職。翁隨事指剖、動中肯綮。蓋翁一生閲歷，凡所蓄而未發者，將於是盡見矣。初，翁從太庸游，雅好填詞。師規之。既而曰：『岳忠武精忠大節，情見乎詞。人顧自命何如耳，豈以迹哉？』故凡有吟咏，即慷慨嚴正之氣，時時流露。而自幼善射，能命中，又若天授。迨今就養，猶日發矢數十以爲常。蓋翁年登七十，精神矍鑠，其亦有所得而然耶？然則余之知翁，或猶有不盡者，尚俟諸耄耋當更執筆以俟也。今且述而歸之，不知登堂諸君以爲然否？

侯母馬孺人八十壽序

人之享大年、躋上壽者，非獨數使然也，抑其德實基之焉。顧男主動而女主静，故從來女之壽，多過乎男。非其静而有常、有以培之與？蓋數有不齊，而惟德不爽。婦道、母道之無虧，故自不敝，吾終不敢絀德而歸之數。余再游雍邱，識侯子松年，丰采玉立。叩其中，淵如也。十三經、諸史，淹貫不遺。蚤游國學而淡然於仕進。余竊疑之，侯子曰：『吾有母，年且八十矣。既鮮兄弟，影隻形單。吾其敢逐末而忘本哉？初，吾父歿時，吾始弱冠。吾母内持家政，教吾以讀書守身爲本務。今有子數人，吾母復以教吾者教諸孫。門内事，吾未之盡也，庸知其他？』余聞其言而异之。昔宋歐陽文忠公父蚤逝而育於母，畫荻教子以期成立。厥後表其父阡，猶頌母德不敢忘。夫立德立言如文忠公，亦足矣。然千載而下，服其子之賢，而愈思其母之聖。今侯子有母以慈代嚴而能教子，無愧歐母矣。雖三朝寵命，視歐母尚有待。而身躋上壽、聰明康健，持家六十年，雍雍肅肅。即歐母，或未目擊此樂也。况侯子學充矣，年方逾壯，將出而圖進取。又安見寵命之褒母，孺人不及身而受乎？且諸孫林立、蘭茁其芽、繼美象賢、成立可俟。德備而數未艾，由耄耋進期頤，固可燭照而龜卜也。區區焉八十設帨云爾哉？孺人姓馬氏，睢州望族。其他懿行，族黨能詳之，兹不復贅云。

霍孺人六十壽序

士之持身淑世，一秉理道，歷窮達不易其操。雖能自樹立，抑亦内助有人，得以悉心所事而克有成。然求之目前，不能多覯亦久矣，鮮庵張先生秉鐸霍山，古貌古心，近有道者。其爲教，以身示則。冷署蕭然，而自得之意盎然也。余訂交逾年，悉其家世。蓋淑配霍孺人與有力焉。孺人爲東魯巨族，于歸先生，有鷄鳴戒旦之風。教諸子必以禮法。彬彬成立，及隨先生官霍邑署，以内躬自操勞。白頭偕老，相敬如賓。蓋先生已近古稀，而今歲暮春則孺人亦年周花甲矣。夫司鐸之任，人見爲易事而多士。環視觀法，風化之本，人倫之範，實係乎此。豈徒在口講指畫、區區文藝間哉？先生端方正直，師範克立。孺人相以勤儉，撫以慈而馭以寬。蓋先生爲弟子法，孺人更足爲士女師。教成一家，化及一邑。而風聲之所樹，則不可量也。先生恬静樂道，余所心折。而孺人之賢，又復如是。合邑人士與及門諸子，咸樂爲登堂祝。余知之深，何能已於一言哉？乃因其請而質言，以述之如此。

程嵤堂曰：注定廣文，夫人著筆，確切不移，末段議論，尤爲精警。

岳奎海四十壽序代李蠡塘

一代之興，必有師武舊臣世篤忠貞者。父子祖孫繼繼承承於數百年，用以衛邦家。有道之長綿生民，無疆之慶。而爲其後者，復能紹美而光大之。此昌運與世德，相爲維繫而悠久不替者也。奎海岳參戎，家西蜀。席數世祖父之烈，能自樹立。克承天寵，開閫皋城，逾二載。今孟春廿二日四十，初度辰也。僚屬人士，咸願稱觴。而問序於余，余前官都門，即耳其家世。今講課於此，數與往還，又悉其爲人，何敢以不文辭？奎海少游吾鄉儲越漁先生之門，委己於學，又以名將家兼習韜略，入庠食廩餼。學使者將以行優薦，旋舉癸酉鄉試。皇上追念舊勛，錫以一等輕車都尉，易文職爲武階。而參戎於茲土，雅飭循循、仁威并著，軍民安之。即文武僚屬薦紳之士，亦樂與親之也。昔曾王父定寰公居陝西之永泰，以陣法聯閭里，破寇平賊。歷官紹興副總戎，大父見之公因時多艱，從事戎行。以平吴逆功，任四川提督軍門，遂家焉。至父容齋公，紹前勛而恢宏之。先以從定西藏，封一等公。今上平定大金川，起用之，復封威信公。大烈豐功，具載國史。奎海繼祖父後，不自滿假，輕裘緩帶。識者比之羊叔子，其建樹可易量耶？抑又思登高作賦，可以爲大夫；説禮樂而敦詩書，可爲元帥。蓋古者寓兵於農，列卿大夫分將國軍，出而敵凱，入而治民，無兩途也。自兵民判而文武分，莅民事者不知兵。而疆埸之役，惟挽强有力之是任人。材難兼已久矣。然歷代以來握勝算而建殊勛、可作干城又不盡糾糾之徒，或且有過之者。則又何也？定寰公歷官總戎。而其始，則以貢生練鄉勇。見之公久任軍門，亦自名諸生投筆從戎始。容齋公職受府丞，銓選有日矣。以西鄙多事，改受游擊。厥後定西藏、平青海、服大金川、消雜谷維關之變。或以少擊衆，謀定而後戰，或謀定，屈人以不戰。孰謂軍旅之事，能外雍雍俎豆之習耶？今奎海武備克修，不忘文事。嘗自誦曰『報國全憑三尺劍，立身惟在數行書』。充此志也，即與祖父比烈可也，而又何憾於兼材之難哉？況年方强仕，其有爲之日甚長。同人之樂爲壽者，將於是始基焉。余雖老，當更執筆俟其後。

奎海名瀚，威信公第七子。以文舉，任六安營參將。自記。

信亭方伯壽序

國家設官分職，内外咸備。其在内，自公孤列卿而下；而外，則分省以治，各以大方伯總其成。所以承流而宣化也，故内曰中書省，而外亦曰行中書省。昔人羡之，稱爲外政府。其名美，其位尊，其責任甚大。而關中東屏天都，西控甘肅。又自新疆既開，聲教遐訖，有往來迎送之繁。所謂天下樞者，於今尤重。故屏翰得其人，則仰達上德，俯慰人情。而方伯之猷，遂與台輔、參政等。

信亭先生作屏關中數年矣，正己率屬，克懋厥猷。無喜事之名，而吏飭於職、農樂於畝、士安於庠，風俗日見丕變。布天子之德政而承其流，以宣化於西方者，蓋昭然衆著矣。嘗思天下之事，内外交濟則日隆，内外偏重則日替。自行中書省設，天下皆曉然於居尊馭卑之義，而本末交相濟。沿及近代，省名不易而中書之體不立，漸至内重外輕。而政府列卿，有遥制天下之勢。在外者極力宣猷，不得柄臣之意，即事多掣肘。而居中，復下懸揣之令。勉强奉行，事日敝而不可理。我朝有監於兹，左右承弼之臣，時莅直省以宏遠謨。而由外任内，自卿貳而政本。集列邦之情，以入告而資廟略。故今之方伯，雖鑒之以中丞、副之以廉訪，而事無不屬、政無不總。無行中書之名，而實則猶昔也。然則先生以奏效關中者，進而左右。天子以澤天下，可立而待耳。先生通籍以來，歷仕中外，洊至今職。宣政之暇，時進講院諸生。而課督之余，來主講此間，贊勷成事而已。觀先生之政舉民誠，益嘆服其克稱旬宣之任也。孟秋，值岳降辰，爰譜其實，以爲侑觴之一獻。

畢秋帆廉訪壽序

辛卯中秋後三日，爲秋帆先生岳降辰，僚屬登堂以祝。泰恒主講關中書院，亦隨其後。據聞見所及，爰述其實，以進一觴。

先生登庚辰鼎元，文章德器，館閣望隆。聖天子重司牧之任，用以觀察甘肅，丕績昭然。不二年即擢陝西司臬。下車來，吏肅民諴，政平訟理，信所謂才全而能巨者也。昔宋蘇東坡謂本朝進士首選，數年内不至公卿者纔數人耳。而前明盛時登鼎元者，未有不致公輔。蓋朝廷拔取之公、期待之厚，既有以長養成就之。而其人亦自待厚，而所期遠。黽勉在公，能無負此科名也。左右先生膺兹特拔，經緯素著，其所至可意量耶？抑竊觀今天子用人儲才，有駕前代而上之者。左右侍從之臣，每踐外任。而封疆大吏，亦時陟台輔。每科廷試後，進前列十人，親定甲乙。其尤者，又任以岳牧。内外咸試，事無不治，夫然後全材成，而惟所任使焉。今先生實心實政，所在著聞。可由館閣而封疆，亦可由封疆而台輔。余於此嘆國朝之造士任賢，取之審而計之周。而先生之能自樹立，以仰答聖天子長育之盛心者，又何其勝任而愉快也！

泰恒講課之餘，追維往昔：其在成周，則藹藹多士生此王國。漢唐之隆，人材亦彬彬焉。而秦人尚詐力，好武勇。漢唐明末，反覆不靖又多起此地。蓋關中山川雄壯，土厚水深。其秀者，既鍾爲光明俊偉之材。而厲氣所發，亦往往芽蘖其間。一以爲蒸育，一以爲擊扑，則治之宜兼也。先生庶獄其慎，無愧明允。而重門洞開，道不辟人。擊暴安良，諮詢不倦，全陝間凜凜向風。又以其暇至書院，進諸生而督課之。校文衡才，勤勤懇懇，以振興鼓舞爲任。夫一介之士，存心濟物，於物猶有濟。先生教以輔刑、威以濟愛，實可見之行事。由其康濟陝人者，以康濟天下。

仰窺先生之心，猶未克滿也。而區區以去清華、歷風塵爲先生憾，固淺之乎！測先生即由臺憲陟綸扉。科名地望之隆克符前賢者，又豈足以盡先生哉？泰恒材質庸下，内外不宜，獨念柳柳州所謂『欲報國恩，惟有文章者』不敢忘也。乃奔走甫北，牽率應酬，下筆令人慚。其於先生，則恨知之不盡而力不足以張之也。謹譜所聞見者如此，且執筆以俟其後。

周西園壽序

壬辰四月二十四日，西園先生誕辰也。寅好諸公，多登堂以祝。余主講關中書院，適先生監院事，往返遂久。先生古貌古心，余既心重之，又嘗序其詩，益重之。而不嘆其遇之不甚顯，見者或詫焉。余與先生直相視而笑，莫逆於心也。昔歐陽公序梅聖俞詩云『文章窮而後工』，後人遂舉青蓮、子美以爲之例，并爲一談，牢不可破。余謂境之窮而工，不如遇之窮而益工，尤不如遇之介乎窮不窮之間尤得以致其工也。夫窮於境，則心多雜慮，不能專心一志以致其思；又事或敗□方作忽輟，其能工者有幾？而磊落奇偉之士抱其能，鬱鬱無所試。或小伸而復抑之，石壓笋出，一吐其抑塞不平之氣；又或溢而爲淡宕渺冥超世出塵之言。故窮於遇者之詩，或拔出乎躬於境者，蓋往往而有也。則又有奇偉之士，出其所能，幸見賞於大賢君子，咨嗟嘆賞而隔於力之不能及，其試於世者，平流以進浮沈、閑散以供奔走，而任贊襄，人以爲遇不稱才矣。而淡然無營，且假此職易稱而任不重，可以適情而理吾舊業也。奉公之暇，坐清署，日事吟哦，自知之，不求知於人，人亦竟無知者。而其文章之工，乃益進而不可量。使其終於窮，何□工此？使其遂不窮，又何能至於此？彼世之不甘自廢而不能不廢，俗務營心，精力徒銷。或難假窮愁以自見者，何可勝道？觀於此，不又可羡耶？先生之才之遇，諸公知之； 即先生之詩之工，亦諸公共見之。而余於先生，獨自有感也。相視而笑，莫逆於心，可多得乎哉？又先生之詩，壽世無疑。諸公登堂以祝，余何以壽先生哉？即譜其所自爲壽者以壽之，無不可。

關太恭人壽序 代畢中丞

我國家肇基東方，入莅區夏，聖作物睹。風雲龍虎之從，實繁有徒，故凡勛著當時、澤流後裔者，不但公侯之子世濟其美，即祥鍾閨壼、流慶所適，亦莫不相夫教子，俾克成就爲當世宣猷布化之臣。逮其後教成，報至以承天寵，亦日增而未已，此理之固然，而豈數之適然哉？

今歲暮春之初，扶風田太守母氏關太恭人年周花甲，迎養在署。諸寅好僚屬，奉觴稱祝。余與太守共事久矣，知之深，尤不能已於言也。太恭人先世從龍入關，功載史策，封公侯者數世。乃翁都統公鎮撫西川，偉績尤著。當是時，太守尊大人佑起公觀察湖北，求繼配，遂于歸焉。太守暨弟均幼小，太恭人撫育之倍深顧復。綜理內政，署中肅若朝典。觀察公夙夜趨公，無内顧憂，皆太恭人力也。逮公没，廉吏家貧，公私交迫，人莫不爲田氏危。太恭人一身楷柱其間，辛勤維持，家世賴以不墜。逮太守兄弟次第成立，則以慈代嚴，不少姑息。常訓二子曰：『惟我先公，世篤忠貞。余雖弱息女子，嘗思繼先志以光爾家。爾先人世代簪纓，汝父承之末暨。厥施繼志述事，光門閭而報國恩，責在汝輩，即余事亦克有終。』太守筮事西陲，歷縣令、州牧，守五涼，又移扶風。二十年來，洊更數任。寬猛相濟，政罔不和。固其先人清慎之德，貽謀孔長。要非太恭人培基於前，教諭於後，何能隨地輒宜、俾成服官之政以至此耶？

先是，太守任安西時，遠在塞上，不克迎養。今莅右輔，迎太恭人來署，其隨事指授，使太守政平訟理，以成良二千石之治者，當更有進也。抑余自分巡西陲，太守適牧河州，見其猷爲輒心詰之。其後秉臬關中，移司藩牧，今受重任，撫兹全陝。而太守自五涼移扶風，伏思今上皇帝威德廣被，西拓地數萬里，建官置衛，侔於内地。五凉路當孔道，政務殷繁，太守措理裕如。自辛卯以來，有金川用兵之役，師旅轉輸、軍書旁午。全陝間大小臣工竭力勷事，尤需才孔亟之。會太守量移兹土，猷爲益著，余更樂相助爲理也。而溯厥源流，太恭人育子之勤，不惟克施於家，抑且有補於國。觀察公未竟之緒，將於是乎成。而外家懋勛，流衍無疆者，更無慚毓秀於世族矣。太恭人生長貴族，勤儉逾恒人。推恩三黨，内外贊之。且孫枝秀發，蘭茁其芽。長者肆力問學，幼者亦頭角嶄然、環侍膝下。撫摩教訓，其成就尤未可量。太恭人前荷恩綸，榮膺誥封。繼自今太守政日懋，階日崇，寵及北堂亦日隆。服備六珈，起居八座，固理之信而有徵者矣。夫坤厚載物，有厚德，必食厚報。由花甲躋耄耋南山之祝，當更有執簡書者。則余言又若導夫先路矣，爰述所聞以張之。

《西江藝文》小引

余非能文者，偶迫大中丞胡公命，收拾散逸，都爲一集。鴻爪雪迹，過而忘之矣。崇義朱生謂縣志殘缺，文固不可不留也。乃取其有關風土者數十篇，别爲一册，題曰《西江藝文》。嗟乎！辛崇八年，無所建樹。區區文章，又足多乎哉？

《寄衡草》小引

山陽程韋宗，胸襟灑落，塵氛中具出塵氣。余見之霍山，數與往還，心异之。常袖一卷詩，謂余曰：『此予近作也。』讀竟，清老冲淡如其人，益愛重之。夫詩品、人品恒相侔，機心重則真意減。出塵人反不必索之塵以外也，况不屑屑塵中者乎？人不可以迹求，固如是夫。

《唐人七律選》小引

七律莫備於唐。初唐尚氣格而少刻劃，晚唐工刻劃而乏氣骨。盛中之間，氣骨風韵亦或偏勝，參伍錯綜。去初之膚，振晚之靡，參盛之奇變，用中之挺俊。余嘗謂古文以秦漢培骨力，以唐宋立間架。然則骨格與風韵，詩舉可缺一乎？近日《唐詩别裁》持論頗得中，但所選七律，詳於初盛而略於中晚。與《唐詩鼓吹》之詳中晚而略初盛者，均非善本。於是取《全唐詩》細加采擇，得七律一千二百餘首。精華悉備，彬彬乎成大觀矣。反復以玩其味，朗誦以習其節。由精刻而流走，由流走而頓挫。骨格堅凝，風神駘蕩。讀吾選本，庶幾可以調和而鳴其盛也已。

關中書院課文小引

文章者，性情之事。人心之不同如其面，文之不同亦如其心。學焉而各得其性之所近，豈能比而同之哉？抑又觀一人之文而前後互异，如出兩手，則何也？斫而小之，則成者毁；因而導之，則缺者完。方圓隨盂，非水之爲也。集課文，抑自課己。

《繁華夢》小引

處世，大夢耳，覺者鄙言夢，夫孰知夢者之非夢耶？又孰知夢者之非真覺耶？蘧蘧然周，栩栩然蝶何必不分？然何必徑分耶？長安女史王氏筠，秉乃翁南圃先生之餘慧，幼耽書史，身爲女士，不作女士想，跌宕磊落之概，一如乃翁也。感而憤，作《繁華夢》一劇。雖曰寓言，然其志可見，抑又可悲矣。

夫太華洪河，間氣所鍾，既挺爲巨人長德，而巾幗之流，亦往往毓其靈秀，有所表見。以顯當代而名後世若筠者，即鬚眉男子，或不之逮矣。然才如班昭而名弗顯，慧若蘇蕙而能不彰。既已無所發泄，乃假傳奇以自傳其奇，而其奇亦竟傳。一若班與蘇之可以不朽也者，筠何恨？即南圃先生何恨哉？抑予思夢中人，作夢中事，説夢中話，即長夜夢，夢致足樂耳。既入夢，何必求出夢？且有大夢而後有大覺，何如有大夢而不復覺？繁華寂寞，聽之夢中，吾欲起莊叟而一問之。

卷五

重修迴龍廟記代任夫子

傳稱聖王先成民而後致力於神，而記言先王之制祭祀能禦大灾，則祀之，能捍大患，則祀之。夫有司者，守此土、保障此民，事其敢怠？至於爲民請命、修舉祀典，神道設教之事尚矣，非徒爲此紛紛也。乾隆丙辰秋八月，余奉天子命守覃懷。自惟小民之依，無所爲利，去其害而已。而郡城西北隅，沁水害爲最。嘗按圖度勢：水出山西沁水縣，合衆山之流，建瓴直下。郡邑地平衍，所恃以迴狂瀾者，獨古陽堤耳。每當夏秋交，驚濤濁浪拍岸摧堤，岌岌乎潰決是懼。夫防患之道，惟豫則立。爰令有司於春月暇日，糾工補築。蓋恐奪民時、傷民財，水暴漲而人蒙其害也。既巡省工程，見有廟堤上，以祀後漢張真人。考諸故碑，又不詳其創始，第載神實有靈。堤工告險，禱則輒應。而相繼重修者：副憲佟公、太守楊公也。夫國家設官守土，天地風雲、雷雨社稷，皆設壇、有常祀，而先聖先賢則廟安而歲祭之。至水神之祀，厥惟河伯。而真人與河勢又不相屬，玆之祀亦奚以爲？詢諸鄉民，僉云：『此廟俗呼爲迴龍。』而神像巍然當坐，仗劍指顧，若將叱河水而東之者。其東序西序，祀河伯與蕭晏諸神，而要以真人爲專主焉。非所謂禦灾捍患，則祀之者歟？抑又念管河諸神，分若不攝，而廟食者不可殫述。韓文公之瀧、伍相國之江、張睢陽之彭蠡湖，其有功德在民，可祀則祀之。則真人廟胡可廢？而廟之日久漸頹者，可聽其若泯若没，不早是圖耶？於是偕河令胡君及二三搢紳，謀所以整飭之。凡棟楹梁桷之腐黑撓折者、蓋瓦級磚墻垣之破缺者、神像之丹青剥落者、歌樓寮厨之闕如者，咸葺故增新。而廟西偏之所謂五龍廟者、東偏之所謂大王廟者，并理新之。用以妥神靈而邀福惠民也。抑又念神者，依人而行。人事不盡，其何福之有？因建樓廟，東隅顔曰『檢沁』。登高遠望，水勢源委，如示諸掌。則所爲因勢利導者，又於是乎在。夫成民事神，余司牧之責也。而爲之前以彰美，爲之後以傳盛。繼守是土，與余諒有同心也。告厥成功，爰述巔末而記之。

懷仁書院設教記

子思子之言曰：『修道之謂教。離道謂道，即安有教？教而襲取乎道，是又賊道之甚者也。』嗚呼！教，豈易言哉？蓋吾見人之爲教者矣，平居讀書，苟且以適功名之路。釋褐，莅一方，口談道學，鄙立言，爲小技。一時望風承旨者，動附門墻。主教者曰：『吾以聖賢望之也。』承教者亦曰：『聖賢不難爲耳。』至於國家所以取士之道，剽賊襲取，轉相仿效。上以實求，下以詭應，自欺耶？自慊耶？所謂道學，固如是耶？夫久假不歸，惡知非有其事？上其使民，蓋可知矣。

醫家謂：『狂病可治，難治者麻木不仁。』嗚呼！既已麻木矣，而視爲固然，其爲害可勝道哉？

錢塘任夫子來守是邦，校郡士，拔其尤，進之懷仁書院，而誨之曰：『惟皇上帝所以降才者不殊。無古今，一也。是邦先哲，首推昌黎公。公自謂：「世無孔子，不當在弟子列。」諸生生其鄉，聞其風，師待他求哉？夫因文見道，公所爲守先待後也。今國家取士惟文，諸生欲見道，舍文何以即？余所以教諸生，非文，又安有道於是？』顏其堂曰『扶雅』。以六經諸史養其根，以諸子百家參其變。加之秦漢唐宋之文、漢魏以來之歌詩，以沃其膏而博其趣。人世揣摹之説，無所入於其中。而庸惡陋劣之習，亦無所出於其中。比及三年，古學大作，士各有成，他郡莫之與京。昔昌黎刺潮州，潮之士皆篤於文行。至今東粤人文，惟潮爲盛。夫子有道而文似昌黎，本昌黎之教以教昌黎之鄉。人文化成，即道不墜地，安在今必异於古所云耶？夫無徵則不信，《大雅》扶輪，豈欺我哉？吾懷自國初二三巨公後，文獻闕如。士不澤於古，幾百年矣。即書院之建數十年而因陋就簡，亦與之等。夫子之設科也，安庸者竊竊偶語曰：『安事此迂遠不近情之爲？』及士各有成，則又曰：『是幸成者耳。』夫科名，其小者也，而古學昌明，繼往開來，功莫大焉、德莫厚焉，其可湮没而弗彰乎？由是觀之，明道者，必尋其本，由教而入者，先沿其流。不遠人以爲道，道愈明焉。彼假道學鄙立言、剽賊襲取者，亦可關其口而勿事呶呶矣。且使之愧而返循名責實，以無負國家取士之道。設教於一郡，而成教於一世，嗚呼！其可量也哉！

重建文昌閣記

有杰構在城東南隅，爲文昌閣。是閣也，始作不詳。遞修遞圮，迄今壞不可支。北平胡公莅兹土，百廢俱修。乃偕邑紳楊君撤而建之。朽木易其材，土墻代以磚。規模宏敞，視昔大壯。其惡可無記？有爲青鳥子言者曰：『邑倚山負河，無環抱勢，巽峰殘闕，於象爲涣。閣建於象爲萃，人文其大起乎？』是説也。然與否，與夫有司受天子命以撫柔此民也，其非簿書鞅掌之謂，其謂廣教化、美風俗而爲國家作人也。士生盛世，故當發奮。其所爲雄，以稱有司之教，以無負國家作人之化。上無教，下無學，人文不起，則必有故矣，胡乃罪地脉哉？夫辟雍建學，故藹藹多士生此王國。而鎬京之始營也，卜世三十、卜年七百，又若燭照而數計。蓋地靈人杰，理若相待。《詩》《書》具在，可考而知也。且夫造士之道，豈徒責以必致？要在奪其所恃以作其新。地脉維新，士仍故步，是誰之過與？精其業，成其行，無患有司之不公且明矣。而使守土之司亦謂是邦不乏才，因勢利導，教思無窮。《易》曰：『觀乎人文，以化成天下。』其在斯乎？其在斯乎？考邑城修自明崇禎時中丞王公，閣之葺當自此始。國初老成迭起，文章郁郁，非獨教化盛也，抑地氣實有助焉。百年來陵夷衰微，不聞魁宏寬通之士出於其間，豈盡人事哉？今公建閣甫三年，士氣文風，蒸蒸丕變。嗚呼！閣圮而萃者涣，閣成而涣者萃。人文盛衰，關乎是閣之修廢。爲青鳥子之言者，信矣。豈無徵乎哉？或曰：『祀文昌奈何？』余曰：『人不祀非族，爲人文計，從其類也。』或曰：『建閣六年而闕其記，有其功者，不必居其名也。子何喋喋爲？』余曰：『飲水者必思其源。公不居功，功愈懋焉。是舉也，以志不忘且勸後人。』

盤谷硯記

余讀昌黎《送李愿歸盤谷序》與《和盧郎中送李詩》，心向往之，嘗恨不能至。及游盤谷寺，隨路所見，覺昌黎之言猶信。又寺以石布地，色紫理細，似端溪産，然未知其可硯也。登北崖，尋《送李序》亂石片片，與足嚙。試以墨，甚宜。蓋布地所弃者。因拾數枚，其一不方不圓，上墜兩峰，作斧劈形。培塿蹲其下，若爲址者。然左右邱阜參差，環抱映帶，各各不雷同。中受墨，截補將數寸許。人工不事，一天然硯也。噫！奇矣！夫太行清淑之氣，磅礴而鬱積。爲長崖巨壁、爲兩山相盤、爲泉甘土肥。草木暢茂，光怪不可埋没，傳於詩若序固宜。此石可硯，宜自有山以來。昌黎若知，且與毛穎同傳矣，豈至今寂寂哉？（眉批校曰：『宜自』之『宜』，當作『且』；『且與』之『且』，當是『宜』字之訛。）其不見知，不可年計。今用之，又以布地。不幸中尤不幸也！抑又思物之异者，則共觀而玩之。而共觀之，而共玩之，其异亦僅耳。硯之异也，不布地則必不出，布地而不之弃，則必不留。而文房珍且同階下礎。嗚呼！世固有深藏不市，遺於庸庸之目遇奇人亦不相識，豈獨茲硯也哉？雖然，幸值余收之几案，抑不可謂不遇也。於是乎記。

義冢記

曾王父施地七畝於谷沱村北，以資葬者纍纍冢相錯，近百年矣。雍正三年，有某姓者剗而耕之。伯父白當事責之，封如故，記以石柱。大人以爲不足揚祖烈而昭來茲，命恒詳之。恒惟孔子曰：『不愛其親而愛他人者，謂之背德。』又曰：『愛親者，不敢慢於人。』是二説，蓋相發也。人固有好行其德，見死者封而志之，不惜一抔土以博名。或家庭骨肉間事僅毛髮比，争不少讓。嗚呼！厚者薄而薄者厚，本之則亡，何愛之可言？然吾有親，生養之，没而藏之，親樂得以爲子矣。人或無子收骸骨，或有愛親如吾者，假邱壟而無地。夫生不得所，猶可言也；死而無歸，不可言也。葬其親無地，痛則滋甚。且即不愛其親，亦未有死而委之壑，而不泚其顙者也。然則由吾養而及人之養，由吾葬而及人之葬，理有必然，而情有必至也。王父爲此，其發於不自已者乎？莊子謂『爲善無近名』，夫近名，非爲善者。意而善，胡可忘？且後人無志於善則已耳。其志之，豈待他求哉？在昔委吏公破産活人，王父起而光之，到於今又幾世矣。是舉也，仁之一端，豈足盡王父乎哉？而由其小思其大，緣其末循其本，蓋王父望之矣。名不可近，而事則可述。履畝以考，將慨然而有動於中乎？大人曰：『爾之言是也，試勒石以明吾志。』

重浚利豐河記

河内多水渠，民受其利。其大者廣濟渠外，乃有利豐河。河故名豐稔，創於明嘉靖二十五年，久且廢。萬曆四十三年，吾邑胡公沾恩，復闢之。先大司農實佐其成，分而爲二，曰利人、豐稔，建大公閘以闢之。後邸公存性移閘程村之西，易名天平。兩行如故，東流爲利人，尾繞郡東郭，入於沁，長七十里。豐稔流東南，至樊莊復分南北支，由韓吴村注猪龍河，長六十五里，爲南支。北支亦六十里，而長則至温之雙流村，并達猪龍，而發源皆枋口。枋口雖濟地河，則河内民以價易之者，惠分濟而疏浚之。事濟，不得過。而問嗣，因減水閘之在濟梁家莊者，泄之。過或減正流，又上流攔截爲奸。民不沾利，不計年所矣。乾隆五年夏，水泛沙涌，而河流遂絶。余閲前史，有曰『河内富實』，夫所謂『富實』者，豈獨地利，蓋人事實有賴。自司馬孚表治枋口，千餘歲乃得經略袁公。胡公繼袁公以興，而利豐之功侔廣濟。百餘年來，名存實亡，前徽不繼。按圖者猶曰『河内富實』，反不如瘠土者，猶易邀仁人惠也。夫今河内之視古河内，彈丸耳。即河内之恃爲地利者，又十不二三耳。而一渠之利，且聽其污塞，無有過而問之者，吏則逸矣。如吾民何？我侯胡公心惻焉。六年仲春，偕丞薛君樂天謀浚之。河源至五龍頭，長二百七十九丈，闊或丈餘，或二丈餘，深八尺。五龍達天平閘，深六尺，而長二千七十丈，闊二丈有奇。此利豐總匯也。利人起天平閘至減水閘，長則一千三百丈，丈餘至二丈闊不等，深三丈。減水閘至鄭村館，其長八百丈，爲河内門户。河身昂三尺，深倍之，計其闊，一丈五六尺。下達河尾一丈四尺闊，深四尺，長五十有七里。而利人於是乎浚。豐稔自天平閘逮樊家莊，小分水閘六至三十丈，而長又南北支之門户也。昂更甚，深至七尺。計其闊，不減一丈二三尺。其南支，自小分水閘至史村，深五尺，闊一丈四五尺，長蓋一千四百丈。下至河尾，長逾五十里，深四尺。一丈二三尺，其闊也。北支與南支起，同閘。至官莊，長約一千二百丈，闊一丈三四尺，五尺深。則同迄河尾，闊不過丈二尺，深三尺。其長四十有六里，蓋南北支之分流，豐稔者皆於是乎浚。而利豐河百年淤塞，豁然大通矣。又河吸沁流，舊設三洞以待之。中闊八尺，東西各四尺五寸闊。向開中東二洞，西則閉。訛傳爲洄溜，開且無益。當是時，諸有事河干者白之公，公不可。則力起大石數十，皆千斤。小石不可計。臭穢遠徹，不可近聞。迨去之，而水勢充暢，視前三倍。抑又念減水閘之在濟者，病正流。則於邑西古章村、馬坡村開閘各一，而以時泄其水。梁莊舊閘，非大水，閉勿啓。旱魃巨浸，俱不爲灾。河内富實，庶幾復其舊。小民有歌，聞之太守王公，太守聞之中丞雅公。中丞嘉乃丕績，而公且謙讓未遑也。夫美利不言，良有司之事。而弃起廢之功不載，無以爲來者法，則都人士之過也。且一渠耳，昔胡公闢於前，即有今胡公浚其後。昔胡公闢之，先大司農佐其治。今胡公浚之，而余又得觀其成。倘亦有數焉於其間耶？遂泚筆而記其事。

余曭庵曰：《水經》妙於分，《山海經》長於總。匯二書之能，條理明晰，使百里源流，如在目下。《館驛使壁記》後，一篇大有關繫之文。

重建河内縣城隍廟記代胡明府

國家神道設教祭祀以制，自通都至郡邑，咸重城隍之祀。錫厥徽稱爵，列有等然。有邑宰而後有郡守，有郡守而後有方伯中丞者，勢也。而城隍之爲王爲公爲侯伯，職亦視此。夫親民，莫若令。而民之親之者，宜莫若境内城隍之神。神之職既重，而爲民之所親，則其祀宜備，而祀之制不得不隆。河内城隍，舊分祀郡廟之東序，前令金練色正其祀，南面猶無專祀也。王令世遴，始爲廟祀，而孫令鋌又稍擴之。然規模尚隘，獻享無地，晏寢無所，東西無序，門垣舞樓缺焉不備。人實不共，神靈胡妥？夫有司歲爲民請命，社稷外厥惟城隍。社稷養民，城隍衛民，其功同也。然社稷不廟而壇，而城隍則祀於廟，非宏壯其規模，無以稱其功而體國家設教之意。且河内幅員甲七邑，户不下十萬，待庇於神靈者實衆。而余自承乏九年，歲屢大和，灾祲不作，長養休息，以恬以熙，蓋神之明賜多矣。以待庇之衆而荷神靈之明賜者，若斯之大且久。有司之謂，何其忘之也。於是謀諸紳士，撤而擴大之，相方視址，庀材糾工，開殿三楹，備厥儀，寢室享堂稱之。東西楹各七，設諸冥報狀。内外有門，歌舞有樓，列垣數十丈，塗塈丹雘，焕然維新。當其重門洞開，赫赫明明，臨之在上，列司奉職，明罰敕法。蚩蚩者來觀，視爲止，行爲遲，怵然爲戒，寧遂無裨於治化耶？且夫神，聰明正直而壹者也。享祀豐潔，又何計顧？人不祀非族，不謂其族亦不祀也。神不享非類，不謂其類亦不享也。治幽治明，分有相屬，此一役也。豈非吏斯土者之責耶？廟既成，爰志其本末以告來者。

余曮庵曰：具制文字，難於稽實，而城隍廟祀，《禮》《書》無明文。握定有功於民，則祀之。縱横出没，極得大體。

重立鄭端清世子神道碑記

人自不朽，不能不朽人。孟津揚端清之德而余崇其功贅已，又何有此一片石？然石之仆數十年，牧童樵夫穢其上，劉子與余不忍也，立之九峰寺側。今而後，或嶄然悠久未可知，或更仆仆而毁於斧斤未可知。獨念是舉也，惟不忍。過此以往，有忍其仆而毁者，豈其然乎？嗟乎！爲人者，使百世下慕之愛之，睹遺迹，不忍廢弃其功德且何如？不朽惟人，豈必古人耶？

祀先記

乾隆七年，大人偕同族修始祖祀。規模條理既張既具，爰命泰恒記其事。恒惟昔者成周達孝，祀乎其先，周公作爲歌頌，薦之清廟，以紀前人之德。千百年來，未有倫比。夫報本追遠，厥典綦重。自天子至於庶人，其分殊，其情一也。吾范氏自山西遷濟源，名諱不傳。傳河内始遷之祖即爲始祖。積善累行，有隱德。閱三世而生大司農公，别駕公再世，而觀察公出其後。人文蔚起，千城代作。繼繼承承，於今未替。蓋吾家之興，幾三百年矣。傳稱君子之澤，不過五世。而歐陽公之述其母言曰：『吾知汝父必有後。』至今廬陵之族，衍而愈盛，又不獨文忠云。夫九仞之臺，其基必大；干霄之樹，其根必深。後世之子姓繁衍、家聲丕振，何莫非前人賜哉？傳世遠，食報愈長，仁也，亦義也。且夫肅將祀事，豈祖宗實式憑之，惟子孫亦嘉賴焉。夫由一世以至數世、至數十世，其派衍可喜，其支分又可憂。自吾始祖後一再傳，即不克聚族而居。日遠日疏，勢復迫之。今日者，祖墓之側，行輩成列。其形分，其氣合。親親長長，式好無尤，則所爲敦宗睦族者，又於是乎在。夫譜爲詩歌，表揚祖德。恒所不敏也，而湮没祀典，紀載弗彰，又恒所不敢也。謹敷陳其旨以昭大人之命。或曰：『入廟生敬，過墓生哀，禮也。墓祭舉矣，其如宗祠闕，如何？』恒應之曰：『蓋有待也。』

余曮庵曰：典制文字，漢惟劉子政、班孟堅，唐則昌黎獨擅其名，北宋王曾二公頗具古人腕力，南渡後自鄶無譏矣。深情曲筆，緯以疏宕之氣。此境，雖前人嘆未歷矣。

家譜後記

昔有宋仁廟時，起家儒生，功業赫赫者，并推韓、范。厥後忠宣公世濟其美，而侂胄禍人家國，頓隳乃宗。文正誠有後，胡魏公不幸耶？過相州，見韓姓者問之，則曰『非魏公之裔』。及遇同姓於京師，動云『去文正幾世』。夫避侂胄，奚至背魏公？吾之族，不必盡出文正也，而宗之者如是之多，此豈盡世俗之見使然？毋亦是非之公於是乎？在耳且於是，知家聲不易成，而隳弃無難也。又於是知孝子慈孫，祖宗望之，尤甚於樂有賢父兄也。嗚呼！衣德易敝，繩武亦難，是在振而起之耳。余上世居濟源者不可考。若谷公之遷河内也，以樸茂重於鄉，行善不近名。柳溪公嘗爲廣源使，倉穀假民數千石，歲荒莫償。而徵不少貸，顧官卑，代請不可。則破産代償之，全活幾千人。未幾，奮起甲科。洊歷膴仕者，繼而起。其或力穡，亦稱素封焉。三百年來，猶食舊德。而計其傳，已九世云。且夫水之來也不遠，則流之達也不長；木之植也不深，則末之發也不茂。源遠矣，本深矣，而弗疏浚之，浩浩者而涓涓矣，弗培養之，欣欣者而濯濯矣。房杜，生平勤苦，謹立門户。子孫不肖，蕩覆無遺。嗚呼！豈不可畏哉？夫房杜，其遠者也。吾邑前明迄今故家大族不可殫述。或數世稍陵夷衰微矣；或一再傳即式微，子孫降爲輿隸矣；或家中落後有作者嘆墜緒之茫茫矣。思厥先祖父經營綢繆，爲子孫長久計，至無窮也。流及下衰，且日异而歲不同。然則析薪負荷，爲人子孫，宜何如自處耶？嗟嗟五世之數則過矣，君子之澤難留也。侂胄忝厥祖，昭然可鑒，而忠宣繼述之風，固於今爲烈也。發憤樹立，勿怠勿荒，以光祖宗之丕績。睹斯譜也，尚其油然而興起乎！既以自勉，且紀之以俟後人。

余曦庵曰：引韓侂胄作鑒，使爲人子孫者凜然生敬慎之心。此行文極有關繫處。

鎮平縣普濟堂記代任夫子

世宗皇帝御極之年，子惠元元，先及無告。欽賜都城普濟堂額，復廣其制於天下。而中州尤建立遍，州邑宛屬鎮平之普濟堂於是乎成。是堂也，經始於前令傅君，今令楊君實緒其事。當草創伊始，養贍無多，楊君莅兹土，蠲俸率先邦人士相與有成，先後輸財，視昔有加。因令商營其息，以資不匱。復請於大府，著之方策以垂永久。經理規模既詳既具，而丐余以記之。余惟天下事，非作始之難，而圖終之難，亦非承先之難，而待後之難。方中州之肇造此堂也，大小臣工薦紳士民之屬，踴躍鼓舞，轉相仿效，惟恐後時。此堂之建，亦固其所爾。乃經營無度，善後無策。宅爾宅，莫由田。爾田無米作炊，被澤蓋寡。若楊君者，克恢前功，不忘後計，是豈不足以風乎？且夫昊天子天子，天子子萬民，而使四海之大，鰥寡孤獨無一夫不得其所。責在親民之吏，布德意，求民莫。繼繼承承，相維不替，故堂曰『普濟』。豈徒一時施濟云爾哉？其謂前倡後和、如井養而不窮也。今皇帝念切，懷保大府，承流宣化，爲民謀生之事至周且悉。牧民者各舉乃職，凡邑有是堂，皆如鎮平之終始經營，以垂永久。其益無方，其濟克普。仰窺錫名之意，不既無負乎哉？况循是以推其所濟，又豈止此堂乎哉？余既重楊君請，尤望後之視今，亦猶今之視昔也，於是乎記。

掩枯骨記

憶辛酉夏，余自翠筠觀移榻仁孝寺。寺後敗棺荒邱，循墻而厝者纍纍。嘗語寺僧爲數坎以瘞之，僧曰：『此其姓氏不可辨，瘞則易位。設家人欲改葬，何以應？』遂不果然，心終怏怏云。今繼見之，暴露愈甚。不禁潸然出涕曰：『吁！嗟乎！日月幾何，而竟至此乎？』其極東一棺，前已裂，藏猶可指數。今則一片腐板，聚之，止顱骨數塊耳。又一邱，圍磚而滅頂。或曰：『有盜意其有，啓之則朽骨縱橫，弃之去。』每霖雨注，一任浸灌而已。折而迤北，有壟頹然，朽木奮出土。再折而西，依墻者二棺：其一東首，前磚闕如，當風日要衝；脚後一棺，土壅之，盲風怪雨，嚙不可支。次小邱，五臂相聯。二朽不可辨，僅留遺迹。餘三邱，代棺以瓮，瓮破而白骨見。或牧童戲弄，肢節存者，十之五、六耳。又蔓草間，遺骸一堆。位次首二邱，非撥草，幾莫能識。傷心慘目，不忍悉數。改瘞既不可，而置之又不可，終日於是。命僕治之，覆以土，蓋以磚，圬之以泥，不數日而枯骨已視之不見矣。既返舍，復啞然笑曰：『嘻嘻！是則予之不達也。昔莊子將死，門人欲厚葬之。莊子曰：「吾以天地爲棺槨，吾葬具豈不備耶？」又曰：「在上爲烏鳶食，在下爲螻蟻食。奪彼與此，何其偏也？」夫肉之不有，骨將安計？況髑髏無君於上，無臣於下，從然以天地爲春秋。雖南面王，樂不能過也。尚何暴露之悲而掩覆耶？且夫適來適去，烏乎往而不可知。螻蟻烏鳶，無怨無德。然且曰吾以天地爲棺槨，南面王樂，既不是之過。然且曰從然以天地爲春秋，是未忘乎棺槨也，是未忘乎春秋也。然適人之適，而不自適其適，惑則滋甚。觸於目、動於心，即安能無所事事？吾以適吾適焉，而非爲人適也。此一役也，其烏可已？『嗚呼！石火電光，生之日，吾不知其何如也！川有時竭，石有時泐。今掩之，豈遂不復暴露耶？又安知風侵雨蝕，不更甚於今日耶？又安知不化爲野馬塵埃，相吹於蕭蕭白楊間耶？蓋佛氏云：『過去未來，亦第弗深考。放過，不得其現在乎？』現在者，癸亥閏四月也。

夢卿雲記

歲甲子，有謗予者。計非東征，則區區之心無以自白。爰於臘八，戒行十日，渡河。十一抵大梁。適予初度前一夕，旅館蕭條，短檠明滅。自念命非坐磨蝎宫，何多口似東坡耶？默而禱，謂詰朝更新，運闢周歲休咎，其告予乎？俄至一島，碧水周環，竹柏掩映。有閣焉，高可插雲漢。紅日正中，青天開朗。忽有黄雲起東北，光閃閃射人。初形爲『入』字，横亘數百丈，倏而層巒疊嶂，亂峰刺天，不可量數。繼則虹跨龍奔，不知其幾萬里也。或爲紫蓋碧幡，若列仙之朝帝闕，眉目畢現；步武蹐蹌，則又爲赴敵之兵，銜枚疾走，若將飲馬長城然。終焉，雙闕開張，宫室巍焕。而長廊曲檻，更不知幾千萬落也。輾轉百變，不可盡狀。恨身在閣下，眼界不可放。則有人顧予曰：『此卿雲也，見之者昌，曷登而觀之。』梯危甚。以手翼予，掖之以升，遂得飽觀而屢見焉。蘧然覺，然後知此其大夢云。昔坡公爲吕章所排擠，而在登州禱海神則見海市。説者謂不能感人而能格神，殆不可解。予謂以坡公之公忠正直，宜無不格。彼吕章輩，特一犯人之形而曰人耳，人耳若果人也，豈有冥冥可通而不得於昭昭耶？今坡公千載如見，而若輩安在耶？且若輩臭即不朽，不益見我坡公耶？命坐磨蝎，公言戲之耳。又何傷夫坡公？不敢望而動念，感昭有若響應，奇矣哉！人言胡恤？至卿雲之祥與否，直聽其過太虚耳。亦第弗深考。

寶稼軒記

乾隆甲子秋，寓大梁。得陳執夫先生《河套志》，語同人曰：『關中，天下樞；河套，關中樞。樞不得則危，宋明是已。今雖内屬，此志可俟而不惑。且經濟如先生，宜享大烹，而不宜家食明甚。』語未竟，先生適至，曰：『家食久矣，且以寶稼名吾軒，幸爲吾記之。』同人曰：『代食惟好，詩人不遇時者之所爲作也。方今老成迭起，以勷維新之化。而先生官侍御，觀察西郵，丕績又昭然遇過詩人遠矣。乘時而出，效益不可量。善人爲寶先生，以之求老農老圃而爲師，非所望於先生。』先生曰：『嘻！是固得吾寶者，機也。寰宇乂安，治教休明，太平已百年矣，幸生無事時。課晴量雨，耕者、耘者、婦子饁餉者，紛紛緣南畝。予以垂白老人，扶杖其間。每憶「試看盤中餐，粒粒皆辛苦」之句，彌復怵然心動也。且鶻鵃一枝，偃鼠滿腹，其巢其飲，又多乎哉？「開軒面場圃」，致足樂耳。而代食又何知？』予曰：『先生之風高矣，請即是爲先生記。』同人曰：『可。』遂書之。大梁返轡，道出宛，登卧龍岡，觀武鄉侯躬耕處，終不敢曰『此隱者也』。展《河套志》，不當作如是觀耶？

奇槐記

余世居北門縣署西老屋，未遑卜居也。康熙中，家大人始移居之。門有古槐，置弗顧。居十年，幹有枯者，命翦去。適大人有粤東之行，歸。逾十四載，槐枯復榮。近十年，又加茂焉，然亦弗之奇。歲乙丑，改擴門閭。客有指目之者，而槐之奇始出。本大二十圍，高數丈，腰穴上實。屈曲偃仰，據左而右向，枝幹肆出，大小各鬥奇丫槎、拿攫不肖也，亦不相降。右幹西奔，奮然不可留。忽作反抱，門宇出其腋。迤東屋脊，倚庇左幹，若携若提，依依弗離。南枝下垂，叢柯上鋭，環者、繞者、拱者、俯仰揖讓者、聯而擁護者、内顧者、指揮者，大枝小枝盡北向，無背而馳者。

夭矯騰空，爲龍爲虹； 首尾結屈，爲虺爲蛇。亭亭玉立，則爲從軍士卒，荷戈執戟，宵旦不易也。或爲老人倚門，傴僂擁腫，而幼子童孫，踴躍舞蹈於背上也。鷄冠劍佩，偃蹇思伸。旁觀者哀其倔强猶昔，則爲失路英雄，不屑隨行逐隊也。指數歷歷，形狀惟肖，余特習而不察耳。噫！是槐也，植之平泉、梓澤，吟詩作賦，摹繪雕鏤，不知其幾。即不然，而高人庭畔，寶刹林中，亦動多記述歌咏焉。余居逼近官署，市儈胥役，昧没雜處，而槐亦共之，辱在泥塗蓋久矣。居逾三十年始識之，識之不既晚乎？夫物之异者，惟其不知則已矣。余知之，而仍聽其與市儈伍胥役混，是槐也，寧混處胥役市儈間耳，其何樂於余乎哉？

夢桂叢記

夢在舍，將謁先塋。塋路鬱鬱葱葱，如火如霞，爲目眩者久之。引而近，叢木錯成伍。每三五本，背依而立，大盈拱亭。亭六七丈，高則同樹杪。懸竹燈，排炬照耀如白晝然。塋路凡數折，循河傍橋，列叢委蛇之無少間。千章玉立，火齊紛墜，心方揺揺然。適林間小碑屹立，書曰『桂叢』。諦視，始爽然。驚而覺，則寓京師孫氏房。丙寅十月之望，其明日也。

張子香曰：『昌黎奇變而少刻劃，柳州刻劃而少奇變。并此二難，乃能拔奇前人之外。』

鹿寨墓祭記事

乾隆十年九月杪，泰恒請假歸。歸七日，即遭祖母之喪。逾年丙寅二月朔，詣濟源鹿寨祭始祖墓。自泰恒少時，嘗隨大人拜祖墓，必先拜始祖墓。始祖者，河内始遷之祖也。去泰恒八世。葬鹿寨，則十二世，又始祖之所自出云。大人嘗云：伯高祖大司農公曾樹碑表其墓。而曾祖又因碑仆，復立之。世遠地隔，從事蓋寡。泰恒惟廟祀之禮，大夫四墓，祭闕如。而宋儒謂既葬，魂依於主。此其説似矣。然記云『設其裳衣』，謂睹祖考之遺，如祖考式憑也。夫附體之物，尚式憑之，而體之所藏，反謂神之或不在是也，有是理乎？夫魂升魄降，氣無不之，似無知也。而仁人孝子，不忍死其親，則不謂無知也。而假物求之，如所謂魂依於主，則祀之。夫塊然數寸之木，孰與夫自遺之體？如其有之，何去何從？即云神無不在，又安見？在木主，則就之；在遺骸，則弃之不一顧哉。嗚呼！人生無百年之身，而有百年之墓；無數十世不敝之裳衣、不毁之木主，而邱壟或猶有存者。如云墓祭非古也，過墓生哀，他人且然，况孝子慈孫乎？夫禮以義起，實出於人心所不容已。有昔略而今詳者，非古人成法不足遵也，亦非今人之私心自用也。無害於義，從俗其可。天理順，人情安，而必曰『先儒未及也』。然則拘文牽義，寧得罪祖考耳，可乎否耶？或又曰：『廟止四代，墓宜準之。遠至十餘世，不可以已乎？』夫祭止四廟，由吾身而起耳。而吾之高曾，非無高曾也，由高曾而下，下而推之則愈遠，由高曾而上，上而引之則愈近。如謂高曾以上，可置也，即高曾以前何樂乎？有吾之高曾而自吾身以下，或數世或數十世，亦無樂，遞衍於無窮矣。蓋孟子謂：昔有弃親於壑者，見之，則顙有泚。今即十餘世耳，邱壟隱然，遺骸是在。其可忍乎哉？夫四代之廟，何敢深言？而遠祖所藏，歲一拜。不疏不數，獨可以廟限乎？發於心，作於事，即百世可求，猶不能無所事事也。泰恒既祭，見壟頽頹。始祖而下，凡四列。壟凡十有三，皆培以土，崇封如故。塋坐北南向，其形方。折而西，爲墳路以達官道。計地一畝三分，緣近山，例折爲二畝六分云。塋之前，豐碑屹立，大書曰『范氏先塋』，左書『天啓七年歲丁卯』，右書『階授資善大夫南京户部尚書七世孫濟世立石』，此伯高祖樹之，而曾祖所復立者。又村南，佛宇一區，亦曾祖建。屋脊識云：『康熙丙寅，堂主范汝愚。』汝愚者，曾祖諱也。夫碑立以丁卯，訖今兩甲子。丙寅建佛宇，仆碑復立，必此時。今丙寅，又甲子一周矣。嗚呼！君子之澤五世，言其常耳。源遠流長，豈計年數哉？自始祖至大司農公，凡七世，始表於墓。後六十年，碑仆復立，而叔曾祖大參公適在官。又六十年，泰恒始官。墓封復崇，祖宗之德則長矣。倘亦有數焉於其間耶？

任處泉師曰：墓祭闕如，想亦因有廟祀耳，非謂邱壟竟可唾不一顧也。議論往復，其言藹如。

修復鄭端清世子墳墓記代陳明府

余自洧川調河内，念此地文獻名區，巨人長德，代不乏人，而表前賢以式來兹。化民成俗，功於是爲大。顧下車，淫雨河決，日事賑恤。雖有願，亦莫之遂。閑嘗檢閱邑乘，知前明鄭端清世子者，賢人也。自父恭王以建言罪守陵，世子痛父蒙難，而志未明。上奉太妃，壯年不受室。父歸養，志至老不倦。先是，鄭康王薨，議盟津王承襲。既因無妄罪褫爵，而令東垣王子懿王攝國事，至恭王已再世矣。王薨，世子讓爵於盟津王曾孫，載璽七疏，乃允。神宗敕獎賜坊，兩河間無不知河内有讓國世子者。世子妻祖，何柏齋得許魯齋之傳者也。世子私淑之。作《先天圖正誤》，能發前人所未發。其他著述頗多，而《樂律全書》尤爲當世所推重。纍黍審音，得不傳之秘於數千載下。書成，上奏，天子留覽焉。余讀之，心尤嚮往。今年春夏間，偕長吏鈕君閲丹河，止九峰寺。見有方石卧旁殿，則世子神道碑。而撰文者，孟津王宗伯也。其墳墓，耕者侵且盡，剗削邱壟，僅存其半。前太守樹二石，亦仆。其一草間矮碑，小書淺刻，非復舊規矣。嗟乎！人生無百年之身無百年之墓，而有百年不朽之功德。功若德之朽不朽，不關於身之存亡與墓之有無也。爲善無近名，其信然矣。夫功德，非邀名之具。而迪德樹功，顯名後世，端自身起也。一日不能朽其名，即一日不忍毁其墓。故國家表揚前賢，或專祠，或附祀。既作廟以寵之，而墳墓所在，又或置守户，禁采樵，或遣官致祭，凡以仰其功，欽其德。睹兹一抔，如接遺範。祀典所爲煌煌也，乃不遠百年。徒見山蒼而水碧，詢其邱壟，則削矣，墳墓，則侵矣，而世系行義之具於墓碑者，亦置不復顧。雖古人所爲不朽者，初不在是。然揚芳徽、樹風聲以佐聖天子型方訓俗之化，親民之吏，實專其責。其草莽委之也。且世子之功若德，豈易倫比哉？漢唐來，以讓滋僞，無論已。即賢如季札，讓而釀亂，聖人猶譏之。世子之爵命自天子，非攘而有之也。傳已三世，又非己身代之也。且讓矣而君不許，廷臣不改議，亦若可已也。勤勤懇懇，至欲避地以明心、泣涕以見志，至再至三以至於七，雖三讓之泰伯，何以加焉？又古稱六經自秦火後，《樂經》獨不傳。世子軼傳補經，功在聖籍。惜當時君臣，未能表揚而光大耳，要豈河間獻王懸金以構遺書者可比耶？夫一時之功，一曲之德，考古者猶思表彰之，而先儒且以爲知先務。赫赫如世子，其文其行，將駕邑賢許魯齋、何柏齋而上之。而缺然廢墜，此余與鈕君所爲區區而修復之也。於是崇封其墓，神道碑復樹其前。界以石柱，樹以佳木，永禁侵毁，俾勿壞。嗟乎！修廢舉墜，繼余者豈無同心耶？爰本始末以記之。

家廟記

惟我始祖，明贈太子太保户部尚書若谷公，二世祖，贈太子太保户部尚書柳溪公，初無廟祀。

大司農含初公以長以貴，乃作廟於家。偕各房子孫，歲時祭享。崇宇大棟，肅瞻拜獻，蓋一百三十餘年矣。及公子孫析産，廟亦隨之。而同族享祀，仍於舊未變。乾隆某年，因供物漸替，藏主無所，陳設無具，闔族既備厥儀。邇年來，廟屋東偏，梁木朽壞，又岌岌乎傾覆是懼。謹糾族衆，易其梁木，一切毀缺漫漶，并理新之。將享不墜，祇肅有加，以報祖宗之德，以纘我大司農特立家廟偕族公祀之意。豈不休哉？而族衆子孫過此以往，以時修葺，或更恢宏之。承承繼繼，念兹！其勿忘。八世孫泰恒恭記。

卷六

修復塋路記

維我太高祖儒官公，卜葬清平村之南原。依阜面廠，形勢完備。塋路曲折委蛇，達於村南大道。平坦廣闊，他氏塋均莫之及。顧自初葬，迄今時逾百年，塋基如故。而路與田相錯，耕者不無侵削。泰恒父傑嘗欲清理，有志未逮。歲丁卯，泰恒歸自京師，憂居拜掃，心焉傷之。白於邑侯陳公，出示申命，勒令出原基，不者且以刑罰隨其後。於是人皆聽命，侵削頓還。自村路旁出，南抵潦河。長六十六丈餘二尺，闊一丈二尺有五寸。循河曲折，長十一丈七尺，闊同前。逾河而南，仍一丈二尺五寸闊，長則四十七丈有一尺。再西折，長十七丈二尺，闊亦同。自北而南，爲近塋路，闊乃丈一尺五寸；十七丈六尺，其長也。所謂平坦廣闊者，一如其舊。泰恒乃同叔父欽、叔父儼、弟泰履，隨路曲折，界以雙石，培其剞損。逾河弗橋者，懼成走道也。有事則仍橋塋基，或虧則補之。碑樓將欹，則撤而重建之。規模形勢，無廢前軌。鬱葱佳氣，庶幾來復，繼自今。如有外侮，禦之必力。而當事者，仁其親以及人之親。孝治錫類，或亦不讓美於陳侯也。

又按：路逾百年不開墾，祖宗自有深意。或借口墾田供祀，抑或毀侵塋基者，罪不孝。群起而攻之！又墓碑左旁刊字云：『塋樹係元髶九錫元瑛一雍捐種。子孫勿得損壞。』此康熙三十年，先人樹碑時附記者。今有捐栽樹株者，聽其。或假公濟私據爲己利，獲罪先人，亦群起而攻之！嗚呼！我祖宗忠厚起家，澤延數世。有外侮，今幸禦之。若外侮禁而内侮滋，祖宗有靈，必不祐助。如之何其勿慎也。今將官示塋基路圖刊碑前，兩叔父命泰恒附記其陰云。六世孫泰恒謹記。

記懷仁書院告諸生語

乾隆十三年春正月，郡太守北平郭公延余主講懷仁書院，辭之不獲。擇日入院，爰進諸生而告之曰：『余本書院肄業生也。十年前，錢塘任夫子莅吾懷，雅意作人，人各有成。謭陋如余，由選貢洊入史館。今與諸生生同鄉、習同業，而弗克相與有成。是匹夫尚能化鄉人。而教育不能造英材也，甚非太守延爲主講意。且書院名懷仁，舊矣。諸生亦嘗習之而察之乎？夫人（眉批校曰：『夫人』之『人』，當是『仁』字之訛）者，天地生物之心。而物物生之，又不能物物成之也。聚一鄉一邑一郡之衆而生一智者焉，則愚者將以托命聚一鄉一邑一郡之衆而生一賢者焉，則不肖者將以待化。夫天，非獨厚於智與賢，而薄於愚不肖也。天地之無物不生，無物不成，其心也，而不能無智愚賢不肖，其勢也。通天地之窮而智其愚，賢其不肖以仰副天地生物之心，則仁心爲質者之責之無可辭也。傳云：「成己，仁也；成物，智也。」智也，一仁也。書院者，聚一鄉一邑一郡之材而教育之，所以一視同仁也。且所謂成己仁而成物智，必己成而後能成物也。以余自返，其在朝，不能論述主上功德，鋪張揚厲使宏功偉烈配天而無極，其居家，無孝友之實可爲族人倡，其在鄉黨，無不言（眉批校曰：『無不言』三字，疑有誤，恐是『又不能』）躬行潛易默化之術，使善者得自安而惡者不得以逞。而其術業之習，幾三十年亦不能有所論著。或經或史，有以信今而傳後，數者無一。所謂仰不愧、俯不怍以無負天地生我之意，蓋難言也。嗟乎！己之不成，胡教人爲？其不爲諸生反唇相稽，亦幸矣。抑又念仁者，己欲立而立人，己欲達而達人。夫欲立欲達，不必能立能達也。舉念而民物在宥，是即天地之心。而自非甚不肖，無不欲扶持而安全之也。夫己成者，導夫先路而有多術之教；欲成者，與人爲善、相助爲理，而人亦信之而從之矣。故曰：「能近取譬，爲仁之方。」不然，自弃弃人，其得爲仁人乎哉？余今日之司講於此也，舉凡敦品立志、博古學今，前人已詳哉言之，無可增益。無已，其尚爲諸生進一解曰：「自漢唐以來，取士之法遞更以至今。舍科舉，無由也。」故朱子曰：「雖使孔孟在，今亦不能不由科舉，顧應之何如耳。」夫上以實求，下以虛應，即摛華摭實，無不可得也；上以實求，下以實應，非畜道德而善養氣者不能矣。且所謂道者，豈待他求哉？作詩寫字即此是學，亦即此是道。况制義者，代聖賢人（眉批校曰：『聖賢』之下『人』字宜删）以立言乎哉？夫仁，人心也，求其放心求在我者也。求之在我，取之在人。國於天地，必有與立。而天地生物，聖賢成物之心，一以貫之矣。嗟乎！此懷仁之義也。』

陵川縣望洛書院記

我國家廣勵人材，以興教化。其在京師，有國子監。而直省郡邑，咸設學董，以師儒之官。又命直省，各建書院以育教之。意甚盛也。夫前代書院，創自下，而毀之在上。今則開館延師，發帑金，厚餼廪，秉爲成法，休哉！人文成化，於古有光，非適然之數矣。陵川僻處萬山，舊無書院。吾友陳君莅兹土，始議創之。合邑縉紳先生及好義之士，亦樂相與有成也。經營規模既詳既具，而丐余記之。

余惟明道先生令晉城，擇秀俊親教道之。禮樂之化，達乎鄰邑。故陵川郝氏，世守師傳。至文忠而大節炳著，爲時偉人。又宋金時魁鼎元者六七輩，蓋其盛哉！其在於今學宫猶是，弟子員不缺。而數十載來，士氣抑塞，儒術亦陵夷衰微矣。豈山川淑氣磅礴而鬱積，昔靈而今否歟？抑官斯土者，視人材爲末務，不以明道之治治之歟？又或鄙夷其民，見其難爲而不爲歟？夫昔人所過者，化風且及旁縣。而一邑之内，數十年之中，并未有通其湮鬱者。或鄙夷之，抑又甚矣。噫！此髦士之羞，實長民者之過也。抑又思：盛衰何常，轉移則在人。陵川自隋大業設縣後，泯没無聞。近五百年被明道之化，則盛。歷金而元，則又盛。夫盛極必衰，衰不極則盛不開，亦且不久。振而起之，式光前徽，未有極於此時者也。而陳君不費公帑，肇造宏規，以稱國家廣勵人文之意。其陵川復盛機乎？且君之望於陵人者，不但工詞章科目，顯赫如宋元諸公已也。將欲成德教而美風俗，明先王之道以道之，一如明道之在晋城也。而諸生以治經爲家法，爲北方延道脉。朝廷植綱常，雖使文忠復生，當亦未肯多讓。大中丞嘉此盛舉，榜曰『望洛』。諸生顧名而思其尚，勿自菲薄哉。又昌黎刺潮州，命趙德爲之師，士皆篤於文行。然自今潮之人不多趙德，而頌昌黎之功不衰。君以年友故，聘余主講席而口傳指授、勤懇不倦。君之教備至，余惟相助爲理耳。繼自今有造有德，延及齊民，所謂『帶經而鋤，四野相望』者，不啻昔人云云也。而昔人教化，由晋城而達陵川者，今且由陵川被太行、達三晋矣。君之澤可意量哉？且夫事難作始，亦須圖終。後來者守而勿失，或更光大之。量有同心，而君固不能無望也。誼不可辭，遂拂石而勒其事。

書院屋宇記

同年友滇南陳君莅陵川，念兹邑地僻民樸、文物不彰，百務未遑謀，創書院以振興之。合邑縉紳先生及里巷慕義之士感其盛心，願相助爲理以備束脩膏油之資而游息無地。方紆籌策，邑庠生王子慨然曰：『此吾事也。』面請令君，願捐屋一區以作書院，奏記當道，咸報可。王子義聲一日而播三晋。屋北七楹，楼凡三層，東西序，爲樓六楹，南樓數如北層三之二。高廠軒爽、棟宇華好。計其始作，費金錢殆數百千。今君與諸人士念王子今非素封，雖樂善，不欲竭其力。議直以償，王子固却。諸公益不安，又重違王子意，出直半，强投焉。王子亦懼拂諸公意，則不得已勉受之。餘所捐，仍不資。云昔太原王烈隱居不仕，徵博士不就，人號其鄉曰『君子』。晋之人今猶道之，然其他行義不概見。今王子名列黌宫，事親以孝、於弟以友聞。鄉黨間則循循退讓，群推長者。而義激於中，復爲長育人材地，視烈殊無愧色，或有過之者。噫！何王氏之多君子也！抑余觀世之隱居者，求田問舍、老不倦勤。鄉黨鄰里尺寸地，争不少讓。甚者骨肉鬩墻，交構不假，若王子捐己産爲人謀，或非笑之，所深避而不肯爲焉。嗟乎！王子安可幾及耶？且王子屋宇，可指而數也。去華屋、居卑室，急於義而不自求安，視世之勉强施與捐所餘以市恩者，其誠僞相去又何如？書院一日不朽，即王子不朽矣！於是伐石而書之。然是舉也，非王子意。非王子意，而王子益遠矣。王子名慎修，字乾若，本邑庠生云。

重修鎖水閣記

陵川令陳君，念切民依，興廢起墜。邑東南隅水口鎖水閣，次第亦觀成，余初至兹，講課暇，散步東郊，高閣聳目，跨長澗而立。澗承邑水瀉出之，折而注東北。邑既踞山中，山環水急，滙趨一流。而轉樞又迫東山趾，激蕩噴薄，數治數崩，口頽若齒缺。閣久而剥，上雨旁風，壞更不可支。顧舊日恃土抗山，土弱水悍，石頑不可撓培而易圮，其勢也。君相方視趾，謂不大培之迹，且不固。乃驅石爲基鍵、以鐵承高，就下積纍，凡數叠。又水氣浸鐵，膠石爲一。暴流至呼吸通暢，任摧殘，勢不可復嚙。基固，乃新閣。閣亦大壯。而是口，闊丈有五尺，長十倍。岸其旁，而兩之如長之數。其費，則邑紳士庶樂輸者。嘗試登而望之：群山屏列，嵐光欲射，文峰遥拄，影送夕陽。且晴空濛濛，則古寺烟雨也；蒼翠凝靄，則竇宫柏叢也；微風乍來，奔騰淜湃，則又菊巘松濤也。效技呈能，坐收檻内。大觀哉！是閣也。君曰：『唯唯否否是非，予所知邑甚矣，僊寧止暴流哉。人文閟厥光，蓋久矣。水弗暢，氣弗聚，何怪今陵川弗昔陵川也。且予即不敢咎地脉而萃秀以育，庶幾克昌。使地脉治而竟亦不昌，必有受其責者。予自爲懼，且爲陵人懼，而大觀何有焉？』嗟乎！聞君言，是誠陵之厚幸也。又邑尉沈君廷鈞實左右之，就厥功。鄉耆某某咸效奔走弗怠也，因備書之。

重修龍門山塔記

禹鑿龍門，通水道，去物害也。唐后建塔，崇异端，益民惑也。夫勞，莫大於鑿山。而爲民，則自忘其勞。亦莫勞於建塔而害民，則忘民之勞。古今人不相及，蓋如此。而或有視民利害，若秦越人之相視也。山固不暇鑿，塔亦不暇毁。其黠者，意存害民而陽爲爲民以濟其虐。去故迹，錫嘉名，曰：『吾法神禹，而鑿孽后。鑿之，以去害耳；毁之，以解惑耳。』而民且忘其害，而樂其名之可娱也，訖數百年莫之悟。嗚呼！其甚矣！陵邑西山之闕曰龍門，斧鑿痕今猶宛然。旁則塔坡，塔去而名僅存。夫山脉方騰，惡乎鑿。鑿矣而建塔以當其闕，又惡乎毁山疆。小邑自唐宋金元來，理學忠義，科名勛爵，冠澤潞。今且泯泯無聞矣。虚名增而人物减，孰爲作俑而使陵民至於此極也！邑侯陳君甫至兹，事治民安。乃葺石補山闕，憑基建塔。塔高八九丈，經始於己巳三月，六月中旬績用成。費金錢數百千，咸出樂輸，邑尉沈君左右之。而始終服勞者，則鄉耆某某。夫山可鑿，亦可補，補之可也；塔可毁，亦可復，復之可也。傾否濟屯，豈不待人哉？且夫爲政無成法，狄梁公巡江南，毁吴楚淫祠千七百區。蓋浮圖之存者，無幾矣。而陳文惠公任河東，則鑿澤州道；移河北，則鑿懷州道，而太行之險始通。山何必不鑿，而塔何必不毁哉？嗚呼！在因地而已。

聖駕巡幸明月山寶光寺記

今皇帝念切民依，宵旰不遑。乾隆十五年九月之望，恭奉皇太后巡狩覲岳。道懷慶府，臨幸明月山寶光寺。臣謹按：天壇王屋爲太行首，崒嵂鬱盤。東行二百里，景更奇絶：翠柏萬株，瀰漫岩谷。谷背隆起，兩趾相抱如環，故曰明月山。寺則創自金，歷元明形勝漸著，至我朝而大備。巔石嶂列，軒五楹而敞。其前嵩屏河帶，指顧可見。左則爲大士閣，飛檐層構出松杪而清流曲折於階除者，則課密泉也；又東有殿曰藏經；南下而勢復起，覆以茅亭翠竹，百竿掩映蕭森；右爲方亭，類四明車。緣磴而下，石室三窟，以祀吕道人。室西有洞，外狹而内寬，相傳爲倉公宴息地。循徑南出，石壁長列，廣亭翼之。左右雜植畦菊，扶疏燦爛，殆山間而具園林之觀焉。旁起石臺，青松孤出，丫槎偃蹇，拿雲攫空。上踞六面亭，朝旭東升，影出林隙，可舉目得也。隨步左右下，基平而廣，有殿三。最後曰水陸殿，旁各三楹。前爲大雄殿，又前爲天王殿。殿與閣相值，閣昂首而三殿其腹也。階下雙井涌見，不竭不溢。前殿古柏數株，亭亭直立若拱衛，儼空門護法也。兩廊環繞僧寮，紆複以達於山門。其外石坊對峙，東山勢稍昂，爲鐘樓；西南坦而長敞，楹三以便瞻眺，蓋鳳凰臺舊基云。或曰天壇山高擬帝闕，其下千萬岩巒，若堂若室，名王屋，實惟王者之居。而軒閣聳出，列奇紛綴，殿宇寮舍，蔽虧山坳，此亦離宫别館也。望幸之所，於是乎在，不其然乎！

皇帝恭奉皇太后清蹕莅止。登殿瞻佛，幢幡叠挂，懸額列聯，宸翰親灑。蓋自開山建寺以後，玉趾來臨，頒賜稠叠，增重名山而爲象教光，六百年來實無倫比！抑臣恭迎聖駕，仰覲天顔。每顧黎庶，欣欣色喜。而登山正位，曠望高深，田塍如畫，溝渠交錯。凡此老幼婦子，皆我列聖以來，休養生息。我皇上十有五年撫摩教育，以有今日也。則所以立道之，綏動之，以永奠於爾萬姓於兹尤切！夫求莫懷保、巡方觀化，聖天子之事也；奔走述職、以揚休命，守土諸臣之職也。而述盛德、揚芳徽，使永永年代服我成烈，則屬在史館紀載之職之所宜任也。臣泰恒不辭不文，謹據實而紀其事。時守土者河南巡撫臣某、懷慶府知府臣某、河内縣知縣臣某例得備書云。

敕命恭記

乾隆十六年十一月二十五日，恭逢崇慶慈宣康惠敦和裕壽皇太后六十萬壽，皇帝推恩錫類，内外臣工，咸得顯膺寵命，榮及所生。先是，雍正十三年十二月，欽奉恩詔：『朕推恩中外，在職諸臣，封典普及。而丁憂人員，獨不得與榮施，朕甚憫焉！其有應得封典，一體賚予。』蓋异數也。至是，禮臣遵詔以請，制曰『可』。由是臣泰恒以翰林院庶吉士丁憂在籍，得邀皇恩。敕贈臣父傑，并貤贈臣祖九錫俱如其官。臣泰恒謹望闕謝恩！爰推本其所自曰：『嗚呼遐哉！惟祖惟父，積善累行，繼世益虔。訖弗顯，乃以效俟諸臣。臣幸竊禄於朝，而祖若父尚未克邀寵眷、被榮名，其奚以增光於泉壤？且譾陋如臣，清華之選，濫膺非分。臣祖臣父，儲其實顧弗得其名。死者有知，厥心胡安？』

謹按：臣祖九錫，孝友端方，好學不倦。年未壯，母亡父老，色養無方。友于兄，擇嗣撫孤，以幾成長。顧養寡姊、體恤親族。迨没，世猶有感泣思慕者。更善屬文，數省試而不獲雋，竟以諸生終。臣父傑，少嗣臣祖。弱冠，力學。緣父没，不終所事。壯，始入太學。而嗣母性方嚴，委曲承順，六十年如一日。值胞兄多窘，解推不給。或貸而益之，不爲家室毫髮計也。處鄉黨，排難解紛，人咸德之。又嘗語臣曰：『吾家三百年來，代多達者。自委吏公破産濟民，實發其祥。由是，大司農公顯，陟崇階；别駕公、觀察公起而繩之，歷宦名績，班班可考。吾父懼式微而思振厥聲也，有遠志，未竟而卒。余雖少失學，猶欲克繼前徽，奔走四方十餘年，卒亦不就。兩世一念，今已矣，以望小子庶幾有集。』臣謹泣而志之。臣自乾隆辛酉以來，邀選拔與鄉薦。復以明通選教諭，繼成進士，改職庶常。臣父曰：『此皇帝恩，亦乃祖種德積文之報。』臣曰：『此皇帝恩，而祖若父，紹述前烈，累行積善之功。夫厥父菑而子播穫，猶須播穫也；父肯堂而子肯構，猶須肯構也。而臣之祖父，菑穫至矣，堂構肯矣。臣惟坐收穎粒耳，安處堂構耳。凡臣所幸致之名，皆祖父自有之功。而祖既賫志，父復淪亡，不得沐殊恩於生前、叨寵光於身後，此臣之區區所爲中夜彷徨、蹙蹙靡寧者也。且臣之先世，均未有後人顯而祖父不與榮光者。臣始祖深、二世祖繼祖、三世伯祖嘉禄，在前明時并以子孫貴，贈太子太保光禄大夫、南京户部尚書；三世祖嘉樂，以子官安慶府通判；叔高祖濟美，以子官陝西關南道。俱邀覃恩，封如其官。臣不材，亦人子孫也。上世服祖父之教，祖父享其榮。祖父餘蔭及於臣，而臣不克揚其光，雖作善不望報，在先人故自無恨，而臣則何能靦然爲人、贅名班行耶？今皇帝推廣孝治，遍及臣工。憂居小臣，亦與光寵。此臣祖父之願望而不可必得者而竟得之，亦臣之借以答祖父於萬一者也。昔宋臣歐陽修，受三朝寵命而表父阡曰『非敢緩也，蓋有待也』。夫『有待』，所以教孝；『無待』，所以教忠。一命之榮，皆君賜也。况榮及先人，又在憂居乎？闕然弗記，臣實不忍且不敢，謹稽首頓首而書之。

余曦庵曰：一面感激國恩，一面贊揚祖父，賓主向背，較《瀧岡阡表》更難措手。至行文之紆徐揖讓，居然六一後身。

雲濤記

乙亥夏，余由南安返崇義，宿穩下村。五鼓起行，烟霧瀰漫，輿隸咫尺不可辨，心惡之。登狗脚嶺，天將曉。回望大水汪洋，不見崖涘。列峰參差，出没波瀾間。若海上神山，指顧可即。少焉，風起水涌，翻疊激蕩，仆立無常態。倏而紅光穿白波，蕩漾者久之。豁然不見，止留山色。則白日已高矣。夫雲之奇，似峰；松之聲，似濤。山高嵐重，晦明相薄，此蓋雲濤也。見可惡，翻可愛矣。噫！未及見愛，而曰『此惡境，非佳境也』，非惑耶？

聚芝亭記

乾隆二十一年夏五月，崇義署齋産芝二本。越月，其西偏復産二本。彙植一盆，如雲如霞。噫！亦奇矣！夫是芝也，置之廟堂之上，鋪張揚厲，其聲價當如何？而深山窮谷間有是芝，而弗彰於世，豈少也？辱於余，聚而賞之。是芝也，在遇不遇之間已。嗟乎！天之産芝，亦僅矣。遇不遇之間，所以處芝乎哉？是則可感也已。

重修崇義縣孔子廟記

崇義縣自虔院王陽明建孔子廟，二百餘年中，更改革兼有。甲寅之變，既修而壞，迄於今尤甚。乾隆甲戌冬，余宰是邑，惄焉傷之。而學博朱君暨縉紳某某，各捐金有差。遂起工於乙亥之春，丙子冬乃斷手。殿廡俎豆，焕然聿新。嗚呼！何其盛也！余惟修孔子之廟，孰與修其道？修孔子之道，孰與自修其身？夫身非一人之身，而萬物托命之身也。粤若堯舜禹湯文武之爲君，皋夔稷契伊萊周召之爲臣，出其身以謀萬民。厚之生、植之德。爲君爲臣，各畢其身。以内之圖，而莫之或加。及周之衰，亂臣賊子接於世。而功利傾詭之習，益争長於七雄之國。揆諸古帝王，授受之意蕩然矣。名世如孔孟，僅僅删述六經、辨明義利，實非其心也。自顧其身有擔荷斯世之責，又有拯濟斯人之道，獨不得操奠安斯世斯民之權以爲所欲爲。然猶席不暇暖，游歷不遑。故孔曰：『苟有用我者，期月而已可也。三年有成。』孟曰：『夫天，未欲平治天下也。如欲平治天下，當今之世，舍我其誰？』若此者，豈不知自安逸之爲樂哉？誠不忍自負其藐然中處之身，以負乾坤父母之托。非樂於高談心性，鄙弃事功如後世腐儒之譾譾拘拘也。夫二帝三王之治，法二帝三王之心法也。人心道心，精一執中。孔孟守之而待之，無二致也。漢唐後，判爲二致而議論繁生矣。蓋自秦滅聖人之經、弃先王之法，經法不存，而人心壞、邪説倡，是非倒置、人禽不分。漢興七十載，始除挾書之律，六經乃稍稍出。嗣是，記述略備，注疏乃興。夫爲之君者，既不能繼二帝三王之迹；爲之臣者，復不能紹皋夔周召之踪。所謂修己以安人安百姓者，概不足言。而區區考證修補於儒生之口，能存聖籍，功即首庸。而舛錯醇疵，又不足論矣。雖然，嘘餘爐於已滅之後，傳述之澤之不容泯者也。而家自爲書，人自爲説。折衷莫定，黑白不分，其勝於春秋戰國之習者幾何哉？迨至有宋，周程張朱之徒出而群言盡息，絶學始明，所謂明其德以新民者。事雖未究，而其義則昭如日星、流如江河矣。自是厥後，人無异説，士有常師。君相之位不可干，而修身以見於世，宜其不乏矣。乃記誦多而成功少，章句盛而踐履疏，《易》所謂『知至至之，知終終之』者，無復可望。而哀衣峨冠，日争於問學德性之間以效蝸角之鬥。而天下之大、萬民之衆，茫然無所托命者且盡置之。嗟乎！天生萬物，不能曲成萬物也。以其責責之宗子之身，即宗子不能獨運也。以其責分責之家相之身，故儒者有相之責。以左右厥辟，欽若昊天也。而記誦章句者，胸中眼中萬卷千帙，何益於治亂休戚之毫末哉？夫知之非艱，行之維艱。陳同甫以漢唐即三代，貽譏朱子。而不漢唐、復不三代，即何以關其口而奪其氣哉？故處士純盜虛聲，不獨東漢之季也。蓋自南北兩宋以來，此言能雪者鮮矣。而王子陽明者，奮起有明，真能修其身者也，真能修其身以修孔子之道者也，真能以一己之身爲萬物托命之身者也。知行合一、隨事立功，即矯枉或過正，要其所謂致良知者，豈徒托之空言哉？且夫唐虞三代，心法治法一以貫之，尚已。而亂如春秋、變如戰國，時無孔孟，則人道熄而禽獸交迹矣。秦火息而漢興久，無伏生、胡母生、高堂生諸人傳其經，又其後，無賈馬王鄭之徒爲之注、爲之疏，則聖籍去而不留，其留者亦不彰矣。北宋之時，無周張兩程子，南宋無朱子，則群言混淆，後學者莫知適從且終古如長夜矣。而記誦章句之習，相沿日久。不有王陽明，則支離糟粕、空談無用。所謂漢唐以來架漏千年者，真架漏矣。洗儒術之羞，反致操同室之戈，紛紛藉藉者，毋乃徒勞矣乎？

昔者崇義未建，羣寇騷擾數年，莫敢誰何，皆以爲寇必難平矣。陽明曰：『平山中寇易，平心中寇難。』不反掌而寇平。所謂平寇於心者，蓋可知矣。又訊賊首謝志珊黨與之多，對曰：『生平見奇男子，不輕放過。縱之酒，助其急，無不爲我用者。則謂門人曰：「吾儒，一生求朋友之益，豈異是耶？」又大征，上捷。語諸生曰：「始吾有賞罰，嘗恐愧諸生。直至登堂行事，與諸君相對，無愧於心，始安。」蓋因時因事，以致省察又如此。』夫陽明者，固崇人所尸祝到今者也。即其平寇時，日省其身以修其道。若在孔門，必居入室之列。然則尸祝陽明，何如私淑乎陽明？修陽明所建之廟，何如修其身、明其道以無負陽明者、無負孔子之徒乎哉？取則不遠，願與崇人士一諗之。

余曦庵曰：作學記不落宋頭巾講學習氣，復能發揮古昔聖賢垂訓立教之意。清空一氣，如雲霧舒卷，變化無方，絶去古人墻壁。行文至此，始覺筆墨間有清明廣大氣象。

按：『崋』字，字書俱不載，乃江西土字也。崇義土音讀作『斜』。明草寇謝志珊等作亂，以之自號。照藜謹識。

重修崇義縣王文成公祠記

自三代後，王者常有，而名世不常有。一時乘風雲、闢疆土、錫爵開藩，率皆鼓刀屠狗輩。即有文人，不過贊襄成事，非有才兼文武，隨所任而不窮於用者。至於出類拔萃、秉上哲之資而擴充踐履，擔荷名教爲己任，出其餘事猶足樹氣節，善兵機，功成不居，夷險一節，所謂名世者，如是足矣。而一時章句之徒，又從而短長其後。夫以章句而詆娸武夫悍卒乘時立功，亦不足以慑服其心思。况乎出類拔萃、隨試輒效、一洗處士虛聲之羞。而乃因語言之小節，忘經國之大猷，日争於無何有之鄉以相雄長。嗟乎！二蟲無知，大鵬何傷？卒之日久，論定。有識者固已仰如泰山、北斗矣。即窮鄉僻壤沐其功德，没世久而不能忘。嗚呼！豈幸致也哉？

崇義，江西之僻邑也。高山環繞，舊屬大庾、南康、上猶三縣境。明正德間爲畬賊謝志珊、藍天鳳所竊據。竪寨八十四，據地千里，騷擾三省。爲害數年，未有能平其亂者。朝廷命王公守仁開軍府於贛南，令湖廣、廣東、福建諸省之近賊者皆歸節制。事權既一，撲滅可期。而湖廣巡撫秦金奏請三省會剿，朝議復許之。當是時，屬無健軍，軍無現糧。又限以兩月之期，公自惟必待會剿，是諭賊以遠遁也。於是調練機快、那移縮費，刻期豫剿。十道并進，不煩他省一兵而賊首滅、諸寨破矣。大功克成，乃刊茶寮之石而去。又爲之立縣分鄉，建城郭、置守兵，申明鄉約。崇人德之，爰立祠以祀。

夫崇義之在江西，彈丸耳；崇義之賊之在天下，癬疥之疾耳，然已跳梁數年，莫能誰何。夫天下，不患有事也，患無任事之人。有其人矣，而動掣其肘、牽連誤事，此所以以易滅之寇坐而養之，馴至不可剪滅。遺百姓無窮之害，爲可恨也。夫易害而爲福，去無窮之害以遺無窮之福，二百年來，休養生息，皆公賜也。賜大而報愈長，此公之自能不朽。而豈崇人之能不朽乎公哉？且公之學，在致良知。夫良知，即仁義禮智之端也；致者，擴而充之也。以保四海且無難，區區一隅之保於公乎何加？然當武宗時，宵小僉壬，布滿左右；封疆之吏，又皆闒茸齷齪。戡亂不足，而媢疾忌賢則有餘。蓋衆陰重蔽，一陽不絶如縷矣。非有意外之變一出而爲天下平其難，則無以取信於在廷大臣。其後雖有難平之寇，宗社非常之變，亦且委之庸碌，坐誤機宜而大儒無以成其功。故公之甫莅南贛，不逾年而平積寇。其後剪龍南、滅宸濠、蕩三浰、定思田，皆於此乎發軔也。蓋公之功，崇義爲首；公之祀，崇義爲倡。而祠宇虧壞、丹青剥落，獨非此邦之羞耶？爰因暇日理新之，蓋余於公有向慕之私，而嘆庸庸者之不知名世自有真也，於是乎言。

欽賜政肅彭廬堂額記爲胡大中丞作

江西襟帶吴楚浙，南控閩廣，爲大江南最要地。兩鎮、十三府、七十餘州縣，兵萬指，民烟百萬户。振厲撫柔，惟巡撫軍門是賴。非才兼文武、老成持重者，莫踐此任。我大中丞胡公，成政於兹且三年，天子寵加之，賚予便蕃，復賜堂額曰『政肅彭廬』，實乾隆二十二年春二月，述職江南所拜受者。

先是，公備員綸扉，尹京兆，洊歷卿貳。其任巡撫，則由三晋而湖湘，而豫章。豫章之任，尤大且久。弁吏竦息，奔走奉職，卒安其伍，民休於野。所謂令修於庭户之間，而人自得於湖山千里之外者，於今猶信。而公且謙讓未遑也。昔虔院王文成公，開府南贛，剪寇寧民，兩湖閩廣咸受其賜。厥後平宸濠、撫江西，動多掣肘，因謝病而去。然其設施，章章舉可爲法，尤撫江西者之權輿也。

江西南界梅嶺，萬山盤互，至匡廬矗起巨鎮。水則合湖漢桂陽及境内諸州水注諸章、下東北、濫觴爲彭蠡，嶔崎崱屴，激宕瀠洄。其清淑之氣，融液發抒，多瑰瑋絶特之才。然藏垢納污，山澤亦不辭。當其盛也，理學節義、文章政事爲天下冠。於宋明，其昭昭者。而唐末元季明中葉，奸宄芽蘖，所在多有。故爬癢梳垢，納之太和。草剃苗薅，以銷反側。此陽開陰閉、春生秋殺，平政者所爲張弛也。夫政，必先定其規模而後從事。自三代後，井田法廢，而千古無善治。亦近世保甲不嚴，而兵農教養俱無其基，王文成公平積寇、擒逆藩。其功，蓋自保甲始。嘗諭民曰：『聯屬牌甲，不但息盜簡訟已也。』因是而修之。補其偏而救其弊，則賦役可均；連其伍而制其什，則外侮可禦；警其薄而勸其厚、導以德而訓以學，則風俗可淳、禮樂可興。夫容民畜衆、造士勵俗，莫善於井田。井田不可復也，近之者故在力行保甲耳。聖人復起殆不可易，即奈何以出自安石爲嫌耶？

又王文成公之去江西也，有惜其不得與朝列、宰天下者。試思武宗固庸主，即世宗亦中材也。區區江西且不能久任之，聽其病去。其後因思田八寨斷藤峽久不平，暫起之。事平則又弃，他復何望？然行其法，即以宰天下可也；即以奏蕩平之績，與井田同功可也。惜乎公之前，未有如公者；公之後，亦莫之繼。而不知其法良、其意美，一至於斯也。

我中丞公，今日之王文成公也。嘗進屬吏而訓之曰：『經術經濟，非有二也。無經濟，即安有經術？兼之者，獨有王文成公耳。』又曰：『保甲之法，與井田相表裏。保甲行而百度舉，百治成矣。爲政江西，豈待他求哉？』蓋我公有爲有守，猷謨茂著。凡其設施，不必規規焉。文成是仿，而固與之并。簡在帝心，承兹异數，此又我公之幸而文成公之不幸也。况由是而任舟楫、作霖雨，用其績底彭廬者，以風勵天下。舉昔人所爲文成致憾者，無不可爲我公必也。嗟乎！文成之學之功，不能行之於當時；而備文成之學與功如我公者，乃克行之於今日。此我公之幸，亦文成之幸。而我聖天子知人善任，使度越前代爲何如也？泰恒備員下吏，觀中丞公之宣上德意、寧戢江西，與上之嘉乃丕績以寵异之者，皆可爲萬世法，謹拜首稽首而記之。

欽賜《樂善堂文集》《日知薈説》記

乾隆十年進士榜揭，選庶吉士五十一人，同一甲三人。人賜御製《樂善堂文集》《日知薈説》各一部。先是，庶吉士肄業無地，膏油不豐，世宗憲皇帝憫焉，特賜屋爲教習館。復出關税、鹽課之贏以厚其食。大澤深仁，前此未有。至今上即位，御製《全集》《薈説》成。所謂本學爲治，即治驗學。及隨日致知之義，見於御製序及諸大臣序跋者，不啻詳悉。而於庶吉士入館之始，復賜是書，著爲例。蓋上之長養造就、厚致期望者，固有加而無已也。

臣泰恒濫膺是選，并受是賜。越九年散館外用，宰江西之崇義縣。載以對揚，未嘗一日離。

伏念臣材質迂疏，世故不諳，惟學問文章少而好，逮壯尤甚。通籍，官庶常。值國家教化隆盛，今上本身爲教以鼓勵之者，又如此其至。而不自樹立，致落史職。上不能記言記動，鋪張閎休；下不能代言諷諭，宣揚德意；又不能於退食金門，成一家之言，藏名山而傳其人。仰觀聖製，負慚多矣。抑又念一代之興，開創守成，主德臣功，下及文苑、方技之末，無不登之史册，傳示無極。故生當明聖，有微長，咸樂自見。臣雖譾陋，其忍自外也。夫思報國恩，獨惟文章。臣誠不敢妄托，顧自以爲生長河岳間，龍門、河陽，居實相近。生平慨然有志於古，蓋自六經子史以逮秦漢唐宋諸家之文，心摩手追，固已有年。其在家口傳指授，則有懷慶府知府臣任應烈。入京厠史館，則有原任兵部尚書臣彭維新爲之講是而去非。宰江西，幾不暇以爲。而今河南巡撫臣胡寶瑔前任江西，考政之暇，輒加開導。又辨别黑白，斟酌商校，則原任刑部主事臣余騰蛟有力焉。夫生而好爲之，且久加以師友之磨礲，雖聖製高深，莫贊萬一。而永念賜書，厚德難忘。此臣之隱衷，不敢以中外而有异也。且夫有二典，而後有益稷禹皋之謨；有《誓》有《誥》有《命》，而後有伊訓虺誥周召之誥官禮之書。漢有賈馬楊劉，由諸帝詔以開之；唐有韓柳李杜之倫，由列宗能詩以倡之；宋之文，以歐陽曾蘇王爲最，惟太祖列宗教化隆盛以振作之。有開必先，自古爲昭。而今上御製，軼漢唐宋、追二帝三王之制作，實萬古大寶金鏡也。即以文論，亦乾端坤倪、軒豁呈露而萬物始得耀於光明矣。猗歟休哉！臣泰恒烏可無記？記之時，乾隆二十二年八月十九日。

卷七

長龍司移駐江頭記

王文成公平峯寇，割大庾、上猶、南康地爲崇義縣。設三巡檢，佐其事。改過埠司爲上保司，駐上保；移鉛廠司遷聶都；長龍司則移尚德里之江頭。量地遠近，控扼險要，制甚善也。其後江頭水壞司署，仍移署長龍。去縣六十里，而近又無山溪之隔。而江頭逾越上猶，去崇義一百六十里。北界吉安之龍泉，東西南界南康、上猶。孤懸一隅，無官以治。平日既無以資彈壓，不幸有事，又苦鞭長莫能及。及事過官謫，後來者不見有事之艱也。因循怠忽，一仍其舊。吏自貽戚耳，豈設官初意哉？

乾隆十八年冬，余莅崇。逾年六月，謁大中丞胡公，面陳長龍宜復舊治狀，公曰『可』。乃具公牘，自下上，上達。内部定議，乃移之。其長龍舊署，則爲巡檢巡察休息地。官不益，而事就理。計宜今，非泥古也。上保司，因上猶奸民作移金坑，復往來過埠以稽貿遷者，仍舊爲便。而長龍司，則非倫矣。且夫遷就補苴，特纖悉之謀，非地方長久計也。南安控江西上游，崇義尤稱天險。明正德間，四海非有土崩之勢，而謝志珊、藍天鳳長此竊據，擾及三省。豈獨其人無良哉？抑形勢使然也。且地無大小，犬牙相錯，誠有之遥制而未聞。當日者平寇設縣、凑泊相成致詳或未之及。割南康、尚德屬崇義，而尚德近上猶、不接崇義也。上猶之營前信地等隘，與崇義壤相接，去上猶遠，不如尚德里較近也。移尚德屬上猶，而營前等隘移屬崇義，民不改，聚地適相當。遷長龍、移上保，均無庸此紛紛矣。又當日設縣於横水，令治之平。桶岡設茶寮，隘兵守之。事過時易，移隘兵於文英鎮，以都司縣治，駐把總而桶岡則缺如失，都司鎮文英宜也。桶岡前鎖匙籠，後通范陽。大庾天險，猶昔也。又朱廣山界桂東，防閑尤要。以都司鎮文英，扼桂陽、桶岡，增置千總扼桂東，與縣治、把總爲鼎足形。遠近相屬、聲勢相援，文官易治其民而武弁亦不弛其備。嗟乎！此崇義長久計也。因移長龍，并記之。

通達治體，似賈長沙而筆力亦近之。受業朱英千識。

免采崇義縣楠木記

乾隆二十一年冬，巡道董公甫下車，咨所屬地方利弊事。泰恒以崇義采楠木維艱，告公曰『此地方大累也』，明年免采。二十三年，巡視章水。道崇義，親見山峻路險，距河又遠，復檄曰『永免采』。其著之策，邑士民歡欣感戴，一日而遍七里。先是，巡道歲製貢箱，用雜木，取辦贛屬。乾隆九年，崇義縣令呈送水楠木八段，遂沿爲例，每歲兩取。始近河，猶足供辦。其後采盡，尋之山。歲久，山亦少。道更難運，而歲取猶如常。或不足額，間以他木進，屢駁換，終不中用。民徒勞而事鮮克濟，至近日益甚矣。恒始莅兹邑，即請命前任徐公。會遷去，不果繼。復請前任福公，亦以去速，不果行。今觀察董公，仁心爲質，視民如子。自宰牧吾鄉河南北，及守浙江、江西數大郡以至今職，二十年如一日。聞恒言楠木事，即慨然曰：『此吾志也。非君言，吾未有不計者。』初免一年，復永免，且著之策。蓋公之俯恤民隱，惟恐有傷，固如此其至也。百姓既不能忘公德，且恐策久或亡，後莅兹邑者或采取如故。非勒貞珉，何以綿公德於永久？夫我公巡視三府一州數十縣，肅吏誠民、育士惠商，三年來未易更僕數也。區區一邑一事之惠，足爲公志耶？雖然，坐井觀天，戴天則一。崇人之志則殷矣，爰拂石而記其事。

此吾師第一善政也。歸美觀察，尤爲立言有體。受業朱英千識。

屏翰樓記代嵇太守

有郡踞章江上游，襟帶四邑：上猶障於北；南康、崇義衛東西；駐大庾爲治所，曰南安。南安雙城夾立，長橋貫其中，梅嶺前繞，東山左峙，玉枕西華。環相拱郡治，如處釜中。自下視上，不盡也。昔人建譙樓於前，而署後置高樓。闔郡勝概，乃於是乎聚。其後譙樓尚巋然，後樓頹壞，已數十年矣。守郡者率不暇及。即余莅兹逾二載，亦迫公事，未之顧。去年冬，郡紳士來請曰：『是樓不獨鎮一郡，即文教有賴焉。邇者橫浦橋斷，樓復闕如。文運不光，蓋實由此。今橫浦成梁，不可不爲樓計也。』乃争輸材木金錢，不半歲而告成。嘗登而望之：譙樓宏敞、耳目曠矣；此樓高聳，護衛嚴矣。書院挺文峰，郡邑學宫相連屬。烟嵐丹碧，并列窗牖，信乎大觀或亦有補於文教也。樓舊無名，爰以『屏翰』顔其額。嗟乎！政平訟理，爲國屏翰。二千石責，綦重也。控百粤、奠江西，惟兹南安，需屏翰尤急。抑又難區區一樓云爾哉！退食之暇，顧名以思，蓋亦不違高卧矣，如之何其弗記。

莊重簡括，味暗而深，思悠以長，儼然古大臣。委蛇淵塞，元化就理，風度與《豐樂》《醉翁》諸記，氣象又不侔矣。受業朱英千識。

并建崇義縣文昌閣奎樓記

江西故人才藪，南安尤周程傳道地。宋明以來，文獻足徵而屬邑崇義獨闕如。夫崇義設縣二百餘年矣，人才寡乏，其咎安在？豈地弗靈歟？抑此間人士弗自振拔歟？嘗求其故，益不得。余宰此幾五年，始見諸人士秀出者，輒集而勸課之。復因修文廟、王文成公祠，推原建學造士及知行合一之旨，刊石以示之。而登進者仍少，此非人弗良，或地氣猶有憾焉。崇義方數百里，萬峰攢簇，縣治當其中。縣治後聳旗山，横水帶其址。狗脚嶺水南來，注横水以達諸江。文成公建縣疏所謂『山環水繞』者，誠不誣。乃西山別出一支，右轉而南結縣城。西北高而東南卑，昔人建文廟於東，偏左造奎樓。南面因城闢文昌門，意故有在。而門上無閣，又奎樓頽廢逾百年，人文弗彰而登進者鮮，不在此耶？夫青鳥家言，儒者弗道；有可造之才而地弗效靈，蓋不能無所事事矣。嘗欲樹閣文昌門，并復奎樓之舊。數年來有事，文廟尚未逮。今年春，商之學博，邑紳士捐俸爲倡，衆皆響應，不數月而告成。江山之助，或亦人才之資也。

夫人自樹立，樹立不待人。周程傳受，風及百世。而纘周程之緒，文成公其著也。取法非遥，多士復何待，即曰地靈則人杰。而文昌有閣，奎星有樓。東南昂起接文廟，風氣完固，多士不立，更誰諉？至文昌與奎，天垂象而肇祀以裨文教，義亦近也。爰志之以觀其後。

吾師於修文廟暨王文成公祠後，即建斯閣與樓。時時以培植風脉、振興人材爲念。蓋自文成設縣以來二百年，未有之事也。同鄉人士若不克自樹立，其何以對賢邑宰耶？英千讀此文愧，汗透重裘矣。受業朱英千識。

攬勝樓記

泰恒治崇之五年，既修孔子廟、王陽明祠，其文昌閣、魁星樓之有裨文教者，并時創建。而署後攬勝樓亦撤而擴之，以次告成。崇義居五嶺之巔，四境高峰插青冥，回翔盤旋，結聚於横水。

橫水帶圍衆山十八面，觀音山左右夾峙。前狗脚嶺，後觀音坳，旗山聳中央，孤峰獨秀。乃即其陽開縣治以固風氣，而署内窩復突起，昂若覆盂，視山若城。城顧出脚下，不可見。昔之人建樓，其上負扆旗山，與四山相揖讓。一邑之勝，近可挹、遠亦可矚也。蓋自平寇設縣，易險地爲勝地以遺休我後人者，不亦厚哉！抑余五年來巡歷境内，幾遍矣。近縣諸山水，出入必由而茶坪坳。五瓜嶺界連上猶，陟削若劍閣。近桂東，則猴子嶺。上弄雲烟，僅留鳥道。豐洲隘、百擔邱控扼桂陽風車山，限隔仁化，高寒如塞上。蕩平嶺上下四十里，南視大庾嶺，不啻培塿。去南康較平衍，然紅桃嶺亦天險也。水則桂陽熱水來豐洲，左轉入上猶以達章江。章江源出聶都，右轉歷大庾、南康以會貢水。千岩萬壑，激蕩嶔崎。原其初，三縣僻壤耳。而奪寇竊據，擾及三省。善兵如王陽明，僅乃克之。然則今日之山高水清、竹樹茂密，孰非昔之日山水阻深、松篁暗昧，所稱伏莽難靖耶？嗟乎！此勝地，實險地也。慕近樂而忘遠慮，豈所望於登斯樓哉？既以自儆，復記之以告來者。

余曣庵曰：記攬勝，非樂攬勝也，篇終揭出本旨，深得古人安不忘危之義。

崇義縣修治橋路賓館記

縣踞萬山之巔，幅幀廣而道險。以仄溪水湍激，賓旅居人，弗之便。三十年來，令不常厥居，修理不暇，亦勢也。余莅茲土，即究圖之。既五載，乃先後告厥成。由縣而北，逾橫水四十里，茶坪坳爲上猶界，即通安閣右設館一。上下連二楹，路狹，擴而寬。橋如之北，逾觀音坳，過熱水五十里，登五瓜嶺，杭以橋渡。以舟路高下，修維均。南去十五里，爲狗脚嶺。闢朝天閣，東偏爲館一楹。又十五里至穩下，劃安穩鋪舍，爲安穩館。凡三楹，門垣前列。又南逾黄沙坳三十里，爲鉛廠。因墟背三江廟，創爲館一楹，分爲二，以別内外。又南三十里，過結茅坳至義安，就墟東偏爲館，凡二楹。屋後別爲垣。南十五里，蕩平嶺爲大庾界，隨路曲折修治之。山旋轉處，則架木爲棧。南北孔道，蓋於是乎治。東逾十八面山五十里，至長龍司又七十里，抵南康界。南去二十里，尖角嶺抵大庾界，路與橋咸就理。西北十里至魚梁壩，山路壁立，利用鑿。四十里爲過埠，又三十里至金坑司；又三十里至桶岡峒；西入赤水，近朱廣山界。桂東或舟或梁，修治亦無缺。西南自密溪至關田七十里，高山凡四；又十里至沙溪下老虎石三十里，爲聶都鉛廠司，章源神廟在焉。西南抵仁化，南界大庾，溪水更多，木橋、石梁隨其地；又關田四十里至文英；北三十里至古亭；又西三十里爲豐洲隘界桂陽，路與山相往復。賓商往來、旅店民居皆可假，視邑南北爲便也。其他峻嶺曲澗、橋路大小，無弗治。觀夫鄰縣若大庾、若南康、若上猶，鄰省由桂東、桂陽，或由仁化道崇義，仰視如登天險，疑不可升。及入境，而路坦如、梁擴如、賓館秩如，竟忘其身在山巔焉。夫除道成梁、賓至如歸，余則何敢言？而山水歲發、崩頽弗常，不庶幾可恃耶？憶余始莅崇，按縣志，穩下、義安各有館，廢逾百年矣。語及橋路，僉曰：『興役擾民，民懼不受。前令率中止。』余設法經營，民不擾而事集。後來者或視爲苟且補苴而更恢宏之，是所望也。始基維艱，其忍弗志而告之。

千岩萬壑，收入尺幅中，所謂『納須彌於芥子，神通乃爾廣大也』。讀至後幅，想見吾師治體，不減古名臣風範。文情之茂美，猶其餘事。受業朱英千識。

創建章源神廟記代董觀察

江西十川，章水爲大。匯澤於彭蠡湖而源出聶都山，《山海經·海内東經》嘗志之。其在今屬南安府之崇義縣。余前守南昌，其西郭門曰『章江』，江極浩淼之觀。移守九江，往來彭蠡湖益震蕩無涯涘。僉曰：『此章江委也。』及巡察南贛，而章江源適在部内。嘗因公至其地，僅涓涓細流耳。夫章水至南昌，衆水所歸也。而獨稱大且以名門。彭蠡湖周圍數百里，吐納百川，而獨曰此爲章江委。又尋其源，與昔所見若不符。乃《山海經·海内東經》則備稱之。抑嘗察其山岩，核其水泉。無山不峰，無峰不水。似匡廬而無山不洞，無洞不泉，雖匡廬或未逮。山靈，斯水靈。人第見其流之長，而忘其源之遠。夫源之遠，則豈可以形勢大小計乎哉？方今聖天子懷柔百神及河喬岳名山大川，所在肅祀。凡天神人鬼之有功德者，皆仿古宜今，以時修舉。其在江西，自龍神而外湖濱、江崖水神，廟食幾遍，而章源之祀，則獨缺。

余謹按：江淮以南歲轉漕，達天府。江西號産米鄉，漕運數百萬石。大舟巨航，鱗次北發，惟章水是賴。又十三府七十餘州縣，咸宜粳稻，資水爲命。水泉一不繼，歲即不登，故章水爲全省衆水宗。則各府州縣、億萬民生，亦惟章水是依。夫四瀆視諸侯，即不敢擬。而河南衛源之神以濟漕，則有祀；山西沁源之神，以利民則有祀；今章水有功於國與民顯然明白，以此準彼，廟祀惟宜。且耕鑿之儔，或忘帝力而報功報德，以仰贊聖天子肅祀之意。屬在有司，責其可辭？爰奏記大府，卜地南山之麓，捐俸爲倡。俾崇令范君理其事，崇人士咸踴躍鼓舞，樂輸恐後，不匝歲而廟成。制府尹公、大中丞阿公嘉神之惠，并題額顔廟宇。復預籌祭祀費，余議歲捐道俸，如郡邑春秋祀龍神禮，且著之册。夫民不祀非族，神不享非類。是舉也，神人協應，承休孔長。章江源一日不竭，即廟食一日不泯矣。崇人士請志其事，乃條其始末而勒諸石。

增修贛州濂溪書院記代董觀察

贛州爲濂溪周子過化地，故書院亦曰『濂溪』。初建於鬱孤臺麓，後遷光孝寺左，改名『廉泉』，而終仍舊名迄於今。嘗按圖以考：崆峒山自東南飛舞而來，落脉爲筆峰山。迆而北，鬱孤臺昂起；又北爲章貢臺，雙江夾左右，彙儲山下。贛州形勝，於是乎備。顧贛踞西江上游，聯接閩粤，地大人衆。周城十餘里，填郭溢郛，幾無隙地。鬱孤雜闤闠間，講習不便。筆峰下，地高廠而塵囂遠。書院屢遷，而卒定於此，亦固其所。前人建院，導廉泉於講堂前，爲方塘，以仿濂溪之遺。復祀周程諸賢於堂後，而筆峰山斷割墻外，乃有佛氏宫踞其上。夫筆峰正位巽方，於文學爲宜。隔斷院後，氣既不貫，而作祠以祀先儒，佛氏宫反壓其上，豈所云扶樹教道，爲人才興起計哉？且巡省州部，攘邪崇正，守土者之責也。廉泉舊屬光孝寺，昔之人不難割爲書院。况筆峰嘉名，本兆人文，可聽其久淪异端以貝誦梵音、亂我弦誦耶？於是謀之贛前守柏公、今朱公、邑令沈君，以百金易之。作祠其巔，移祀周子、二程子，而以宋明以來諸名公配食左右。復爲啓賢祠於左。祀周子父諫議公、程子父大中公。其梯雲閣之舊在山下者，亦改建山上。山下講堂，晏室、正學、報功諸祠，與東坡夜話亭、静觀堂、一切橋坊門壁，咸理新之。夫名山後峙，佳泉前溢，不出書院而大觀備矣。矧登高以望，面崇臺，揖儲山，雙江入峽若襟帶。諸生藏修游息，會心自遠。則形勝之備於贛州者，不於是乎益增哉？又余前守九江，嘗於廬山之蓮花峰下，建濂溪書院，并刊《周子全書》，以資多士。今巡南贛，於贛之濂溪書院，復有事焉。雖周子之道，未窺萬一，而私淑則殷矣。遺迹所在，余每得而經理之，倘亦有夙緣耶？嗟乎！無成與毁，濂溪先生之道也；有成與毁，濂溪書院之迹也。道不因人而顯，而迹之去留則在人。繼來者以時修葺，俾勿壞，豈無同心乎？遂書之，以告後人。

旗陽行館記

古者天子巡狩，則有明堂以行慶讓。近世皇華之使、觀風考俗之吏，巡行州部，亦設館以待考察。夫元后作民父母，不能親見閭閻而詢疾苦，故設重臣以分莅之。即重臣分莅之所，地方千里，不能遍觀而盡歷也。故由觀察而郡守、而牧令，以次設官。官遞降，而於民則最親。又恐民莫之不盡上聞也，則觀察、郡守，以時巡州邑而嚴考課。夫明堂邈矣，觀風者或露宿郊處，館舍弗備，無以昭恭敬而崇體統，豈足稱國家設官分職、明目達聰之巨典哉？

江西爲東南最要地。會省列郡，各有行臺之館，而州邑則或有或無。崇義在萬山中，建縣之始，嘗即署西開館舍。鼎革以來，屋宇廢墜。基則民假，或不歸。前縣嵩令清其基，長五十有三弓，闊則十九弓，簡牘猶在，可考而知。余下車，一二父老以爲請。余曰：『百廢未興，其待之。』越數年，事以時舉，忠義、永安、雁湖、崇仁、尚德、五里父老復來請，謂上官臨下邑，而僦居民屋，非制也。即鄉村博士弟子員，與民間之俊秀來試者，居停無地，亦弗便。願因官地輸民力，地不曠而官民交有賴。籲請至再，且爭出金錢勸厥事。堂開三楹，前後複廊、内室，如堂製而高廠過之。重門洞開，各三楹，圍垣數十丈，樹屏其南。内復作垣區別之。東庖室，小大凡五楹。西楹三，分爲二，以便居處。各垣其南，屬内室。其外，東西楹凡十，翼而相向。南復界以垣，東垣之南大楹一，爲賢侯祠，則南向；西垣南爲育嬰堂，東向，而楹則三。又東西臨街，各闢門。仍與館門相連屬，統顔之曰『旗陽行館』。體統規模，既奠既壯；輪奂維美，丹堊維新；用物器皿，至纖至悉，罔不具。崇義雖小邑，即通都大郡，設館供具，或亦莫之能加焉。抑又思規模不備，無以肅觀瞻。顧觀瞻亦文耳。夫館垣不壞，而考察或無聞、或無績可嘉；止有讓而無慶，是亦親民之吏之大羞也。然則觀風至兹，揚德意，通民莫，以廣元后明目達聰之巨典，其不以體統爲恭敬益明矣。設館者勿敢或侈而滋懼焉。乃記之以志不忘。又是役也，五里人士有力焉。凡與試者聽其居，他事則不許。

朱桐岡曰：大議論，大力量，是昌黎摹史遷之作。

上諭亭恭記

國家牖啓下民，告誡備至，頒諭於廟堂之上。而窮檐蔀屋，若家至而日見。其在外大小臣工，仰體德意，承宣維謹。江西湖山千里，莫不各隆峻宇，以爲宣講之地，無間於省府州縣也。崇義縣恭建上諭亭，朔望宣講，其來已久。近年風雨侵蝕，不無傾欹。臣瞻拜悚然，謀理新之，不逾月而功告成。前此，臣供職史館，每逢令節大慶，追隨班聯，拜揚太和殿下，親睹聖天子日月之光；而正大光明殿、懋勤殿覲天顔、聆聖訓。更退而自喜，且時宣揚於外，以志恩遇於無窮。今也一行作吏，遥憶宫闕，如在天上。而趨蹌斯亭，益切瞻依。豈以中外久暫而有异耶？謹案乾隆二十年、二十四年，平定凖噶爾。繼平回部，迎迓恩詔，於斯開讀。二十五年，恭遇我皇上五十萬壽；二十六年，恭遇聖母皇太后七十萬壽。開讀恩詔恒於斯，舞蹈祝釐亦恒於斯。即深山窮谷、耆黎老叟，扶杖來觀，無不欣欣色喜，如遂其瞻雲就日之思也，蓋輪奐聿新、肅將有地、奉法順令、愛戴彌深。臣政事無能，舊學不廢，敢頓首稽首而書其事。

莊雅古茂，具大神力。雜之昌黎集中，不可復辨。受業謝啓昆識。

聶都山房記

選勝迹、建精舍，爲讀書習静計，必於長崖邃谷，然後地偏而心遠。顧基由天長，亦待人工。迨事遠年湮，其碌碌者不足道。即有卓犖不世出之士，令人想風流、慕芳踪。既已蕩爲瓦礫蔓草，欲追前徽，渺不可得。彼終南别業、盤谷舊居，至今豈復可以迹求哉？

崇義西南百二十里，爲聶都山。山圍數十里，中有岩洞二十四。余因公往來其間，凡十數至。至輒戀之。徒以境僻遠，又路經高山數重，人迹罕到，不得已嘆息而去。抑又思，惟險遠不爲人求，人亦不知求。而余也舊習未捐，思栖息而無地。嘗登獅子岩，豁然開朗。皎月當座，把卷長吟，蓋樂甚。蓮花岩有堂有室，厨竈備具。山窗北開，凉風徐徐襲人，又於夏爲宜。而入洞天、游福地，曲徑蜂房，宛轉相通；仙鶴岩更奥如也；水風岩觀小瀑布、探伏流；左右岩長廊直達。依石盤、飲石乳、撫白玉幢，行吟坐嘯，會心自遠矣。又一岩有流溪、有懸梁，上有石似人者十八，冒名羅漢，安知非學士輩聚處瀛洲，爲後學接引地耶？至若可退處則藏牛岩；卧觀有聚蕊岩；西北重樓岩雖稍狹，然亦塵囂不能到。其他岩，徑僻崖陡，更可望而不可即也。或自北來，下五猴嶺、望南山、觀章水、趨峽口，烟火迷離、水樓重叠，别有天地矣。而自東南來者，止山麓、依石屏，遥望雙闕北峙、石笋羅列。如聚麻橋、虹水帶，耳目且益曠。夫入岩洞，可以資藏修；陟崇阿，可以恣游息。遠取近取，或觀或玩，不事結廬。還讀我書，而人世升沈榮辱、得失之故，更不知消歸何所矣。嗚呼！自古山房，依山起房者也。山房在兹，以山爲房者也。聶都名著《山海經》，其有岩洞久矣。自余攘爲山房，非余所得私，更非人所得而毁。由今日迄終古，山房不且長留耶？又勝迹或以文傳，吾山房自不朽，文云乎哉。

偶閲《贛州府志》，有爲興國張損持太史作《覆笥山房記》者，文殊不佳。太史由翰林謫官而來。其笥，則覆；雖覆，而笥故在。去陳言，切本事，儘可發揮。而作者則昧昧也。感而成此，以質高明。自記。

啓秀坊拄笏樓落成記

乾隆壬午秋，崇義啓秀坊成。逾月，拄笏樓亦成。邑紳士相與落之而來請曰：『昔王文成公即横水開縣治，周觀形勢地脉自西來，旗山北衛而南獨廠，則有拄笏樓當其闕。又縣治騎脉南向，震方不聳，復建聞弦坊。後經鼎革，又遭甲寅寇變，坊毁、樓漸圮。文運不彰，八九十年矣。去年冬，有萬子者來自楚，談言微中。考於昔，則符。乃集衆力理新之。今事竣，願記以文。』余曰：『文成公軍旅中不廢講學，崇義其過化地也。即申鄉約、設小學，化被當世，於今猶有聞。而余宰此逾八年，口講指畫，諸人士亦既彬彬矣。夫業精行成，遇不過，時也。區區地脉云爾乎？且矗都山峰鋭岩空，章源涌出。吾不信天地之精、山川之靈，鍾於物而靳於人也。發之遲速又何計？』紳士憮然曰：『鄒魯産聖賢，今且寂然。而窮徼僻壤崛起者，每不乏也。非公言，無以堅厥志，敢因兹役備書之。其坊，今易曰「啓秀」，亦公志也。』

直書問答，記文變體。受業朱英千識。

重修河内縣孔子廟記

古河内，在《禹貢》冀州域。太行左轉，黄河亦左轉。風氣完固，人文蔚起。自唐虞三代及秦漢，莫不皆然。宋以後，山如故。水則右轉，無環抱形。人材漸湮，或地氣實有憾。抑又思：形有常，而氣無常。或山川不改，昔聖賢發興之地，寂無傳人。而窮鄉僻壤有崛起者，且不擇地而生。依古以來，又難屈指數。夫山川之缺，正須人補之。人之杰，即地之靈也。振而起之，豈不有待哉？

今河内縣，古之一隅也。或易名野王，後仍復其舊。一隅而言人文，與古頡頏，勢誠難。然太行北峙，嵩山南聳，黄流曲屈其中。河之南，則程氏兩夫子出；韓昌黎、許魯齋兩先生又先後起河北，并在周畿。即懷孟判屬河北，昌黎居河内西南七十里，魯齋居東北七十里許，所居更在今縣域。即曰山川之靈，剥久而復。而考其本末，蓋能自樹立，始克與於大道之傳也。昔者帝王師儒，治道合一。三代既邈，道在儒者。道統賴以傳，即治統借以彰。其相待相維之故，誠有可得而言者。孔曾思孟，尚矣。秦火餘燼，漢人噓之，僅存其迹；佛老接迹而興；韓子毅然争之，天下始返於正；宋儒沿而益致其精。使非昌黎，則孟之後無繼。即程之先無開，故韓子之學能得其正；其後明道特起、伊川聯袂，由韓之正而得乎孟之醇。學達天人，識研性道。南宋朱子乃有所據而廣其緒也，故程子之學能得其精，朱紹程之精而益致其精，可謂毫髮無憾矣；迨其後，議論多而是非起，章句明而躬行少。見其論著，頗有傷繁之病，蓋篤論也；魯齋生於金、長於元而仕於元，出處之正，得君子素位之道。少尚躬行，長而化鄉人。入中書，居太學，則立規模、進人材，以培國本。耕太行之野，則受生徒、尚經濟，以備國家緩急之用。蓋隱居必求志，行義必達道。孔子之所嘆未見者，於魯齋見之矣。故魯齋之學，能得其通。人第知二程得不傳之統，集其成於朱子，而有韓之正。始能啓程之醇、有許之通，乃能廣朱之用。識者謂昌黎功不在孟子下，魯齋爲朱子後一人，亶其然乎？惜魯齋爲明人所詆，空談無實之徒，無能考其立身立朝居鄉之始末。雖何柏齋，瑭辨其出處大節？而其學之醇乎其醇、明體達用，則數百年以來，鮮有表章者。况能紹聞而繼起乎？

乾隆二十六年秋七月，河内沁水决。入城，灾及文廟。自大成殿近年新建外，餘俱没於水。長吏紳士經營數年，工克成。夫水，天灾也。天灾之人，重新之。而更新之機，即於此基。又更新，在求舊。舊人舊學，成法具在，不待外索也。河之南如程，河之陽如韓，河内如魯齋先生。世未遠，居亦愈近。五百餘歲見聞之統，無有乎爾，後將何望？蓋魯齋待之矣。或曰野王好氣任俠，前史載之。東漢魏晋，山陽多名士，儒術亦未彰也。然由唐而宋而元，名儒迭生，漢晋人莫之及，尚氣之風一變爲禮讓之俗。孰謂今人不勝古人？而山川之形、風氣之蓄泄，能囿人乎哉？余河内庠生也。前由史館出宰江西，聞河内廟學之建，喜而志其事。歸籍後，幸免於水。主講霍山，稿又毁於火。深懼不能爲賢吏紀成績。與同鄉紳士乘更新之機，共砥礪於大道也，終述其旨而記之。

作《學記》，與《原道》《封建論》抗行，不數歐曾矣。視《崇義學記》，切題則一而更堅老，然自雙璧也。他人莫京。受業賀大悳識。

案：薛文清公《讀書録》贊許文正公曰：『朱子以後，一人而已。』雍正中，石屏張公漢守河南府，過懷郡，題許文正公祠額曰『朱子後一人』，題韓文公祠額曰『功不在孟子下』。記中識者謂云云，指此二額。不第贊詞確當，而書法遒古，亦直逼唐人。皆吾郡城不磨之物也，附記於此。照藜謹識。

陝西鄉試題名碑記代史同年

唐進士題名慈恩寺，後人艷之而唐後鮮有繼之者。近代以來，進士題名立碑太學，而各省鄉試則絶無。獨陝西猶踵故事，每科樹豐碑、列名籍，屹然與進士并重。然則士甫離膠庠而名籍遂可垂永久。陝貢士於天下，不且有厚幸；與夫名者，實之實耳。循名責實，實大聲宏。一生事業，於此肇基。爲陝士幸，更爲陝士望也。乾隆辛卯，恭遇皇太后八十萬壽，豫於庚寅舉恩科省試。是年，則我皇上六十慶辰也。陝人士生古岐周地，菁莪棫樸，材美猶昔；壽考作人，於古有光。而考西土光顯之年，不聞寢門猶奉壽母也。今日者，聖母聖子同登壽宇。南山佳氣，近在目前。平日既沐於論鐘鼓之化，榮遇又逢髦士彙征之期。將來即可備疏附先後之選，以襄贊我朝無疆惟休之盛治。此固陜人士千載不可逢之嘉會，而典試者亦得藉手以塞爲國得人之責者也。余於典試之任亦數膺矣，今又偕農部楊公同荷兹役，得士如額。遂因多士請，記題名而作此以稔之。

秦柱川曰：肅穆高古，切題之法。本昌黎。

欽定四書文板貯藏書院記

乾隆三十六年三月三日，大方伯某公送欽定四書文板一千五百七十片，貯之關中書院中天閣下，永爲士子誦習計。甚盛心也！

先是，乾隆四年奉旨頒發此文，令各省照式刻板，廣爲流布。貯之官庫，多士或不得以時購閲。又，關中地處西陲，東南書賈罕至，且翻刻之板多漫漶不可觀。其需此板，亦急矣。伏讀上諭，有曰：『國家以經義取士。風會所趨，即有關於氣運。』又曰：『非明示準的，主司何所操以爲繩尺？士子何所守以爲矩矱？』大哉王言！誠取士之法而培植人材之本也。夫人材之盛，由於氣運之昌。勷贊文治，俾氣運積久而愈隆，則人材實爲之基。夫上以實求而下以虚應，人材所由日替也；上以實求而下以實應，風氣所由日盛也。然爲主司者，衡其成材而取之爲士者，呈其材藝以供主司之取之。而口講指畫，使多士崇其實勿蹈於虚。且化其虚者而返之實，則學校而外，書院爲重。省會書院爲各郡文風所自起，其責任蓋尤重也。然則通經好古之士，豈可少此文以朝考而夕究哉？

某公司藩關中，以興起文教爲己任。督課獎勵，殷勤甚厚。復取是板而貯之書院，俾人手一册以便誦習。且閤省之士，亦得以時取資焉。何其計之周而慮之長，至於此耶？夫國家養士儲才，百數十年於兹矣。文治之隆，遠過前代。聖天子手定斯文以振士氣而培風會，又自古帝王所未有也。各省分藩之臣宣揚上意，以資多士，與方伯公諒有同心。而是舉也，則余所目擊快睹者。因徇書院多士請，拜手而爲之記。

方伯此舉，實由吾師贊成之。作養人材，爲關中第一盛事。吾師此記，當屬書院不朽之文。受業李隋珠識。

重修玉清宫虚皇閣記

王者體國經野、舉政布猷，特重鬼神之祀。故自名山大川、先聖城隍之列，在祀典者，咸作宫以安神靈，司土者主之。其他梵宫道觀，一聽民之所自爲。而隨地祈報創新修舊，較祀典之列爲尤多。考其故，似無關於王政。而民物滋豐、財力充裕，又惟既富方穀，人心向善之時，乃能出其赢餘，竭力於此，此固承平之象而久道化成者之明驗也。

懷慶郡城，後屏太行、帶丹沁，大河、嵩岳隱現南映。地狹人衆，城池崇深，自司土者祠祀而外，琳宫禪宇，錯列城内外，不可勝數。而城内乾方高臺聯起，杰閣聳峙。自隆興寺外，則有玉清宫。蓋吾郡自明初迄今，以生以聚已四百餘年。中遭流寇之亂，大河北幾無堅城，而吾郡獨完。以故祠廟之巋然而存者，蓋不止此宫也。嗚呼！積時多而大觀備，非以其勢而然耶？迨其既久，此宫棟宇之毁者、象設之墮者、黑白丹青之剥落者、蓋瓦階級門墻之損塌者，日替月虧亦甚矣。加以乾隆辛巳水灾，人物淹斃、屋宇蕩傾。即方外之宫或不免，蓋其敝抑又甚。近日祠祀修整，或以次舉，而尚未備。若此宫，幾無人過而問。歲辛卯，河内謝令君修之。自宫前綽楔宫内之紫金闕、通明殿、玉皇殿及前後兩序之配宇，周圍墻垣，各加補葺。而大羅殿及臺上之虚皇閣者，則猶有待。癸巳冬，吾弟在文偕表弟何昭芾、同鄉李文庵，發願修葺，闔郡響應。穹殿大宇，悉復其舊。臺閣稍加點綴，更覺宏敞。

又按：此閣創自正德五年。順治二年修葺之，計一百三十年矣。迄今癸巳，亦一百三十年。前後相繼，若合符節，倘有數焉於其間耶？夫窮則變，變則通，通則久。天下事，何在不然哉？而非物力裕而財賄豐，衆善竭力，適逢其會，豈能由創而敝、敝而復修至再至三？二百六十年間，叠成巍焕以至此耶？余生長於此幾七十年，目擊生齒日繁，物力耗竭。至辛巳後，城内外一望黄沙，即謀生且不暇給矣。乃在文三人有唱斯和，盛舉頓成，豈非人心向善而豐亨豫大之肇基乎？

久而復盛，以還其初，即此宫亦信而有徵矣。近年來，余羈身於外，聞此盛舉，胸中欣幸，勃勃不可止。適在文求記，因書此以歸之。抑作善者患弗繼耳。樂而不倦，舉所謂隆興寺者，并理新之。他日登雙閣如淩雲，近挹丹沁，遠眺河岳，始可極懷郡之大觀而無憾也。余雖老，尚欲執筆以俟。

在文弟來書云：『邑每有慶祝大典，咸於此宫。乾隆三十六年，謝明府重修其半，今接修始完。』按：各省會城凡慶祝俱有公所；南方府縣亦間有之，北方每就寺廟從事，實非體也。若云慶祝大典必於此宫，則非體；若云因慶祝而修此宫，則非爲神修宫之道。今作記祇宜渾融爲是。且寺廟之修，皆民間祈報之事。若云爲慶祝而起，則京師或有之；遠府遐方，亦不得夸大也。至崇佛重道之論，堪輿風水之説，尤非吾輩所宜出。嘗見艾千子、侯朝宗作《方外記序》，皆稱得體。若東坡爲佛氏作頌揚，而震川記序動入道學腐語，均見笑於大方之家耳。昔歐陽公作《尹師魯墓志》而自疏之，余竊仿此，非好辨也。乾隆癸巳孟冬燕川自記於同州府書院。

案：此閣與隆興寺後閣并峙郡城西北隅。高聳雲霄，實擅一郡勝概。叔祖用和公於此閣工竣後，即謀并新之。以工費浩繁，籌之二十年，不克遂。壬子，叔祖去世。郡人士遂無過問者。迨至嘉慶丁巳正月十六日亥時，此閣竟毀於火。迄今十餘年，益無重修之人矣。校先集至此篇，不禁憮然三嘆。照藜謹識。

燭花結實記

乾隆甲午寓同州書院。新正祀先人，案列雙燭。吾鄉俗例：由朔而望而十九，至十九而盡，燭不易也。然月朔燃五日，望前後燃四日。凡九日而燭之餘者，無幾矣。十九日，燭光初發，其右忽開花。初圓如荷葉，繼而折雙圜若芝，又分瓣如梅花。花下爲梗，油存且寸許。倒吸而上，倏結成實。果色正黑，漸長漸大。長寸二三分圍，類大棗。或燭光穿果上，赤黑掩映，若火雲之弄墨丸。移時，油盡光熄，而果不墜。夫燭花有之，結實則未聞。噫！奇矣！於是乎記。

卷八

天壇山記

濟源縣西行數十里，至竈君朵登山，抵虎嶺，西通王屋。街北望雲烟外，天壇在焉。尚隔百餘里，澗行曲折。越宿，過清虚宫，地廠而平。碧瓦飛閣，掩映山輝。未暇入也，再北爲分宫口。分宫口者，西上爲陽臺宫，北則紫微宫。路紫微，坐山坳，後倚天壇，前仰華蓋峰，蔽虧掩抑，奥如也。止宿之昧爽，登瘦龍嶺，山脊騰而上，旁無依着。得石坪，爲更衣亭故址。再數十里，日精月華兩峰列東西：流光鑠金，不可逼視。中立石，類方璽。四壁削成，是謂天壇。右腋爲太乙池，水涌而不流。乍見仍伏，蓋濟水源也；左挽鐵索，東升復西入南天門；北爲神殿，殿前露石尖，即壇頂。日光近，月輪亦闊。列星亦較大。去天尺五，亶其然乎。兩峰左右處脚下。後屏環抱，則五斗峰也。山行千萬里，故曰太行。而脊臂隆起，則於是乎在。循階東降，四圍山中有庵曰『净業』。足音不問，犬吠如豹，習静者便之。由澗道達紫微，南過烟蘿子祠，陽臺宫在焉。山勢開拓，正位南面。殿門巍焕，壯擬皇居。前繞九嶺，爲几案；龍飛鳳舞，則天壇。值其北，旁山拱衛，爲奔走，爲後先。千門萬户，以成一尊。此王屋所由名也。延伫久之，東下分宫口，尋舊道而歸。同游者，濟源何子兼先生、周翊宸同年，河内則同年王楚玉、表兄徐御六，其一則余云。

澤州游記

玨山

余由澤州赴陵川，道出高都。逾丹水南望，峙雙峰，蓋玨山也。欲游未果。明年，復至澤。西南四十里下山，山忽裂，曲折東南，降行羊腸中。山盡路平，標坊曰『峽路盤雲』，迴顧，始爽然。折而北，石澗深處，長崖作瀑布。夏秋間，流沫跳濺，懸如珠簾。丹水北來，抵峰背，折西再南。水深，峰益峻。北陟山腰，爲青蓮寺。青帳後圍，高閣倚之。東臂伸而右抱，則臺其上，曰『步月』。逾河，折而東，至玨山，址西峰。崒嵂陡峭，空無倚傍。不數武，東峰拔地起，若相抗，又相揖讓也。朝旭東映，雙玉争輝。下瞷青蓮寺，丹水曲盤其中。天開圖畫，寺榜不虚矣。孰知出峽，上平，原無奇哉。環澤皆山曠如，則晉普惟此間，如伏奥耳。探奇者興，自此起。

晉普山

晉普山，在澤州西南隅。巍然聳出，下視諸山，如墳如盂如覆釜，俗稱護澤祖山。或不妄。

盤旋而上，左脅有寺曰『靈岩』。碧瓦翠柏，掩映山輝。東壁書舍起月臺，山峻臺高。又東向得月最早。東南一支，拖而復起，中爲秋水窪，人家聚處如蜂房。由下視之，蔽虧不可見。東支坦而長，盡處起山堡，遠近可望。堡下作園林，迴環匝三面。樓臺參差，高下中度。山泉自西來，承以石槽，穿堡入園，匯方池下成溪，以繞園外。而山頂雲常封，不可恒見。開朗登之，上有廟祀李衛公。或曰公代龍神行雨此，妄耳。山爲護澤祖，興雲出雨，大庇一方。有功則祀，祭法爲宜。遥望東南，玨山微露雙尖，而吾懷紫金壇高矗雲表，亦互相雄長。太行跨晋豫，磅礴無垠。吾所見又能盡乎？

游梅嶺記

五嶺蜿蜒數千里，梅嶺最著。横浦南，望天際一綫。蹬道曲折，怪松老梅相參錯。鑿竅置關，有寺踞其陽。不數武，石隙泉溢，方亭翼之。夾路松杉雜木，映帶繚繞，行人應接不暇也。及回瞬，已不知拔地千尋矣。戊寅秋，廉使亢公奉天子命經理赴粤京兵，觀察董公贊厥事。道南安，則郡伯嵇公佐之。巡視山，塗憩寺中，謂眼界未擴也。相與尋樵徑，披蒙茸，遂躋其巔。下顧群巘，牛伏馬奔，雙城章水如圖畫，粤東山川更彌望無際。已，復盤桓山坳，形諸歌咏，爰命屬吏泰恒記其事。

恒惟五嶺舊爲秦塞，漢平南粤，由臺嶺，其後又名梅嶺。歷代戰守，稱險要地，數人當關，萬夫莫開。昔之人豈虚語哉？入國朝，烽熄民安，行旅往來如門户。蓋太平於今，百有餘年矣。而安不忘危，時出禁旅。防直省復命所至，大吏經紀約束之。聖天子聖神文武，爲國家久安長治計者，又何其至也。兩公巡省所至，作爲詩歌。郡伯恪恭將事有唱斯和，蓋將以揚德意、求民莫，非直爲一時游觀之具矣。泰恒際此嘉勝，遂忘其固陋而記之。

董恒巖曰：前半叙形勝，研練如畫中；後議論，宣揚得體，一唱三嘆。得六一之神，而氣骨則純乎昌黎矣。

上保諸山記

崇義多高山，上保爲最。逾太平嶺而北，赤水繞山址，疑無可升也。逆水而上，峽行十五里，水激石，撞擊爲雷霆。行人任叫號，前後不相聞。山開水緩，村落儼然。四山迴合，中尖峰鋭起，爲大笋石、小笋石。肩隨其旁，已高不可攀矣。傴僂數十折，登山巔，上游仙庵覆以鐵瓦，不爾，便爲風捲去。六月衣裘，寒始可禦。去天尺五，語或不爲妄。沿石蹬而下，即寒暑倏易焉。北望兩山，峙如闕，闕内赫然。當座爲朱廣山，飛瀑遥挂，響震林谷，如百匹練，如萬馬奔騰。下注龍潭。盤旋奮激，怒猶不可止。循山右，躋一山，中分爲大澗。迴顧瀑布，水出履下矣。澗阻路窮，以役人連背下。行數里，古樹丫槎，藤蘿紛糾，敗葉積水中。色爲赤，赤水名以此。中途稍開拓，得清泉。拾柴烹茗，即與赤水弗類也。再北，路狹菁密。人吏止余不可，則冒雨往。綫口牢關，如後户然。左右兩山，大木數萬本，蔽虧日月。猿猱跳嘯，并樵路亦絶矣。歸憩赤水笋石下，雨過山青，白雲逗留參差，彌可愛。再下至上保，小笋石又不可見。惟見大笋石，與碧落烟霞混弄而已。一日之間，晦明不一，奇景又迭現。山靈其要余耶？曷弗記而酬之。

通天岩記

贛之通天岩，爲陽孝本棲隱地。而東坡先生嘗訪之，名遂著。渡章水而西，爲赤朱嶺。陂陁曼衍，殊不快人意。北行數里，山嶺有微徑。問樵夫，知此岩路也。再登數里，有山若螺旋，遥望嶄然，疑無徑可達。折入山腹，石岩彎環如半月。僧人依岩架木，間爲數屋。户牖恒相通，岩石下垂，惴惴然覆壓是懼。然自古已如是。中爲大雄殿，上有竅透日光，通天名以此。而蔽塞已久矣。中之左爲客堂，右即孝本祠，遺像與東坡贊并存。屋上岩半，石刊孝本像、佛氏像。遍琢岩面，或存或泐，姑弗考。右下依西岩爲地藏殿。旁爲卧室、爲厨寮，半呑半露，在岩間。東岩有刊詩，字大小不可數計，曰玉岩。即孝本結廬處也。再南折而東，石洞開朗，穿入迴望，爲忘歸岩。山益深，益與世隔。王陽明先生撫虔時，常至之。詩刊其上，和者亦并刊。洞左有石蹬，盤折而上。即山下所望旋螺石也。巔有真武廟。東顧儲山，南望崆峒山。城塔影，如參如倚，令人作御風想，不知身在人間世也。緣石梁而下，過洞口。石屏壁立，惜無居處者。僧房右躋，華表址猶存，孝本墓也。墓多萬年松，近山則無，亦奇矣。下山右尋，岩畔有石刊，字畫端好。東與玉岩相掩映，爲翠微岩。僧人斷以土墻，殊減風景。再北折而西，復有石洞。出其北，田疇宛然，自來無指目者。豈山靈亦有幸不幸耶？夫東坡七年海外歸，過贛，乃一至之，非能與山爲緣者。即陽明有志忘歸，而從事軍旅，日不暇，更何能習静此山耶？孝本居於斯，墓於斯，此岩遂聲施到今矣。嗚呼！山之名，其待人歟！

天虹山記

夫崇邑西三十里，游天虹山。由分水坳西下，高峰突起，屏東而衛西。稍下，結坪爲鎮國寺。寺面圓廠，爲几案。登案四望，諸山羅列。寨嶺當胸，方鋭類大圭。前馬鞍山，昂兩肩而中凹，門闕天然。其外，雙峰排入。中綴數小峰，爲嚴衛，爲旗鼓。法門龍象，於兹益信。旁則鷄公嘴、羊牯腦諸山，峙其左右。有長嶺拱抱合左山，以達笏口山下。東坑小溪水，自東南而西北。合西坑水，亦達笏口。山環水繞，大觀哉！又東來，逾山背過橋北，陟左臂而下，繞出前。山趾折而北，復折而東，又東北而折西南，至山門隨路曲屈。長松夾道，行漸高，可手挹。抑或出脚下，霜皮黛色，高下參差，若旋螺然。近寺，老桂三株。交柯拖幹，狀爲虬龍，無復叢條少年態。惜此間不善營建，僧房類聚，瓮礙觀眺耳。夫勝地難，古木森立則更難。處陋壤，無有點綴之以成名迹，彼搏土揭木誇名勝而邀賞鑒者，何限耶？暑雨初過，夕陽殘雲，與山峰林木相吞吐。余有動於中，輒志之，他弗計也。

熱水江險記

熱水至崇義，險最著。下豐洲十餘里，有箱礱卧石。四塞溜急而迴小舟，循隙始得出。至鱗潭，過埠間，一山中劈。石根據水底，不可以渡。昔人鑿其北口，兩繩維舟尾，力挽之，曲直隨石竅，度不可留，脱手迅如發弩矣。南口差小，僅可空舟上。弃物積岸，石俟舟過，乃重載以往。伏石暗齒，擊水如飛雨，巨膽者亦且目瞬，蓋牛皮礱也。又東百餘里，爲蜈蚣峽。峽隸上猶而崇義門户也。兩山排起十餘尋，昂首鋭末、數伸縮，作依附狀。山峻潭深，澄静無波紋。出峽，則高灘扼其吭。萬石旁蹲，波争水立，擊撞紛相搏，吼呼聲震天地。乘舟者如觀楚壁，人人惴恐。灘曰『門水』，不虚矣。水浸石根，迴視牛皮箱礱，微徑可達者，不侔也。余八年於此，歷各險不可數計。嘗自豐洲迫至贛，一晝夜掉舟五百里。日入，繼以火。至門水，火并不可用。出入三險，豈曰忠信可涉？抑牛馬奔走，卑官之常，他不暇顧耳。贛石三百里，險灘十八，其猶坦途哉！

江西水行記

章水源出聶都，道大庾，以至贛州。東合胡漢水，匯儲潭爲灘口。千岩萬壑，争流奔赴，至此而澄净無波矣。十八灘山隨水轉，亂石丫槎，與水抗。又有三石洲與之齟齬。二百四十里水去仍迴，非直爲觀美也。建瓴直下，無復關鍵。即南贛不成涸轍耶？出灘南萬安北峽江，山開土曠。又龍泉、安福、永豐諸水會。平流如掌，一望瀰漫。來去宛轉，不見踪迹。形家謂江西之腹，而有虔南之激宕，不可無吉安之平遠。山水之性，一緩一急，其勢則然耳。峽江而下，山益平，水且益闊。東西受撫建袁州水，至南昌，合流滕王閣下。江城左峙、西山右旋。水逼地隘，無風浪起，固自古爲昭矣。又其下東北，承廣信玉山之流。西合武寧修水，下吴城、趨彭蠡。方數百里，横無際涯。而匡廬石鐘夾峙爲湖口，迂迴蕩漾者久之，然後注之江。夫山澤通氣，故導水必以山。而西江二千里，翕闢收放，不可意測。蓋天工豈煩人代耶？又所謂東匯澤爲彭蠡，傳無確解。予謂章水自西南而東北，十川畢聚，潴爲巨澤。言東不言北者，省文耳。是耶？非耶？江西山水，奇甲天下。嗚呼！賞奇者，又豈獨山水耶？

西竺庵後園記

庵在黄牛洲中，前人就西偏益爲游觀，無奇也。近因水壞改作之，移舊增新。借景攬勝，而園林之觀乃備。庵後堂開三楹而面北，軒窗四達，所向空闊。荒竹去而佳木顯。稻畦茅舍，延送入座矣。土山自南而北，曲屈抱其左。上多佳樹，老幼相間。西北有方亭，近挹桂香，遠睇野緑，甚便也。右壁爲牡丹臺，朝旭激射，户牖燦然。堂之後迴廊兩達，左旋而南，再陟降入小門。矮屋三楹，游屐可憩。西架木爲址，廠亭高出。列岫盈窗，殊快瞻眺。右旋入射圃船房，二楹則南向。種桃數十株，紅霞射人。右傍牡丹臺，芍藥畦則配其左。北窗洞開，雜木森森，又於夏爲宜。秋來階前，山脚環布，秋色亦不寂寞矣。園外東迫支江，西北開兩塘。竹籬垂柳，參差環布。却立而望，西山蜿蜒。江城蹲踞，風帆塔影相掩映；春夏水漲，則遠近村落，若島嶼之出没瀛海也。晦明寒暑，變態不一。余九載江西，往來結緣者，惟此耳。不忍遽别，乃記之而去。

東山記

極山水薈萃之奇，又近人便登眺者，東山在南安乃最著。出南城東山門，不半里逾橋。折而東，石坊屹立，曰『仰止坊』。北轉而上，半山有亭曰『雲章』，可流憩也。再上依山西，向爲鶴鳴堂，前太守游公講學處。雙城夾峙，章水中流，貫横浦橋而注兹山。烟火賈船，蟻屯鱗集，不出座中而大觀備矣。或曰昔人有『東山一鶴』之謡，游公爲作人選此地。然耶？否耶？下堂右轉，稍北有廠亭，曰『尋樂處』。再轉東北上，爲道源書院。門西向，而正位則東北。蓋有宋周程三公相受授，實大中先生之命。又爲王陽明投戈講學地。而東坡器之民表子韶聲伯諸名公，嘗流寓焉。後人延師課士，分别以祀之。石鼻鋭出，章江水隨山三轉，曲折帶圍。沂水舞雩之意，會心遠矣。自奎閣而講堂、而敬業堂，及前後祠三層。漸而高，矚目各無礙。書樓齋舍，高下參差逐山勢，誦習者日在畫圖中。山巔造塔爲筆峰，與對山筆峰相掩映。奎閣前降觀瀾亭，怪石羅列，异境天開。再降此行，亭近水涯矣。又自鶴鳴南陟，亭曰『挹青』，通正氣樓，乃明守張東海爲劉聲伯先生所建者。然不遽達也，路由適道亭小憩，始可抵。憑檻西望，城郭梁虹，指顧歷歷。而岩谷幽邃，竹樹蔽虧，入山人急或不能覯，地不遠而若與世隔矣。樓後泉水一泓，不溢不涸。三小峰依之，蓋源頭活水也。下數十武，石亭覆泉曰『君子』，爲第一坎。稍下爲第二坎、第三坎。三水則涓涓流山下，時止時行，變態不一，物性固然耶？初聲伯著書於此，號曰『蒙泉館』。今人構宇仍舊名，并繪圖於屏壁。再西下即『仰止坊』矣。由堂至書院，登高望遠，攬勝者既應接不暇；而入館溯三坎、習静樓下，又頓忘地近城市也。前廉使亢公、觀察董公，及太守嵇公，并高雅能詩文。因公事盤桓於此，余亦與焉。夫勝會不常，當時殊不覺。日月幾何，風流雲散，豈復可追哉？余去矣，乃慨然而記之。

漢口游記

乾隆甲戌冬赴江西。道出漢口，隔江望武昌，蛇山蜿蜒來，尾東南而首西北。下注諸江，黄鶴樓高居其巔。大别山俗呼龜山者，自西而東。隆脊而下其項，首復昂起，晴川閣冠之。掉舟江中，左右仰視，厥形惟肖。入武昌北門，折而西上，樓六方而三重，崒嵂直立，軒窗面面，延景各不同。楚南豫北，西吸洞庭，漢水匯其東。凌虚御風，如坐天半。樓後爲堂爲閣爲亭爲長廊，高下參差，隨山點綴。水落時漢陽雲樹、鸚鵡芳草，歷歷也。風帆上下，雲屯霧集，市廛烟火相掩映。遠取近挹，應接不暇矣。返掉登晴川閣，江漢會檻外，水天一色，物我皆處鏡中。推窗西望，終以不一登爲憾。

甲申歸里，復道此。則渡漢，遵漢陽道、陟長堤，循山尾而脊，神堂佛宇，排列穿通。前江後漢，兩水夾送，似瑶島之托瀛海。其東南蛇山奔赴，黄鶴可招。互相雄長，參觀益著。拾級下，由禹稷廟入晴川閣，渡而南，再入黄鶴樓，曠望高深，風景猶昔，然星霜已十易矣。江山千古，登臨者宜如何自處耶？

霍山游記

丁亥仲春，由固始來霍山。過獨石鎮，平壤峰突起，一水帶之四圍。山復抱其外，竹樹茅舍，點綴疏密。雨初過，山青水益駛，氣色倍增。逾香花嶺至霍界，衡山在望。障天半，耳目一驚。暮春出南郊，登土地堂，當山半，暫憩焉。乘騎左轉，盤旋而上。至百步階，勢險奇愈出。支山東去，而南抱爲左股。西上入山門，坐御風亭。亭西有天池，方廣各二丈。水上突而不溢，游魚浮空。又西爲南岳殿，爲客堂。右股南折，作迴環狀。峰插霄漢，雲封即雨徵。時當開霽，山露頂，雲仍帶其腰。前拖兩支，左右交山石嶺，天生門闕。四望山類方圭，卓立其南。屏後有北山，而元帝尖、指封山，又儼衛左右也。山前淠水，東來西折，北循山背而東，曲折依之。漢武射蛟江中，封爲附衡岳而秩祀焉，傳或不虛。北下綴邑城，東西郭長與山相附而近水。逆水西上，峭壁抵中流，爲潛臺。竹樹茂密長里許。擊水中分，盤旋而復合。順水東下，山折而北與水抗。上有寺曰『迎水』。孤松踞其阿，微風聲發，與水聲相吼，呼動撼山岳。好事者作亭其旁，余爲榜曰『聽濤』。山光水色，會心者當自領之。或曰：『復覽山仙人冲，亦奇境也。』名山有緣，姑俟之他日。

齊山游記

南出池州二里，東抵齊山。迤北石夾立，上有瀑布形。東岩大篆『壽』字，爲陳希夷書。王陽明刊詩其旁。左轉東上，兩岩并列，刊詩壁間，不可枚數。由岩隙扳緣而上，雙壁忽劈，内闊而外張。岳忠武、吕東萊、朱紫陽、楊大年，諸公皆有詩刊石上。其最著者，則杜牧之《九日登高》詩。由石縫側足上，曲折穿通，爲妙空岩。下有軒翼然，曰『寄隱』。三面石壁立，而缺西南。近可撫，遠亦可挹。怪石參差，環拱檻外。後壁大書曰『齊山』，包孝肅筆也。餘多明人手迹。其右有山岩。捫石而下，傴僂偃行，乍暗乍明。石屏忽東列，横書曰『萬壑雲濤』。由上而下，蹲身入峽石。穿石橋入洞，方向不定，貫通則無礙。西南裂口一綫，身難容而光固可窺也。尋階而上，萬笏錯列，徑曲折以達山巔。北望城郭湖橋，儼如畫圖。迤邐西陟，爲望江亭舊趾。折而南下復轉北，雙洞天開：大者九鼎，洞寬廠如覆幄。入後出山上，可登高以望也。右小洞僅容身。俯而入，仰出亦曠然。南下穴洞開朗，墜石若翔舞。刻石曰『别一洞天』。再由石徑盤曲東上，亂筍間有徑可尋，題曰『通幽處』，蓋由寄隱軒來者，爲八幽。由此達寄隱，則出幽也。小憩軒中，西下折而北，有銅佛庵。東望寄隱，如揖讓。右窗洞開，即南山羅列，可把臂晤也。僧曰，此外尚有岩洞數處，舊日列亭山間以十三數。寄隱而外，今無矣。然世不乏好事者，當爲名山作緣云。

石鐘山後記

甲申正月之望，豫章返。掉舟泊大孤塘，阻風三日。夜開舟，星月皎潔。過大孤山，東望蟹山，歷歷如畫。次日抵湖口西郭，水落石出。遍山趾皆覆釜形而缺齒，周四圍。恍然曰：『此其所爲石鐘乎？』風水吞吐，抑塞迫隘而不能出，安得無聲？波濤激蕩，乍大乍細；時作時止，若有擊撞之者。坡公聞其聲，不見其形；余見其形，不聞其聲。蓋非水漲無以聞其聲，而水不落亦無以見其形。形不可見，即其所爲聲者，猶可信而未可信也。夫樵夫舟子，過而不察。而文人學士，不遇其時，形與聲亦不可得。徒令李渤、酈道元輩捫鐘揣籥，又何怪耶？

南山之背，有神堂北向，曰『大王廟』。入廟登閣，東捫石峽，復折而西上。峰石上合下裂，雙插水中。鑿石爲龕以祀神，而木板承其下。飛檐雕甍，懸架虛空，曰『觀音岩』。轉而南向，萬頃湖光，四圍山色，坐收無遺。東山下，水石衝動，即鐘聲仿佛可聞也。時欲記而未果。丁亥講課霍山，有張生者，將之湖口。余曰石鐘山觀音岩，不可不游。歸述之。夙緣復萌，乃追而爲之記。

李蠡塘曰：前後寫景，直逼唐人。中間不與辨明，後記可不作矣。變不失正。非仿效宋人者。

卷九

因文見道論

道之大，原出於天。天無言，而聖人代言之。又言其所言，而言不能遍且不能盡也。而聖與賢各言之，或前後遞言之，凡以明道而承天也。及言出而文成，雲漢章天，日月懸象。天文不可掩。而代天明道，即人文何异焉？上古之世無所爲文也，庖羲畫卦、文周訓義而《易》興。其在《尚書》，虞、夏、商、周各紀其典謨誓誥以昭來世。周文郁郁，《風》詩用紀而孔子删定之。又因魯史作《春秋》以明一王之法。古禮不可見，所見者《周官》，漢人又爲記以成書。夫道行而天心見，無所事文，然紀載固不廢也。道不行而述往。訓惠來者，人文日啓，蓋亦不可得而已也。孔子門人，又述其明道之辭爲《論語》。宋人又取記中《大學》《中庸》，合《孟子》七篇，共爲四子書。蓋昌黎謂由周公而上，上而爲君，故事行；周公而下，下而爲臣，故説長者爲得之。後之人，不得見二帝三王之治，而二帝三王之所以爲治者，非説之長而道胡以明？即胡以見道哉？秦人火經而禁挾書。漢興數十年，六經出，注疏以興。漢唐以來，各有要義矣。宋人復彙衆説而定於一，爲傳、爲本義、爲集注、爲章句，力亦費矣。顧微意奥義，難遽窺測。初不禁人研之而説之也。自聖門高弟所入，各殊所見，各异學焉。而各得其性之所近，不能比而同之也。而必曰『彼爲异説，此爲薪傳』。舉一廢百，道果明乎哉？『夫有德者，必有言』，此言誠然。後之人，或有德而無言矣。以不文之言，傳難言之理，豈能傳世行遠耶？且古人之言，難測也：奇變莫如《易》，奥衍莫如《書》，謹嚴如《春秋》，麗而峭如三傳，《風》隱約而《雅》《頌》莊，古《禮》備。周秦漢初之文之變，道未始不一，而文則百變而不可窮。爲之難，知亦不易，詁之可也；疑以傳疑，闕之亦可也。而改補之、變易之，而曰：『吾以明道而已，不論文也。』夫自作而不論，文則可耳；求古人之説而不得，反欲易古人以就我。欲以明道，已非孔子闕疑之訓矣。且夏五郭公，孔子之闕文昭然。後人欲明道，豈能出孔子上哉？夫義理者，無窮者也；聰明者，日生者也；而古人事迹，則不變者也。殫一己之聰明，研理可矣。取古人未見之事迹、久傳之故實而删改之，豈能服古人以服天下哉？孔子辭生知而不居，蓋未生以前之事難知者也。必欲盡知之，且自謂已知之，豈孔子之教耶？且夫文以載道也。秦火熄，僞書出，紛紛籍籍。托於傳道而實以晦道者，蓋多矣。頌其詩，讀其書，知人論世。即諸子雜家真僞，故自昭晰，况聖籍乎？《周易》卦爻及《十翼》傳，變化不同古經，各自爲書。文周孔子之文了然。《春秋》三傳亦自爲書，自分經附傳而割裂不通矣。今文《尚書》坱圠醇厚，古文之儇薄，其僞可一望知也。《詩・小序》即非子夏作，然以爲僞而自斷之，可乎？《周禮》之《考工》難盡『冬官』，然《戴記》中秦漢之文不廢也，要存古製而察其時代耳。其中之《大學》《中庸》本無舛錯，顧文法奇變，未易窺測也。夫唐虞三代之文，由簡而繁，已不同。周人一代之文、周公之制作、孔子之傳述，道一而文章不一也。且古人文以載道，而言不文則道不傳。明道而不考文，則道亦不明。古人之朴疏，不似後人之密而巧也；古文之隱微，不似後人之顯而淺也；古文之反復重疊，不似後人之一氣了結也；古文之迷離惝恍，不似後人之段落分明，即始見終也。由源而流，參以時代，即書以考文，文明而道可見矣。執後人之見以繩前人之文，尋章摘句，拘文牽義。求古法而不得，則從而變易之，抑又甚矣。

夫義理無窮，聰明日出，豈古今果不相及耶？又安在後之視今不如今之視昔耶？漢魏以來，文雜而道不明，儒者作僞以亂聖籍，其權在辨之於文：高者，仿子書佛經。其旨雖背，文固不襲也；其下，文不足而爲語録，益鄙俚不足道。乃儒者無古人明道之文，反效异端爲語録，謬矣。聖經賢傳孔孟思曾之道，具在也。彼豈有德而無言哉？而不文之言，胡能明道耶？且不文之言，讀之者不能終卷矣，安冀因文見道耶？夫莊老申韓之書，背道而馳，徒以文傳，故其術亦傳；馬史班書，於道亦何有？美其文，故其事傳。蓋宋以前，亂道在文，則黜文以明道；宋以後，晦道在不知文，則宜辨文以明道。夫文不達，則道不見。况古人文與道一，後人則文與道爲二。尚文者讀書萬卷，衹爲文計而不爲道計；論道者又不計文。且時既不同，文亦各异。信其道而猶疑其文，恃一己之見，以易古人之書，即道何由盡見耶？且近日言道，尤不能廢文。以文取人，數百年矣，庸下者竊經傳之近似一若家孔孟而户思曾矣，實與道無與也。由末逮本，不限時代。文在兹，即道在兹矣。

夫古文之源流不徹，即道之大原已昧前之人。文以載道，後之人宜因文以見道。襲古而獲罪於天，君子懼焉！故不可置而不論。

李鑫塘曰：見得到，説得出。其理則彌天際地，其筆則騰天躍淵。上下二千年，第一篇有關世道文字。

發蒙振聵，博大昌明。文筆則秦漢唐宋，合爲一手；道理則濂洛關閩，盡拜下風。吾師此文，直當附諸《孟子》篇末，與天下學者共讀之。受業吴延瑞識。

荆州論

古之舉大事者，必出身當天下之難，乃能集群策而驅衆力。進可以開疆拓土，而猝然之變，亦有恃而不可敗。夫天下大勢，西北高而東南下。高者强健，下者柔脆。故西北舉事而成功，於東南，未有能仰而扼其吭者。然犯難而起，必有憑藉之地。始於割據，終於一統無南北，一也。

曹操挾天子以制人，遷都許昌。東控吴，西窺蜀，此勝算也。吴都秣陵，有險可據。且沿江而上，更無可駐之地。荆州者，西川之門户，而東北二寇之咽喉也。孔明未出草廬，即勸取之而不從；後幸取之又不守。付之一將，退處西川，此曹操孫權所不肯爲者。而先主爲之，豈復可以吞吴滅魏而復興漢室乎？

夫先主者，有大於天下之量而智不足。而孔明不之勸，則又何也？定南方、結東吴、北向中原，先主自當而己佐之。覻覺而動，爲戰爲守爲和，呼吸之變，間不容髮。彼西川者，命將守而佐以謀臣，足矣。安有舉天下之大計，而委之一將哉？且獨不見高祖之於項羽乎？放之南鄭，一西川也；還定三秦，一荆州也。然猶不敢自安，命蕭何居守。自將以戰京索間，敗者數十，瀕於危亡而不肯離其地。彼知據京索之間，東面以争天下，此劉項成敗之大機也。退尺失尺，退寸失寸。虎牢不守，關中安恃？蓋不待韓彭英布約而不至而立危矣。夫高帝惟守京索，所以得天下；先主惟失荆州，所以止一隅。孫得之而曹乘之，長驅東下。豈待祁山屢出而知其無能爲乎？

抑吾觀明太祖之於陳張，亦猶孫曹也。知士誠守虜而自敵友諒之强，戰之彭蠡以决大計。至士誠，則命徐達居守以防之耳。夫彭蠡之戰，其危類高祖而親自指揮。諸將用命，卒能撲滅張陳以成帝業。則先主不逮也。天下既平，擇險而都，以維子孫萬世之安，或可也。争衡要地，存亡係焉。委之將，不可；委之相，亦不可。不出身以當其難，雖有大志，其能就乎哉？然荆州失，先主亡。區區西川，猶支四十餘年之久。蓋孔明不亡，即孫曹不得安枕也。夫無人，則得亦失；有人，則危可延。圖大事者，又何弗早計也！

在霍山，見有作《荆州論》者，惜其未暢，援筆爲此。自記。

設險論

設險守國，其來自古。而『地利不如人和』，《孟子》則云；夫『尚德者鄙防制』，論勢者迂空談。二者皆譏而不知其互相爲用也。堯舜禹都冀州，三面距河以通貢道，尚矣；殷五遷不離中土；周起西土，定鼎洛陽以維道路之均。無形之險，險莫尚焉。夫争如春秋，裂如戰國。地無論險夷，而其亂如麻。世變使然，非本計之疏也。

三代已往，秦漢迭興而勢大變矣。山東之國，勢分形涣；秦據關以拒争，遂有天下。而關中之險始著。漢唐因之各數百年，故論建都者以關中爲上。然沛公入關，子嬰道降；秦宫方處，項羽攻入。甚者王莽篡漢、朱温取唐，不出堂階而神器自移。有險足恃而安在？可恃哉？故德與勢合而險存，勢與德暌而險去矣。且險者，此得之足以拒彼，彼得之足以拒此，彼此共之者也。

洛居天中，汴通四方，似無險可憑。然彼桓靈徽欽者，即據函谷居關中，豈能不拱手讓人哉？光武定都洛東，宋祖不遷關内，非無見也。黄河未徙，北平爲冀左輔；河南遷而形勢出。

阻三面、臨天下，天府雄圖也。遼金元得勢而興，明祖不都而成祖都之，此其識有過人者。然成祖當其盛，則南定金陵，北犁强敵而有餘。延及末造，賊闖扼吭拊背而南北睽隔矣。其又何恃乎？

夫據形度勢，即得人和，不能廢也。關中之固，汴洛之中，北平之形勝，非不足憑也。謂東南不足抗西北，而明祖起自江南，非不可以席捲天下也；謂居中可以制四方，而金起遼陽之東，元起沙漠之北，未嘗不能南定中夏、統一海内也。夫開創之時，以人才乘形勢，故取天下也。易守成之世，以形勢助權力，則守天下亦不難。而但恃形勢，德威不足，吾未知所税駕矣。

且天下未平，爲進取計，擇險而守可也；或既底定以維子孫之安，擇地而都，亦可也。然祖宗借形勝而起事，子孫諉形勝而或以不振，反不如無形勢，猶不資之敗亂耳。雖然高宗南渡，而中原陸沈；景泰不遷，而天順得返。不拒險以自强，而曰『吾姑避之以徐爲後圖』，又豈延長之計哉？

讀史雜論

昔《燕川集》成，吾友曰：『以子識力，何弗從事著述？但以應酬畢乃事。』余曰：『彼亦一是非，此亦一是非。世無孔孟程朱展轉相駁，開口實難。蹈襲，則可恥；自抒所見，又何可行？彼欲作唐一經而不果，甘受子厚之譏者，豈得已乎哉？』書館無事，不能默默。有得，聊書之。或有偶同前人者，只不知耳，非因之也。

通鑑綱目

孔子作《春秋》，始隱公元年，終哀公十四年獲麟。起止因舊史，不聞删前斷後，自尋名目也。《春秋》既魯史，列國之事，不告不書，例也。非《春秋》外無事可書也。太古荒遠，夏商闕略。作《通鑑綱目》者，可書必書。用備法戒，豈得以魯史爲限？而平王四十九年之前，西狩獲麟之後，一切置之哉。且自獲麟後數十年，非無事也，何獨以初命韓趙魏爲諸侯爲大事而書之耶？以爲史，則不全；以繼《春秋》，則僭矣。况以温公考亭之識之筆，不襲經、不尋名目，自皇古以訖唐五代，可書則盡書。纂言紀事，當更有可觀者，豈待後人補前編作續編而致恨於不逮二公哉？大抵宋儒講學，好立名目，作史亦然。自孔孟逮漢唐，諸儒無是也，不可以無説。

贈悉怛謀右衛將軍

維州屬吐蕃，則足以制全蜀；蜀得維州，則足以控吐蕃。守區區之信而謂開邊釁，由此吐蕃得勢而爲害者，且不止唐代也。夫敵國有降人且以地降，彼之奸人，而我之功臣也。開國守成，茅土必及。故李信下贛而元人封之，後人亦不得而貶之。即以反覆之李全，元人殺之，即宋人猶封之也，而胡喋喋爲？又或譏德裕爲自專，未曾先聞。夫疆埸之機勢，間不容髮。數千里外禀命乃行，失事幾而長寇患，抑多矣。腐儒誤國，處太平而爲迂談；遇變，其曷有濟哉？

李德裕卒不具官

李德裕卒而削其官，此何例哉？德裕有大功於唐。其烈，得與裴晋公并之矣！其貶也不以罪，胡弗具官？書法曰『爲其黨也』。夫文饒之植黨，太岳之攬權，勢激使然。然其小疵耳，其功不可掩也。太岳輔一庸主而令天下肅然有紀，文饒得一英主而令河北復歸版圖。向使武宗不死，即天下不難盡平矣。中興之功，雖裴度豈能加哉？孔子大管仲之功，既死而曰『到今受其賜』。故使孔之作史，必曰：『故宰相、崖州司户李德裕卒。』豈但不削崖州司户而已乎？論人者，極本末；作史者，張公道。自腐儒論出，而世幾無完人矣。嗚呼！獨文饒也哉？

宋高宗南渡

儒者論理，不論數；自言天者，有有道、無道之説。或疑數之不齊，然餘慶餘殃即作善作不善之所自取。吾終不信數而信理，俾術士無自而騰其説。

宋之天下，太祖創之，其傳太宗以及光義、德昭。雖迫於杜太后『國有長君』之説自爲私計，而於太宗不可謂無恩也。攘位而傳其子。俾兄弟猶子，俱不得其死。其後相沿，同於路人。而名位，概不之及。孰知泯其位號、正所以存其血脉而且復其統緒哉？舉族北轅，而獨留一高宗以當絶緒之交。而續者絶，而絶者竟續。天道好還，天道之巧於還也。理或不順，數即隨而轉移之。信乎？數之不可逃，一理之不可易也。然則秦檜爲順天而岳忠武爲逆天乎？曰：『否。』君臣也，兄弟也，二者天下之達道也。臣不可負君，弟不可負兄。道之所存，理之所存也。而并行何悖哉？或曰：『太宗負太祖，一太祖之負周世宗也。而何怪乎太宗？』夫五代以來，假禪襲位亦久矣。取非其道而守以順，而於民不虐以逞即天心安之矣。嗟乎！此固理有可通者乎？

景泰不讓位

景泰不返兄而兄返，高宗和敵而父兄不返。此事之大機也，亦古人成規也。然使景泰爲公子目夷，天順必不能爲宋襄公。迎而讓之位，群小導之。則朝復位而夜暴崩。豈待七年之後乎？一彼一此，决不相容，即後日之殺于謙而知之矣。故景泰之不讓位，不爲過。第錮之南城、易儲不顧，是又予之口實也。嗚呼！聖賢之道不明，父子兄弟間有國者更不如途人矣。以讓責景泰，豈易言哉？

嘉靖議禮

三代之禮，至周大備。後人之詳，不得議前人之略，亦不得執前人所未及以繩後人。禮以義起，以心制。心安，斯理得。何拘儒之戔戔也？三代不追，王不上祀。至周制之，而孔子曰達孝。擇賢漢高光不追帝唐宋則帝及始祖以下，宋儒亦不非之。宋仁宗以英宗爲嗣，仁宗固無子也。擇賢而養之宫中，立爲太子，名分定矣。濮安懿王之議，廷臣執之而緣情立制。歐陽修之説，亦未爲非也。至明世宗之繼統，事從其變，禮難執一。君子膠柱鼓瑟，小人乘而大壞之。吾不咎小人而追恨君子之無識以誤人國家也。當日武宗無子，爲大臣者宜白太后，仿韓琦之告仁宗擇宗室賢者爲武宗子。武宗有子，即孝宗有孫，而太后亦得自安其尊矣。何爲絶武宗之嗣以繼孝宗哉？即曰王者大統，兄終弟及，惟皆孝宗子則可耳。若謂憲宗之天下，不可與旁宗，此庶人護産亂序之私，按律以斷，罪有所歸也。天子達孝，自上逮下，豈有身爲天子而繼嗣反不及庶人者？如曰天子以繼統爲大、繼嗣爲小，徑以世宗嗣統憲宗耳，更不得廢公義顧私情而爲世宗立嗣矣。繼嗣則遷就而爲之，繼統則執禮而繩之。依古以來，有是兼全之事乎哉？

且英宗之嗣仁宗也，倫序不失而安懿王亦别有子，情理兩協。今以世宗爲孝宗子，而擇人爲興獻子。彼世宗，亦人也。貪天位，斷父後，忍乎？否耶？且天子尊，無上。不父，母則臣妾之耳。父殁矣，其以母爲臣妾，可乎？即别立嗣，其忍不迎養之乎？迎之而來，其如何處？將母坐而子拜之乎？抑子坐而母拜之乎？抑或因其别有嗣也，而母子終身不見乎？繼統即繼嗣，説似可聽，而何以爲世宗地？而何以爲有母之世宗地耶？使楊廷和而取方獻夫之議也，其他邪説，無自而起。而入廟稱宗，或不至决裂。而使世宗得罪乎後世，失禮於太后矣。嗚呼！天下之律不能該天下之情，故用比天下之禮不能該天下之事，故用權。人事遞變，不準禮而執古，則愚也。獨議禮也乎哉？

張江陵

前明一代宰相，張江陵第一。昔人謂挈木偶而爲戲，戲者木偶也，挈之者人也。豈獨管仲哉？江陵亦云。神宗何如主，而十年以前、十年以後，頓成兩截人。前此三楊能之乎？餘無論矣。謂奪情、謂專權。試思少主寄命，舍江陵外，豈有替身？何待以馮保之言少之耶？至一切鄙俗之語，門户增飾。明人習氣，依口狂吠。且到於今，徒令有識者笑倒耳。又王陽明不作宰相，更爲明人一代之憾。其出處無敢議也，善兵機而奠社稷，猶有起而瑕疵之者。無目無心，黨同伐异，可與論古哉？

數年來衣食奔走，不暇論古。今夏授徒王氏家塾，方欲從事筆墨。不兩月，病瘧而歸。又遭不幸，事旋廢弃矣。惜哉！自記。

改沁入衛辨

沁水出山西沁源縣，至濟源五龍口出山，至河内西十五里，折西南，由温入黄河。其舊迹也。晋司馬時改而流城北，過武陟入河。而舊迹不可復。又傳：昔有引沁入衛濟運者，張清恪公居濟，一得亦及之。

乾隆初年，建議者用水平測地勢，衛輝下懷慶十餘丈，復欲改沁入衛以濟漕。司河者主其議，幾行矣。懷慶守任應烈毅然争之，事乃已。夫水勢就下，引高沁入卑衛，且可濟運益國計而無害於民，爲之可也。然隨山治水，自古爲昭。非但因勢利導也，抑下流有關鍵，則順趨者得所憑而無横决之害。太行山由懷衛漸轉而北，即曰水隨山轉。而東南無山與陵爲之抗，水豈能曲折隨人而東身以趨乎？且由沁源而沁州而陽城，曲屈諸山間，蓄極則勢壯。五龍口建瓴直下，又時當夏秋，合衆山之流，稽天而至。即在河内，因勢利導，長堤抗之，然且漂人畜、壞城郭。金明至今，三被其害。而强之復使北，即懷衛諸邑之處沁東南者，盡魚鱉矣。如之何其可行也？即建議者欲不惜帑金，作石壩以抗水，亦臆説也。夫石壩誠可拒水，然順勢逼水則可耳。沁水東南流而逆抗之，雖鉗石以鐵，灌以灰漿，以爲牢不可破矣。然水浸之，烈日暴之，恒風不息，石裂而有隙，立而見潰矣。自非天作高山，或趕山鞭山之有術，豈能使水聽命哉？或曰：黄河江淮，盡趨東南。草壩石壩，所在有之，未聞無用也。然補潰防隙，費廣而力勞矣。且江南，一隅耳。衆水所匯，不盡人力則不可。河東二省，漕運有限。衛河達臨清，合西山衆流，亦足矣。改沁入衛，歲修堤壩。縻有限之金錢，填無窮之巨浪，又焉用之？説者又謂：清恪公，豫人也，必諳豫河。且有治河名，故《行水金鑒》載其説。夫公居儀封，在大河之南。去河北懷慶四百餘里，地形恐未悉。復沿改沁水入衛之説，誤之耳。今雖不改，竊恐後之膠柱鼓瑟者，仍執前議以見能。如之何不辨？

應烈，字武承，號處泉，浙江錢塘人。雍正庚戌進士，由編修任懷慶守。振興人文，著循聲。兹其一也。自記。

乾隆十六年，沁水泛，决城東張莊堤。水抵城，入門數尺。河北總鎮楊凱出金錢，急塞之，水遂退。二十六年，水大泛，决城北古楊堤，文武官弁出護堤。而下段堤復决，官弁咸困堤上，城内無官爲之閉門。水入城，事大壞矣。十年再决，鑒前車即後患可彌也。事已無及，書此以示後人。楊凱，江南儀徵人。康熙乙丑武進士，曾任湖廣提督。自記。

廉泉書院辨

東坡有光孝寺廉泉詩，既割爲書院，名廉泉，故佳。必曰蓮溪何哉？周子生道州，終九江，均以蓮溪自名。書院之在兩地者，名以之宜矣。倅虔州，贛遂冒此名。然則掾南安書院，胡不名此耶？而尼山書院，不更隨地可名耶？乃朱子，生不至河北。順德府有書院，亦名紫陽，豈道學家衣鉢應爾耶？昔人問陸子近日何學，曰以人情物理爲學。陽明談兵機即此是學。而明末諸公講學，首善書院中禁談職業。嗟乎！離職業講學問，世有真道學將盡。天下書院毁之矣，豈假手奄人哉？名存實亡，而名亦亡。迂腐者，階之厲也，故不可以無辨。

章源辯

章源出聶都東山，在今崇義境。或云出湖廣大章山，經大庾之聶都；或云章水之在大庾者有二源，似矣而實非也。聶都昔屬大庾，然西南北三面皆高山，大章水安得逾山而東耶？桂陽東南，大章山水源出焉。北流有沸水四五處。夾岸涌溢，故曰熱水江。又東北入崇義豐洲界，名仍舊。道上猶以達南康。三江口，章江入贛口也。章江在大庾，沿河峒而上爲右源。其下爲合江，投聶都之下流，故統名曰章水。然特支流耳。安能與聶都水抗耶？聶都東山，沙溪峒循右臂而上，是爲章江源。源實涓涓耳。然四瀆之源，吾鄉有二：淮出桐柏山；濟出王屋山。當其始，亦涓涓耳。夫瀆者，獨而尊也。或以功或以德定於一尊，而大小非所計也。即章江又何疑？以其水出大章山，經熱水塘曰熱水江；以其合右源水，又曰章水；左源而窮委探源，由彭蠡溯豫章，其源出聶都，故定名曰章源耳。江以豫章郡而名，而發源之山不必以章名也。因大章冒章源，又以分流判兩源，莫適爲主，豈篤論也耶？余由豐洲赴桂陽，返而止宿熱水塘，入百擔邱以歸。又由聶都有事右源，由合江以達大庾，而自大庾至聶都。往還崇義，更不啻十數也。考諸紀載，證以目見，不忍吸西江而昧其源也。於是乎辯。

無崖解

燕川子，號無崖。或曰：『崖，顧可無乎哉？』氣象岩岩，子輿氏尚矣。其在昌黎，則學者仰之如泰山喬岳在望。任天下之重，蓋魏公之爲人也。夫就圓者毁方，出類者拔萃，今即不能無得，而逾然爲邱爲陵爲巉岩爲峭壁。或爲高於平地，加簣於九仞，人而不自樹立耳。人而自樹立，學山至山，民具爾瞻。何傷乎孤峻？何懼乎攀緣？何憂狂瀾不障而浮雲之不停？由是觀之，崖顧可無乎哉？

或又曰：『固哉！子之爲論也。』生斯世也，爲斯世也。和其光，同其塵，是亦足矣。且亦見夫懷方者之難免乎哉？其始也嶄然見頭角，則少所見、多所怪矣。繼而砥名礪行，巨壁開張，又群起而非笑之矣。若乃致身青雲，屹如山不可拔，介如石不可轉。攻之擠之，人百其力，蓋不顏不止矣。夫峭者，崩之基也；高者，毁之媒也。持方枘入圓鑿，必不相入，何崖之與有？燕川子曰唯唯否否。夫是二者，惡知余心哉？我與人周旋則喪我；即我與我周旋，寧作我耶？然我與我周旋，固不可得我耶？今夫廣漠之野，可以逍遥矣；無何有之鄉，可以彷徨矣。謂有是野，野於何見？謂無是野，野又何名？以爲是鄉，何者是鄉？以爲非鄉，何者非鄉？其逍遥，其彷徨，惟無野與鄉之見者存也，亦惟自有野與鄉之見者存也。崖何必無，無何非崖？寢卧乎其下，無爲乎其側。固不虞君之涉吾地也，又安知立异者之縛而不適？而趨時者之抑而致疾耶？雖然，魚之樂濠也，不知其在濠也；蝶之樂夢也，不知其爲夢也。濠上者知其樂，而濠上必不能如其樂；夢覺者憶其樂，而夢覺已不能及其樂。世固有心有天，游忘乎崖，并忘乎無崖者，吾師乎？吾師乎？吾將旦暮遇之乎？

顧星五曰：於《南華》更進一解。用筆之妙，何減郭注？

余曦庵曰：合《南華》《楞嚴》爲一手。

濟水說

岳瀆之祀，久矣。顧五岳出雲雨，庇一方，其功赫然。而河江淮三瀆，源遠流大。納百川而注諸海，夫合天下之水利。賴及民，而三瀆者受之，以得所歸。而無泛濫昏墊之虞，故廟祀爲宜。濟之流，不啻一勺，物無賴者。又多伏少現，無所庸於水秩，祀三瀆則從同。其謂之何？古稱濟水貫河，溢爲滎。東出陶邱而入海。今大河南徙，潰決不常，滎水塞而不見。所謂三伏三現者，自河以南無所指而不可信。肇祀千百年，抑又何説？然先王之制祭祀也，有功則祀，亦有德則祀。中原之水，河濁而濟清流，又迅疾不納衆流，亦不附衆流。隱現不常，益神變不可測。而一綫獨朝宗於海，此其德有過他水者。況江淮河，其發源亦無多耳，合塞外中原之流而始大。其流之大小不同，而無害於源之同也。德不以隱現判大小，豈以流之大小而判其祀哉？矧三瀆者，有時潰溢，害乎而祀益虔。何如濟之德，安流無害。而謂其祀可後三瀆而不足以配岳乎？

余登王屋天壇，觀太乙池，乍現即伏。東百餘里至濟源縣北而再現，儲爲雙池；東四十里至河内柏香鎮，折而南。由孟入河，流幾斷矣。然由柏香而東三十里，復現於河内縣之城西，鑿石爲方池；又東北十五里至張店，復現爲池；又東數百里至濟寧州，溢爲南池；又東北數百里，抵濟南府。郭外趵突泉，城内大明湖，皆濟水也。自此成巨流。達海，不再伏矣。陶邱之現，特其一耳。謂足以盡濟水乎哉？而滎澤之涸，又無害於濟之不見矣。夫由河内達山東，地脉聯絡，又無大河以間之。水由地中行，或由地下行，一也。且人之一身，由頂踵達四肢，自非斷而不屬，豈有血脉之不貫哉？斷河塞滎，而濟水之源流自昭昭也。又《禹貢》：『導水以山，山不可改。』故水道有可尋。自昔以水名地，因地廟祀，抑亦可以驗水也。濟水初現，則縣以名，特立廟祀。河内水兩現，廟祀惟均。又現南池，則州名。現趵突、大明湖，則府名。并有廟祀。考古核今，迹存名著，信不余欺矣。岳瀆并祀，又何歉乎哉？余恐世之以濟没於河而滎不溢，謂其或不可見也，於是乎説。

喜雨説贈甄太守

今天子宵衣旰食，志切求依。念郡守肅吏誠民，責任綦重，期望亦甚厚。而大府奉行德意，爲官擇人。北平敏庵甄公，乃以戊辰夏六月莅覃懷。先是，公以名進士歷試中土，所至有聲。兩河九郡之民，以不得庇宇下爲憾。而思庇宇下、争先睹快者，又不啻其望歲也。今獨覃懷得公爲之守。甫下車，時雨未集，禾不出土。公禱於城隍，則雨；再禱，則再雨。或曰：『會逢其適耳。』數年來水旱不時，穀食維難。雨不雨，不關禱不禱。或又曰：『公誠善禱。』前此恒不雨，禱則雨，庶幾有秋，吾儕邀惠於公也。是二説者然與否，與今夫神聰明正直而壹者也。而灾祲將作，望氣者皆能預卜，似非人之所爲也。有司守此土，治此民，其視民瘼，或如秦人視越人之肥瘠，漠然無所動於中。彼聰明正直者，見微而知著，隱痛深矣。一朝求之，而一朝應之乎？然史稱虎渡河、蝗不入境，後世侈爲美談。而勤勤懇懇、不緩民事者，虎或不必不噬人，蝗或不必不生田。其又何説雨與否，亦若是則已矣。

且夫神所憑依，其將在民。民不可欺，而神固有所試也。公爲祥符宰，折獄明刑，百廢俱興。庚申辛酉間，在省會實親見之。去年携兒應省試，適公篆開封。吏畏民懷，聲益起。有同年友至自許，悉公治許狀，雖古循良莫之過。而大府心折焉，而薦之天子。而寵加之。而承新命於覃懷。其在許昌在祥符開封，既布其事。而在覃懷，則有其心。即事有漸，而心已可見矣。

嗚呼！獲上者，治民之本也；誠求者，保民之實也。天視，自我民視；天聽，自我民聽。操乎其所，不得遁者也。蓋張養浩賑饑瘞死，出錢濟民，禱華山則一雨三日；復禱社壇，大雨如注。此誠求也，非善禱也。理有固然，而豈數之適然也哉？或者曰：『斯言信矣。天人相與之際，蓋如此，其彰明較著矣。』繼自今政平訟理，民氣和樂。吾覃懷將無水旱之憂乎哉？余曰：『黄霸守潁川，治行第一。及爲相，則功名頓減。人謂霸之才，長於治郡，不長於治國。夫循吏，誠不可以概三公。若以三公之才而施於時，固將霖雨天下，使無一夫不被其澤也。區區一郡，而憂其治之不繼耶？』是雨也，不足爲公喜，而懷人之喜，於此始基云。

張子香曰：下筆怪變，不可方物。『老子，其猶龍乎？』此文亦云。即在昌黎集中，亦是絶頂之作。然但學韓，豈能有此？彼局促宋人轅下者，更不知此種神境矣。

余曦庵曰：較東坡《喜雨亭記》，覺莊厚得體。褒揚中寓期望之意，是古人立言不苟處。

笨説

老大徒傷迷途，罔覺難矣哉。或曰『來者猶可追也』，作《笨説》。

天下有笨伯焉，吃若韓而文足以達，跛若婁而業足以彰。里巷小夫則謂：『非吃與跛，即不韓婁也。』於是，口不吃而期艾，足不跛而槃散。往見笨伯。曰：『吾其甚似而幾矣。』笨伯曰：『嘻！甚矣憊！西子捧心，豈謂非病耶？學其病者，而去其爲西子者，即西子安在耶？且天靳其爲西子者，而亦不予以捧心者，是謂無弃物。而又何自弃耶？吾有不笨者，笨亦胡傷。子所少，獨不吾笨若耳。而復學之，子殆全於笨矣。』小夫憮然爲間，曰：『吾過矣。吾過矣。』

楣楗二子説

作室肯堂，期大其門楣者，門所由肇也。無楣弗振，堂於何壯？而堂之壯，又惟楗。内固其藏，外禦其侮，楗之責亦綦重哉。且楣非楗，大而無當，楗不得，楣將失所憑依。相助爲理，蓋不可須臾離也。嗚呼！重不任，楣其無用矣；楗設而不用，毁之招也。作室者需之，能强之乎？二子念之。

楹字立可説

楹年十九，補博士弟子員。逾年，余始聞。念其既冠，字以立可，而勉之曰：『楹乎屋之楹，有立之者字楹以立。吾願汝之自立也。夫孔子三十而立，立不於三十也。十五志學，求立也。而四十、五十、六十以至七十，從心不逾矩，則立而化矣。適道與權，皆以全立之事。希聖在我，而由人乎哉？抑余非能立者，然亦自有感昔吾父志意闊遠，不計家人瑣細事。吾九歲入鄉塾，父不暇問。吾母曰：「何不自教兒？」父笑曰：「兒自知學，不吾待也。」後父游粤東，吾年十四，汝父且四歲。内釁外侮，更伏迭起。汝父多病，不竟學。吾學自不廢，然拮据家務，亦鮮克就。其後由選貢洊歷史館，嘗欲立言，圖不朽，而齒已逾壯矣。夫立言，小技也，非聖人所謂立也，然且有志幾不就。久，然後成。嗟乎！以吾立之難，故望汝之自立也。又吾母念汝幼失母，恐不克立，臨終時，吾兒楣計偕未回。吾與汝父携汝侍床前，母執汝手，目視吾。吾泣對曰：「母毋憂，楹之成否，兒任之。」母目乃瞑。其後迫家計，日事奔走。入京、散館、出宰崇義，地遠惡，非人所居，又不足糊多口。嘗思自教汝而不果，吾愧汝！吾實愧吾母！嗟乎！吾欲立汝，吾志也，其不能，則勢也。楹而自立，即吾可無愧吾母矣！故益望汝自立也。憶甲戌冬，閱汝文頗似吾少時，喜而語楣。但不知近復何似也？且吾不敢有待而立，楹之立，又待吾乎哉？以字汝，以責汝矣。』因爲説以示之。

章源廟圖説

章江水流澤遍江西而源出聶都，有功無祀，亦久矣。乾隆二十三年冬，虔南觀察董公巡視莅止，躬祭之。復謀立廟，永厥祀。逾年廟成，謹作圖而爲之説。

按：聶都去崇義縣一百二十里，峰巒彌望，尤集勝於南山。山色青翠，多岩洞。中間屏障忽削立，章源神殿正位其間。層樓圍檻，兩址相抱，殿後垂石爲鐘鼓。扣之，聲維肖。又巨石挺出，左曰遐觀臺，右爲高卧石。探奇者於兹稱最。前拾級下，爲平臺。有石卓立，曰丈人峰。再拾級下，爲廟門。門不蔽殿，遠近高深，盡歸懷抱矣。殿東作六角亭，顔曰『延曦』，得日最早。又東爲藏牛岩，西狹而東南深。窮之得池，水止而不流。傍岩爲垣，相屬以達平臺。殿西大楹，一坐收山色，曰『來青舫』。軒窗北開，右闢門，翼廊三面，復爲路以達臺石。考鐘伐鼓，亦便甚。又西稍下，高楹三，爲僧寮。斜垣屬山壁，與東絜較長。此廟基大概也。廟西得小岩，石蕊紛綴，怪峰倚斜，奮出土，名曰『聚蕊』。又西爲水風岩、蓮花岩。水風著山址，内有小瀑布，水聲㶁㶁，來自石洞。不數武，間尾不可見。上通隙爲天窗。北轉，門開，凉風常颼然。右轉而上蓮花穴，山腰高敞光明，他岩莫及。仰視若廣幄，瓣花嫩蕊，倒挂繽紛。東折爲室，再折而南，田塍宛然，水一泓，澄澈無纖塵。西有立石，高低二，故一名觀音岩。又西曰左右岩。東入西出，忽暗忽明，石幢著盤中，水雲積叠，色如白玉。天工極人巧措矣。盤圍昂起，貯水不溢，承露盤殆莫之過。又西南曰羅漢岩，岩開二門，天馬垂雲懸其上。石似人者十八，岩以名。又有石樓、石雲、石梁，隙穴深廣迷離，益難測。廟東逾峽口北轉，爲雙鶴岩。口狹内寬，雕鏤繡繪，色相百變。雙鶴并翼，鏞鼓笋簴列其旁。結構層層，爲堂室、爲幽房。重門關鍵，數轉而達後户，福地洞天，不似人間世云。廟外，路西旋，隨山曲折，亂石成之。屏石斷路，接以梁。復曲折，砌石達土岡，岡凡兩重，帶雙澗，來西繞東，環抱如眠。弓後屏繞前帶圍，仙靈窟宅，信於是在。而明神當座，崚嶒尊處，護衛抑又備。旗山左峙，昂首而鋭末；鼓山右蹲，半山岩開如獅子；中央將軍石聳，石錐羅列，森若羽林；萬笋山又當闕也；北來五侯嶺連袂相朝，澗底珊瑚石、靈芝石納貢獻珍，以圖王會，泱泱乎大觀也哉；又鍾山之陽，村落團聚，水樓連起旗山前後，依邱傍壑爲居處。疏密相間，烟井萬家，蓋與南屏鳳閣輝映矣。四圍叠嶂，不啻城郭。然其東壁忽開爲沙溪洞，祝聖佛寺在焉。華蓋象王兩峰環拱，焦弱水、黄龍坑水，匯注階前。竹樹茂密，泉石清幽，豈獨與世隔？即聶都烟火亦邈然不接矣。夫廟，焕王居此則别館，習静地。天作地成，昔無今有，倘亦待人而興耶？或曰章水出聶都東山，洗心橋而上，其遺迹也，此南山胡廟爲。余曰：『黄河出昆侖墟泉，溢如列星，不聞指一泉爲源也；濟水出天壇山太乙池，伏而不見，東逾百餘里，泉雙出，始作廟祀，到於今弗替；聶都北有老虎石水竹坑水來其西，東水出自沙溪洞。環山多泉，匯注峽口爲章江，此中水皆章源也。』且源出幽奥之區，而廟祀必圖塏塽，拘墟者豈識遠謀哉？乃作圖説備及之。

肇祀報功，具詳觀察公廟記内。而相方視址，遠取近取，兹故不厭瑣細以存其迹。自記。

董恒巖曰：以柳州之幽峭，兼潛溪之雄秀。其古致逸韵，駕美酈元。允足傳信解惑，垂之不朽。

六硯主人説

余弟質夫，工書而好畜硯。十年前偶得一二，求余説，未暇也。近來書益工，硯亦且廣。以示余，每出愈奇。計之得六。其形質大小不一，宜墨則一也。夫欲書，苦不得佳硯。好畜硯，而書之不工，即硯奴耳。質夫書漸工，硯亦漸多，或亦會逢其適而然耶？蓋歐陽公傳六一，謂物聚所好，而常得於有力之强。夫惟不好耳，而有力無力、强與不强何關焉？嘗入其齋，質夫解衣磅礴，手不停揮。小奚出硯磨墨，羅列几案，應接若不暇。硯發墨，墨出不窮，亦不涸。蓋硯之能事於是乎盡。且各硯閲人多矣，彼能用與否不可知，而吾質夫則役硯而不爲硯役也，其爲硯主人復奚疑？

又質夫久闕嗣，出硯示余，意若不適然，曰：『今主硯而莫必後之誰主也。』琴書屬他人，其何能免？即余亦代爲憂之。去年七月，乃舉子。余曰：『厥父菑而厥子播，且穫宜也。』以硯爲田，不殖，懼將落，因字之曰硯農。不數月，質夫再舉子，余喜曰：『即墨莊可字也。』田無農則荒，而墨，其種也。有耕人，無種以布，其獲幾何？他日，父倦於勤，二子者耦而耕，田繼治且加闢焉，又何硯之無常主耶？而爲主，又豈止此六硯已耶？初，歐公傳成，乃求書蔡君謨，夫傳在，公自傳矣，而非君謨，書若不足重者。質夫不鄙余説，自書之。余何必役役焉求書於人，以爲重哉？

雍邱説贈李祉堂

雍邱之名，見於《春秋》而義未詳。余初至杞，一望平原。所謂雍邱者，吾疑焉。及覽《陳留風俗傳》，謂雍邱有五陵，詢土人，邑東南有桃陵、青陵、石陵、翟陵。三陵在西南而武陵在西北，衆陵環繞若拱衛。所謂雍邱，茲其是耶？然大河東南，無名山大岳。所謂邱陵者，隨處或有，茲獨胡以邱名耶？近考《杞縣方域志》，縣分十保，動以岡名其地。黄河屢徙，或没或存。五陵外，岡凡五六十，按地可考。雍邱名縣，信矣，豈無徵者耶？抑又有可疑者，雍邱自哀公九年屬鄭，地始有邑治。然黄爲外黄，見隱公元年；鳴雁見成公十六年。又昭公五年，鄭伯勞韓起於圉，沿革不一。岡陵散處，即雍邱究何屬耶？乃宋陽侃《皇畿賦》曰縣之西有谷林山，土阜尚存。而父老相傳，今城内有三土山。縣治學宫，張氏居即此地也，察之果然。《詩傳》謂大陸曰阜，大阜曰陵，山脊曰岡。故古之以下祝上，動曰『如山如阜，如岡如陵』。雍邱在古雖一隅，實兼衆地。蓋包山阜、帶岡陵而爲言也。事不考古核今，而以耳代目，可乎哉？夫名山大岳，興雲出雨，以庇一方。而安固厚重、精氣凝聚以歷多年而資壽考，則山陵岡阜爲宜。而生其地者，各限方域，恐不足以當之也。守此土，治此人。山川之氣實與相通，故其下之人食德而祝其上。取之境内，不待外索，豈媚兹虚文也哉？然爲之上者，惟能自壽，始能壽其下之人。及下之人咸登壽域，而所謂山陵岡阜者，始能不騫不崩，引其壽於弗之替。同年友李子祉堂治杞九年矣，人士安之而樂爲壽。余講課於此，其何以壽哉？作雍邱説稔之。

不欲人遽窺命意所在，即徵實皆化烟雲；不作惝恍之言，正自不可方物。吾師此種文境，雖前人亦嘆未到。非但脱盡祝嘏窠臼之詞已也。受業盧本清識。

犬乳猫説

乙未仲夏，寓同州講院。有矮犬自外來，産二子，未之奇也。越數日，有送兒猫者，失乳不食，幾斃矣。犬母就乳之，猫初不敢近，恐其噬己。飢不可忍，則就之。漸親漸熟，若己母然。而犬更忘其非我産，晝逐夜卧，畜育無間。離則呼而尋，有疴癢則嚙以齒。體毛不潔，復舌舐以澤之。二犬子與狎，嬉戲跳躑。怒相搏，好復相比。犬大猫小，時或相陵。犬母復護猫，惟恐二子之虐之也。夫犬猫非人類，相恤如此；或同類秦越視，抑更相殘；或受恤而負之，且欺其子以爲快，而黨同者猶以爲勢宜然也。嗚呼！犬無知耳，苟有知，豈願爲人乎哉？

卷十

黄河策

事不考古度今而參以可行之勢，非徒無益，而害隨之。凡事類然，治河尤甚。以水治水，行所無事，神禹尚矣。然宇内之水，江河爲大，江有定而河無定。自禹而後，商都五遷，其明驗也。周至戰國，齊韓魏皆瀕河，各爲堤防。東西逼迫，河益無定。漢武時河决，瓠子塞之而害不止。其後賈讓建治河三策，遂奉爲不刊之典。且有憾其上中二策不行者，孰知懷襄之後民不爲魚，猶幸二策未試也。而其所謂下策者，中材守之，然亦未可恃。河自懷孟而上，由故迹，無所事治。武陟而下，治急而益不治。或暫治而終不可治，則何也？太行至衛而左轉，河水隨之。由大伾北入海，其舊迹也。然自古未有無關鍵而水自轉者，河南倚邙山，至汜水滎陽。山名廣武，勢轉而北。故河至武陟而北轉，非太行能導之北也。又嵩山落脉，循河而東。而北雖無大山，實多岡阜。導河使北，其勢甚易。然邙山廣武，皆土而非石。其岡阜，亦土也。河出孟津，受伊洛丹沁之流，建瓴直下，其勢猛烈。大山當之，漸且崩頹。而岡阜日久又浸刷無餘，徒恃堤防，力愈不敵矣。河徙而南，其勢也。若欲讓地與河，視爲上策則不可。夫中原之地，如左掌。然東南下，東北亦下。汴鄭以南，衛曹以北，東泰山而西太行，方數千里，皆河流所經也。無大山以夾之、以障之，安可捐中原而盡爲澤國乎？今堤防遠者，去河數十里，近者數里。甚且逼河，遷徙無常歲，且屢更。江有身而河無岸，挾沙以行。急爲潭，緩爲陵，又安能束縛之使不泛耶？將欲穿渠以殺水勢，河水高而堤防弱，無天生石山以障之，則引水入渠即成河身，而漂没無涯矣。嚴爲堤防，猶且屢筑屢潰，况敢引之爲禍耶？堅筑閘口，多作石壩，可用之江而不可施之河，蓋上策不可行而中策亦不可行也。然則取其下策，徒恃堤防乎則又不可。夫治河無奇功，動獲奇禍。而云治河無善策者，殆非也。蓋刷沙爲上，挑引河次之，筑堤防又次之。而三者又環相爲之用。

天下大勢，西北高而東南卑。江淮趨東南而河亦趨東南，水多則必壅。然江淮深而水清，清者去迅；河旁突而水濁，濁者易滯。堤防高，河身亦高。非刷而去之，則中日積。夾堤束之，就下者而就上矣。夫就上，非其性也。堤防一潰，近者患速而禍小，遠者患遲而禍大，固可燭照而數計也。至水無正行，莫甚於河。江淮水溢，不久即消，蓋受水猶舊也。河行於平地，所至成渠。秋冬，水無定形，形類『之』字。然來歲情形，前冬可見。相其水衝，預挑引河，發必由『之』，打斷『之』字之形而順導焉。不中者，十之一二耳。雖有險，工可預綢繆，而豈至糜費金錢耶？刷沙挑河，更番遞舉，蓋堤防始可得言矣。余嘗北至燕趙，抵齊魯，南涉淮潁，大河南北往返數十，每見堤增灘亦增，而河身亦增。又刓土培堤。堤内近河或數尺，堤外至地則數丈或數十丈矣。若沙去河深，又挑引河以直之。缺者補，薄者厚，堤防可恃而無恐矣。即有意外之變，又豈難爲哉？雖然，刷沙於水，功不可核也。水污而挑引河水來，或不趨且污之，即前功又不見矣。堤防有形可考，故治河者憚其難而就其易。及至潰決，費不可計矣。即或云不惜帑不惜工，顧用之當，則費省而有益；不當，則費多而愈無功。臨病不按症，而執古方以醫之，其可乎？夫自昔不執古方者，獨賈魯耳。河徙矣，故道難復。已成東南之勢，顧其間或有阻者，不能順軌。則就地勢量測之，以導其就下之勢，利賴至今。世有如魯者，揣度時勢，得變計矣。非常之功，豈不待非常人哉？

或曰：雲梯關外，沙積日甚。尾閭壅，即腹漲難消，然相其形勢而大疏之，數年再刷。成大事者不惜費，亦可爲也。自記。

水道考

《禹貢》言江至大别合漢東，過敷淺原，又東匯澤爲彭蠡，注解紛然。或云匡廬山即敷淺原，引朱子刻石爲證。夫畇畇原隰，卑曰隰，高曰原。故有中原太原之稱。而關中高阜皆謂之原，實非山也。即有山原之號，亦山下之原耳。指山爲原，可乎？洚水無涯，高山可表，高原亦可表。由大别趨彭蠡，道經九江，至匡廬山下之原。故《書》曰：『過敷淺原。』且曰：『敷淺原必近水，原不可刊志，故刊於山。若過匡廬山，即曰山可耳。』雖其時無匡廬之名，如小別大别可指也。亦當肇錫山名以作志耳。山原有分，豈可以原代山耶？江西十川，由南而北，皆注彭蠡。道大江而東彭蠡，來會則可耳，曰東匯澤似可疑也。然禹之治水也，江河并治。北河詳而江南則多略，迹未至也。今水順軌，故匡廬山、石鐘山峙湖東西，束水入江。當洪水時，高者顯而卑者半没於水。涯埃不分，湖江爲一。湖聚此，江亦聚此。就其所導者而曰東匯澤，奚不可耶？且山川定位，迄今不改。何不可信之有？又《禹貢》：『漢入江而汝泗入淮。』自古已然。孟子曰：『决汝漢，排淮泗，而注之江。』趙氏云記者之誤。而所謂或决或排者，朱子亦未詳。夫漢水由大别之北而入江，山下岡阜數十里，勢狹甚。而漢水非此無由達，决而通之，俾得暢流以至江。今漢口闊不數丈，而深不測。遺迹不猶在耶？汝水由汝寧東入淮泗，水北來，亦入淮。無高山大阜爲之擁扼也。洪水雖泛，抑而就道，即安流矣。故利用排宜。《書》曰：『决漢而注諸江，排汝泗而注之淮。』斯其實也。雖記者之誤，無傷乎《孟子》之書。考水道者，混而無别，可乎？夫拘牽古人，既無卓識，或耳目不廣。徒向故紙中辨駁之，亦捫鐘揣籥耳。定古迹而示信從，不其難哉？

李蠡塘曰：三段各判，不相聯絡。似《水經注》，但注仿六朝體。此則參差高下，仍是起衰巨手。

侯應琛家傳

杞縣侯應琛，字獻之，大中丞於趙子也。中丞官平陽，夢庭樹白華盛開而生，故又號晋陽。好讀書，善古文辭。長髯修軀，望之偉然。顧性耿介，持身斬斬，不可干以私。明神宗癸卯鄉試，同縣中式五人，而應琛以高才領解首。同年者咸樂與交好，謂通顯可立躋。然自癸丑成進士，由晋寧令擢鎮江府丞，轉南兵部職方郎，又左遷武庫主事。久之，出知真定府。其宰晋陽也，地方多盜。有曹畏者，刦掠暴横，莫敢誰何。應琛計擒之，群盜屏息。及爲守，值己巳京師戒嚴，乃下令儲糗糧、簡器械，凛然難犯，一郡賴以安。又暇日立社論文，士多成就。

先是，應琛官兵部，適魏忠賢焰方張，群小附麗。内承其歡心，而外以籠絡天下士。士稍不自愛，鮮有不入其彀者。應琛才望甚著，諸要人咸樂出己門下。里人同年者，官列卿。嘗遺書云：『君名已爲内廷知，行且調，北即參政開府，五六月可致也。』牘尾云：『魏上公乏新茗，幸以佳者致之。』應琛發書，喟然曰：『吾不能污青史，使後世子孫不敢論古也。且吾能爲此，寧困至今日哉？』乃陽爲不喻其意者，以松茗十斛付使者曰：『我不知上公，幸代致之。』同年者得書，大笑曰：『侯晋陽何一愚至此？上公豈乏茗者耶？』坐是，久不遷。思陵改元，乃得真定守，卒爲忌者所中，罷歸卒。

論曰：甚矣哉！瑠禍之烈，豈獨生前哉？守正者一時見抑，猶望暴白於没世也。不幸附瑠輩，事相連而居近，或乃忌而删節之。後之人見其小，遺其大矣。夫前事不忘，後事之師。逆焰雖烈，豈死灰果能爍金耶？掇拾舊聞，勿謂杞不足徵耳。

舉一重事而餘事點綴作烘染，忽斷忽續，氣韵如生。論及所爲，作傳意亦曲折而峭。受業侯治成識。

王將軍家傳

王將軍顯光者，江西奉新人也。字復旦，號焕斗。生而穎异，狀貌魁吾。爲文章，千言立就。文場屢躓，乃以武生中康熙丙午科武舉。始不喜，既而嘆曰：『人顧樹立何如耳，此寧足介意耶？』復潛心韜略，天文地志諸書，悉得要領。甲寅，滇黔構逆，荆襄告警，湖南韓撫軍某、安方伯世鼎，欲得人贊襄軍務。聞公名，禮致幕下。因出奇策以佐之，荆襄無虞，公力居多。二公愛其才，將入告，請授州牧之任。聞江西盜賊蜂起，母夫人在堂廑内顧憂，乃辭歸，然名已籍甚荆襄間矣。

是時，南昌總兵楊富以罪誅。餘黨流入靖安作亂，蔓延數邑。攻陷建昌，蹂躪安義。殘破新昌，遂有窺奉新之志。奉邑城惡而無備，邑令董洪義憂之。公至自湖南，就商守禦策。則教之團練鄉勇，躬率族人以倡。冬十一月，賊首廖象、蔡富八等率衆千餘攻城西南隅。以有備，不得志而去。乙卯春，新昌賊與寧州、靖安賊合衆數千，焚劫村落無虚日。冬十月，劉往七、戴朝曉諸賊首復薄縣城，城危，□衆欲出奔避賊，邑令莫能制。公復激勵鄉勇，登陴固守，衆始定。且出賊不意而擊走之，城賴以全。先是，和碩安親王與督臣董衛國會剿江西寇，衛國以公才可大用，且有保城功，薦於王。奏授饒南鎮中軍守備，使平盜賊。時饒廣兩郡十餘邑盡爲賊據，公麾下僅數百人。乃與士卒同甘苦，剿撫并用。不數月恢復鄱陽、萬年、安仁、德興諸縣。移兵擊浮梁、鉛山、銅鼓諸賊，復下之。更爲堵禦餘干、樂平、婺源諸境，克城之日，殲厥渠魁，招集流亡，逾十萬户。又以兵燹後哀鴻始集，恐科派日甚，復生變。乃備述民間疾苦，致書於安撫軍世鼎，灑灑數千言，辭甚懇切。而總歸於禁火耗、飭漕弊、靖貪酷、蘇商賈、杜科派、核私征、戢豪强、儆武弁以除其害，勸開墾、稽水旱、坐誣告、植良善、旌忠義、表孝烈、興學校、振士風以興其利。安撫軍得書感動，嚴檄各屬痛革前非。由是吏民相安，得慶更生。既以軍功當遷饒，士民走留之。乃加游擊銜，留原任。饒郡界鄱陽湖，奸宄嘯聚，商旅苦之。公率精騎，水陸密緝，萑苻潛踪。

癸亥，升江南游兵營游擊，駐扎西梁。乃前朝操江都御史駐扎地，實扼長江險要，統轄和含安盧池太江寧水陸諸汛千餘里。甫任事，見江漲後，兩岸營房望樓殘毁過半。有防禦之名而無其實，亟捐資修之，守汛者乃獲寧宇。星羅棋布，刁斗森嚴，屹然稱重鎮焉。西梁在大江之濱，江漢交匯。上則東西梁山對峙，號曰天門。水勢洶涌；下則采石磯横亘江心，湍急如箭。又青山坳怪風時作，舟行至此多覆溺之憂。公惻然，思所以救之。爰請增游巡哨船，凡有不測，能冒險救活人口者，計口給資，更爲録擢用。一年之内，救活男婦大小五百九十六人，督撫提鎮咸嘉獎。且通飭兩江上下，皆設船救生。江南之有救生船，自公昉也。莅任十三載，所活無算。而應試諸生王作賓覆舟，事尤委曲周全之。他如修船、利涉、植柳、固堤、戢兵、核餉，詳禁水遞騷擾以除民害，諸所設施不可殫述。迄今六七十年，江干廟祀，飲食必禱，蓋非適然矣。

丙子，升貴州都匀府參將。都匀苗民雜處，反側靡常。多方撫綏，復著勞績。在任逾年，加級候升，專閫且有日。顧自念起家武舉，以微勞蒙恩擢用，仕至三品。遇覃恩誥，授昭勇將軍，贈祖、父皆如其官。而母夫人尤躬膺紫誥，邀榮已侈。又數十年來，出入行陣，經歷險阻，精神亦既消磨，不欲貪戀官爵、忘知足知止之戒。於是引年陳乞，得以原品予告。及歸籍，建祖祠、修譜、置祭田。讀書無資者，助之膏油。而稽古論文，猶娓娓不倦，蓋昔所得力深也。卒之日，遠近知與不知，多流涕者。

論曰：人生貴自立，顧遭際難强耳。太平無事時，武夫悍卒，手一弓，腰插數矢，曾未身歷行陣，或積階至高位。而時值多艱，諳韜略、歷戎行，積日累勞，階未隆而忽忽已老矣。何難易頓殊若是？雖然，盤根錯節，利器乃見。彼幸致通顯者，不轉瞬而銷歇無聞矣。而磊落非常之士，保鄉邦而稱任使，蓋雖没世猶赫赫入耳目間也。以彼易此，孰得孰失，豈待智者而始辨哉？

鄒慎堂家傳

鄒慎堂，名應挺，江西奉新人也。父義庵生三子，慎堂其次。性聰穎，讀書數行并下，一覽即成誦，父絶愛憐之。稍長，以貧廢學。饑驅四方，圖贏餘爲養親計。年三十，與兄某弟某辛勤經營，始克有家。慎堂爲人孝友性成，尊祖睦族，無間門内外。於鄉黨則解忿息争，必使咸歸於好，故能竭力光前，義方裕後，身没而人猶稱之。

方慎堂經營會省也，義庵年高，乃舉外事委兄弟，而身自歸養。父没，哀而節以禮，以母余尚在也。事母三十年，朝夕膝下，不忍離。及病，噎不能飲食，猶勉力侍母，縱談少年時事以博歡心。及垂危，而母感寒疾，乃囑家人曰：『我養母不終，已不孝。忍没而重貽母憂乎？俟母疾痊，殮我而後以告。』乃哽咽而逝。伯季外出，慎堂持家有節法，用物自取，惡者不得已分爨。兄弟間怡怡如也。嘗有人侵葬祖塋，或議潛挖去。慎堂曰：『人侵我祖，誠不義。吾潛去其棺，是重不仁。夫蹊田而奪之牛，牽牛者信有罪矣；而奪之牛，不已甚乎？理可諭則諭之，其不可，某願出力鳴諸官。』前議乃止，卒報官而遷去之。又時有瘟疫，堂兄家没者數人。親戚來謁，而病又數人，語神怪者謀禳之。慎堂不許，而以身自支持、親湯藥。病者咸愈，己亦終不染。其季弟亦没於疫。嗣子復危疾，則默禱而願以己子易。其不佞鬼神、愛弟及侄有如此。

慎堂少好學，又歷練世故，使克有成，其張弛必有可觀。乃不終所事。徒爲家室計，篤門内之行，非其志也。顧嘗語子玉藻曰：『人生天地，期有用耳。吾少迫飢寒，負初心。勖哉小子！讀書致用，將以不負乃身者，不負君父，不負天下蒼生。在汝，猶在吾。吾復何恨？』玉藻丙子登鄉試，旋以辛巳捷南宫。蓋慎堂有志未逮者，將目擊之，又不幸没矣。慎堂初病時，玉藻庚辰出禮闈，聞信即遄歸，而病忽瘳。辛巳，恩科復迫之往，甫殁而捷音至。精神所感，之死卒獲報，豈無徵耶？慎堂性嚴，子弟不率教，必加督責。即在族黨，平時勉以雍睦。或有雀角，輒爲排解之，不使到官。故鄒氏近三十年，無一事入公門，慎堂力也。玉藻爲余丙子分校所得士，於慎堂悉其家世行義，故樂得而傳之。

論曰：今人慕貴顯矣。然身都通顯，碌碌無所表見，乃以恂謹稱、以孝義著。夫恂謹孝義，士之不得志者之所爲也。顯者止此，豈不貽羞史册乎？慎堂有志未就，卒以教付厥子，必期成立，此其中有過人者。特未貴顯，人信不及耳。然蓄積有素，光家乘何愧於登史册。人自知所處即不朽，區區名位云乎哉？

岳威信公家傳

威信公鍾琪者，姓岳氏，字東美，别號容齋，四川成都人也。祖鎮邦，居河西，番夷數侵掠，鎮邦散財募士練鄉勇以衛桑梓。時多爾吉部落入寇，躬率五百人大破之，虜其酋。名聞當事，薦授南川營守備，擢甘肅撫標中軍。值吴逆亂，竊據漢中，直犯臨鞏。賊將李虎牙潛登樂門山，鋒甚鋭。復以護糧五百人殺賊萬餘，軍威大振，所在克捷。歷官左都督，管浙江紹興。副總兵父昇龍，吴逆時初爲永泰營百夫長，本營游擊許忠臣暗受逆札，數以言誘之，佯許諾，而夜遣人縋城出馳告變。靖逆將軍，是夜伺其醉卧，襲執之。未幾，蘭州兵亦據城從逆，斷黄河浮橋，酣歌不爲備。昇龍聯車爲筏以濟，破其壘，屢摧其鋒。隨征噶爾旦，又所在有功，由總兵官授四川提督。而建昌瓦都瓦尾摩㹨生狸跳梁，剿撫兼施，不三月而底定。大小凉山、竹墨，諸蠻猓皆聞風向化，入版圖者十餘萬户。旋以目疾告休，入籍四川以没。

公生而駢脅，目炯炯，光四射。魁奇沈雄，寡言笑。兒時嬉戲，好布石作方圓局。進退群兒，群兒咸憚之。博涉群籍，經史外，説劍論兵，旁及天文、地理、風角占驗之術，靡不殫精盡力焉。嘗隨父入蜀，過山川險隘，必圖其形勢。長從戎馬間，間出奇謀，無不中肯。及弱冠，由捐職府同知請改武，初授松潘游擊，旋擢山西參將。繼以公熟諳番情，與川省宜，遂授永寧協副將。刁斗整嚴，仁愛士卒，人心服而樂爲用。聖祖皇帝五十八年，裹塘喇嘛達哇藍占巴諸夷犯順，廷議用兵，遂有事於西藏。公時以兵六百駐打箭爐，計擒首逆達哇藍占巴并其喋巴二人，殺散助逆番兵三千餘衆，餘部落皆納款請降。又帶前鋒兵進，取巴塘、乍了、察木多各處，所至群蠻震慴，因撫之。逾年，定西將軍以四川緑旗兵四千餘屬公總統，先駐察木多，俟大兵集，進取西藏。由巴塘起行，途次獲蒙古喇藏漢自落龍宗逃出者。且云落龍宗現有準噶爾澤零登多布差來寨桑托托哩行調各處番兵，欲守饒耶三巴橋，以遏大兵。饒耶三巴橋者，西藏第一險也。斷橋守隘，則勢難飛越。時定西將軍尚隔數千里，無由取進止。因思準噶爾之調兵寨桑，計程二千餘里，非旬日可集。乘未集，搗其心腹，散其黨羽，可以先發制。選素通番語之馬兵高雄、冶大雄三十人，易番服，持檄往。晝夜馳九日，抵落龍宗。出示三圖鼐，令協拿。則夜於其住處生擒托托哩、金巴五人，殺六人，而莫測我兵何以至。諸番聞者，無不震驚。乘機招撫朔般多打龍宗龍布結樹邊噶結果三打奔公六處數萬户。直抵喇哩，無或梗道者。而大兵乃來會。時喇哩有漢奸黑喇嘛者，以猛悍聞諸部。助逆狂跳，公復以計擒之，遂得喇哩。督師前進，忽大將軍以青海蒙古兵不能如期集，令就所到屯兵，毋輕動。定西將軍暨諸統領，俱相持不敢發。公密謂將軍曰：『我軍自察木多裹兩月糧，今已四十餘日。現糧止支半月，若俟大將軍會齊并進，則軍糧一盡，進退維谷矣。況公布於西藏，部落中稱强勝。及此兵威，先行招撫。即調各處番兵進剿，據其右臂，則勝算可先得。』將軍然之，令千總趙儒效力。喋巴吉果兒諸人持檄往，不數日即領公布大頭目三人、兵二千人來輸成效力。公語將軍曰：『公布番兵，一調即至，人心向順可知。若乘機晝夜行，十日可抵西藏。倘再遲，是自困也。』將軍心知其可，而閡於大將軍之令，猶豫未決。公復昌言曰：『事在必行，何議之有？令大將軍令在此，某猶力争也。某惟有一腔熱血，仰報朝廷。請以旦日行矣。』將軍壯其言，遂進兵。抵噶爾濯木魯，公首先渡江，降兵無算，委之藏王達克咱。遂抵藏，生擒準噶爾。裹應外合之，喇嘛四百人收回堵禦西路官兵之助逆者七千餘，西藏平。班師，由副將超擢四州提督。越數月，征剿郭羅克，督兵直入，生擒賊首酸他爾蜂三人，陣斬無算。往返七十餘日，而上中下郭羅克悉平。松潘接壤之羊峒生番屢肆搶劫，爲邊患。公與總督會商進剿，番衆率服，請設南坪營，寧謐至今。

世宗皇帝元年，青海羅卜藏丹津反。奉命駐松潘，時賊犯西寧，大將軍令沿途相機剿撫。公帶漢土兵六千人出口至鎖葫蘆，逆番播下及上中下三作格四部萬餘人，舉火焚草，阻我兵。公乘雪月交輝之夜，分兵攻襲之。斬馘納降，沿途招撫哈齊收木漢拉查布二部落二千餘户。而插漢丹進夷人向被賊虜者，并皆就撫。是時，逆番上寺東輸三大部落，共圍歸德所城。聞州兵將至，各撤回爲迎敵計。公料其聞信初回，必難遽集，乃兼程進。次日抵上寺東輸，分兵攻擊。自卯至酉，破堡寨三十有七，斬首數千。下寺東輸及公哇蕃民，皆望風降。時西寧賊兵已敗歸巢，大將軍令帶所部兵赴西寧。歸德之北有果密番部者，曾盜進藏官馬，并傷弁兵。聞東轍既靡，乃集沙密各部，聚大石山，守隘自固。我兵至，賊番猶吶喊鳴槍，公戒令勿驚，故爲去而弗留之勢。且營於山口數里之外，示長驅無攻險意。及夜分，則督兵三路并進，以兩路登山，而一路斷山口。賊匿山腰叢樹中，皆驚潰奔山頂。是山三面絶壁，一路可上。我兵奮勇追擊，殺賊三千餘人，墮崖死者不可勝計，遂抵西寧州。距西寧數千里，番部豪强者相望。自出口，閲五十日而翦滅殆盡。其播下及公哇七部落，尤青海羽翼，已先挫其鋒矣。又降番爾格弄寺喇嘛，聚萬餘人叛，欲搶西寧。公領兵三千往，次華里，横阻一山，下有五堡寨，内寂無人聲。料必有伏，乃分兵一千先行，餘列陣山前，相機進剿。須臾，寨内伏兵起，我兵奮勇登城，克一堡。山後賊聞聲齊出，衆萬餘阻遏。我軍則三路并進，乘勢攻奪山梁。至寺，賊已潰散。兵進至一大山，危樓高峙，遣兵往偵，則樓上矢石齊下。公選健兵二十人帶引火之物，手持皮牌，兩旁夾進，而大隊兵仍施槍炮向樓攻，截住賊番夾進，兵得乘間舉火。賊皆焦頭爛額，尸填洞内矣。是役也，以三千衆破萬餘賊，窮二日之力，殲滅無遺，亦古今未有之奇也。

師旋，遂與大將軍議征青海，則先已奉命令統馬步兵萬七千，於四月内青草生發出口矣。公曰：『青海之衆，不下十餘萬。我兵不及十分之一。既衆寡不敵，况口外地勢衍曠，住牧無定所？賊集一處，何難與决死戰？若散而誘我，將四面受敵，非上策也。請選兵五千，馬倍之。二月初旬即發，攻其無備，事乃可集。』大將軍入告，授公奮威將軍。領兵星馳，至哈喇烏蘇，賊方就寢。夜即氈帳中，擒斬千餘。驚覺者皆覓騎而遁，則尾之。追馳一晝夜，兵飢甚。而四覓無水，左右以爲憂。公竭誠禱之，水出，味甚甘。溯之，乃涸泉中涌出者。我軍既得甘泉，益踴躍。賊已遁入崇山，勒兵攻之。生擒台吉阿爾布坦温布與其妻長馬兒，及青黄台吉兄弟并台吉吉札布二百餘人。乘勢前進，獲一賊，詢知奉其台吉吹喇克木齊之命，在前途放卡。見野獸奔逸，更遞偵探，備中國兵。公以賊番識獸逸，必設備。不迅速往，出其不意，則恐兔脱。時日已暮，令兵飽食，裹糧疾走。先擊其卡，復統兵飛馳，黎明至天城插哈達。賊分駐下哈河南北。我兵至河南，擒斬數百氈廬之賊。而賊在河北之有備者，則渡河。用鋭箭，繼用短兵。自辰至午，擒斬賊番千餘。吹喇克諾木齊挈其妻奔吉卜，弟端多木什及台吉扎什端多布五十餘人，俱竄而西。我兵一晝夜馳三百餘里，暫休息，未窮追。適貝勒彭錯、貝子噶爾旦代慶，率領所部千餘投誠。公曰：『是足以追亡虜矣。前進須神速，不可緩。』因派彭錯，而以守備劉廷言協追之。是夜，公仍率我兵進。次日，有台吉吹因者迎降，言羅卜藏丹津，同額爾得尼藏巴札布格爾格竹囊額爾克代慶庫勒七台吉，駐木蘭木呼兒。有衆數萬，去此百五六十里。我兵即安營牧馬，薄暮拔營起，黎明奄至。時賊人各占水草，錯落居住。睡夢中，馬未就羈靮。我兵四股剿殺，生擒藏巴布六台吉，并獲藏丹津之母阿爾大哈與其妹阿寶惟羅卜。藏丹津携其妻妾以逃。晝夜尾追，至柴旦木。

知羅卜藏丹津有一駝，故善走。已易番婦衣，挈其妻妾走噶順矣。乃留兵守柴旦木，而自率兵馳追。至一地，則紅柳蔽目，不能遠望，蓋桑駝海也。地窮於西，路絶兵疲，乃班師。而劉廷言、彭錯亦將吹喇克木諾齊夫婦并其弟台吉五十餘人擒獲來獻。是役以王師五千，深入十數萬虎狼之窟。往返未兩月，掃穴犁庭。降王十有五陣，斬賊番八萬餘人，俘獲男女數萬口，軍器牛馬無算，青海平。三月，解阿爾布坦温布吹喇克木諾齊并藏巴札布，赴京師獻俘如禮。册功晋三等公爵，世襲罔替。

當是時，莊浪衛之西，卓子、棋子、喇布藏三山綿亘二百餘里，寫爾素噶住六族分踞其地。中有天王溝、石堡城，極險要。石堡城者，南臨大通河，北倚卓子山。四面懸崖，羊腸一綫。其東，没毛山蜿蜒四百里。山下南冲寺、黄羊川、藥水、打魚溝皆紅番、黄番部落住牧。兩山夾峙道東西，有衆數萬。剽掠行旅，爲民患。國家有事於青海也，降而復叛，殺官阻道。公統兵進剿，至中途而降番甲爾多等亦梗道。公選兵進攻，直搗其巢，盡誅醜類。乃區畫兩山事宜，而引兵薄其西。先是，大將軍遣兵進剿：擊西，匿於東；擊東，復匿於西。不得已而議撫。而旋撫旋叛，無可如何。公至，寫爾素遑其故智，盡驅老弱牛羊之東山，而自留精壯以便奔馳。公分兵兩路，一距西山之石門諸隘，聲言數日内進攻。即於是夜，親率精兵暗襲其東黄羊川。旋上没毛山，賊以衆迎，我兵擊殺一千七百餘人，復多生擒者。其餘俱奔藥水、打魚溝。乃遣黄羊川投誠之喇嘛洛力旦達兒招撫之，更諭令獻出寫爾素諸人家屬數千，牛羊萬餘。留兵守東山，而自領兵馳回石門寺。賊聚石堡城，公先選川兵之登山矯健者，兩路攀藤，躡空而下，一以當十。賊番恃險無備，倉皇失措。我兵繼至，斬首三千，遂獲阿屋側零諸人。賜酒食，令爲嚮導，分路搜剿擒殺二千餘人。逆酋食盡力窮，乃求降。核其人，僅一千一百耳。遂收器械，給以牛種耕牧。其洛力旦達兒十六族五千七百餘人，檄文官分布安插。奏績之日，改莊浪爲平番縣。旋以奮威將軍兼甘肅提督，駐西寧，權甘肅巡撫。三日，升授川陝總督。又五年，入朝請訓，賜予便蕃。命寫公像二幅，一留內廷，一予還家，旋任。

適準噶爾噶爾旦策凌殺兄妻嫂，效其父策妄阿喇布坦之所爲。逆迹昭著，邊境靡寧。公自維叠荷殊恩，莫由仰報，乃力請西征。命即關中筑壇，東郊拜寧遠大將軍。凡遇小敵，毋使親臨，公感激涕零。有『樓蘭誠狡黠，不滅不生還』之句。然逆賊地廣，人多出没無定，且善馳驟。利用長戟兼多戈，必阻扼，非旦夕可奏功者。師至巴爾庫爾，賊皆引匿。公以賊避愈深，陰謀愈鷙，非精鋭直擣不可。而將士去長安數千里，糗糧輸挽，動逾數月，非所以壯士氣而挫强敵也。又援兵不固，不可深入。爰筑東西二城爲犄角，作儲蓄屯兵計。録勤勞甄猛，列簡練車徒，詢士卒疾苦。縱之超距投石，使人自爲戰，士氣百倍。未幾，有命令西北兩大將軍面授機宜，委人代其事。預爲部署，然後行。代事者不用其策，賊番乘隙搶劫馬廠并五堡各處。乃更拜撫遠大將軍，命速往。公自恨籌畫未周，知人之未明也。慷慨陳奏，統兵直搗阿岔山，襲擊烏魯木蘇。行十餘日，至木壘，日遇敵。無已，乃城木壘，旦夕冀贖前愆。會論者交章劾奏，遂繫西曹。今上皇帝御極之次年，放歸田里。筑室百花潭北，顔其園曰『安素』，洲曰『愛閑』，課子讀書其中。時或父老滿座，傾榼獻酬，不自知上公之貴，而諸父老亦相與共忘之。爲田間樂，藹如也。居久之，又嫌近城市，不乏應酬。更即鳳山祖塋之側，筑室以居。自分終身矣。

越十年，而有大金川征剿之事。大金川處蜀西南，酋長沙羅奔與侄郎卡恃勒歪刮耳崖之險，抗拒官兵且逾年。上思公官西蜀，素爲川人所服，且夙嫻軍旅，熟諳番情；又乃祖乃父，世篤忠貞。公承其後，受恩深，圖報必切。下命徵之，抵營，即授四川提督。公感泣，謂其子曰：『金川不滅，若等欲與吾相見於安素園，不可得矣。』乃統四路兵，駐黨壩，逼臨賊隘。上有康八達爲勒歪門户，下即跟雜，東則葛布基惡耳溪，西爲木耳金剛，塔高諸處。堅碉林立，聲息相通。進剿逾年，設備益固。我兵出不獲賊，有惰志。而各處土兵皆孱弱不力，勢難克敵。公思與其用土兵而縻餉無功，不若募新兵可資實用。具狀奏聞，廣募健勇，至則嚴加訓練。不數月，獲勁兵數千。公見士氣已振，遂聲言攻打康八達。勒兵前進，而暗遣精鋭新兵直趨跟雜。出賊不意，克其大小戰碉、平房四十七處，得糧十二倉，田一千四十餘段，焚斬男婦無算。餘潰奔，則乘勝攻取葛布基，得木城、大碉、平房、石卡十餘處，及木耳金剛之上卡平房三、水卡一，擒斬數百人，墜崖死者無數。賊鋒大挫，士氣百倍，遂督兵直逼勒歪隘口。時康八達有大碉，賊伏其内，并力抗禦。槍無虚發，我兵不能進。公以爲賊利在守，不誘之出，不得擊。乃即碉前，囊土爲城，作趱運軍糧狀，將以副碉。而夜伏兵，持噴筒、鳥槍以伺之。賊果出襲糧，則噴筒齊發，火光如晝。賊被烟，觸目皆縻爛。舉槍擊之，死傷甚衆。自用兵以來，賊之受創未有若此甚者。

先是，賊聞公至，笑曰：『岳公已死矣，來者僞耳。』及屢被挫衄，乃使識者來觀，知其不謬，始萌悔心。然以負嵎之勢，猶相持不肯下，上遣經略大學士忠勇公來視師，分路進剿，抵營即斬勾通逆賊之小金川土舍良兒吉土婦阿扣，并附逆之漢奸王秋，磔以殉。羽翼既除，聲援遂絶。賊大懼，乃乞降。大學士入告，仍請剿滅。公方造皮船，爲直搗勒歪計。皇帝好生，許其降。公曰：『賊雖窮蹙乞降，誠否未可知。某請身往以驗之。』或勸公多帶兵，弗聽。又請衷甲往，弗聽。率親丁十餘人單騎往。而是時，沙羅奔郎卡猶率千餘人以待，見公單騎至，乃迎伏道左，莫敢仰視。公察其無异志，直入其寨。甫坐定，番首進茶，一飲而盡。再索之，示無疑也。郎卡諸酋且感且泣，長跪乞命。公乃宣布皇恩貸以不死。令其赴營請降，各酋惴惴奉命唯謹。遂由水路坐皮船，命一番奴駕以行，徑過賊巢。帶沙羅奔諸人詣經略大營歸命，大學士登臺受降。各酋悔罪乞哀，立誓不再犯矣。大學士回京，公留。與總督董其後，成善後十三條，上之。内如請禁『漢入夷地，夷買漢田』『附近金川土司互相連絡，彼此救援』之條。又『雜谷土司地廣人衆，恐爲後患。請升梭磨爲安撫司，卓克基爲官長司，以分蒼旺之勢』，尤邊方要策也。

功成班師，上以公功在諸將右，加太子少保，仍交部從優議叙。大學士奏曰：『臣，仗天威，勉效馳驅，而歷練戎行。信孚蠻部，深入賊巢，膽氣雄決。則岳鐘琪洵爲克勝委任。』乃擢公兵部尚書，再封威信公，提督四川如故。公自念脱身囹圄，得歸田，幸矣。今金川之役，并無寸功，敢辱封爵，以冒非分，力辭之，上不許。又以年老，提督重任，非所敢承。如有邊事，願以公爵與提臣相助爲理，又弗許。拜命入見，詢及西藏青海之迹及邊地情形，奏對稱旨。上大悦，顧謂侍臣曰：『此三朝老臣也。』命西洋近侍再寫公像於南書房，乃歸任。

公前任塞外，受濕，染腿疾。至是復發，步履需杖。時雜谷土司蒼旺侵奪鄰封，日益强盛，果謀叛。十六年七月，剃鬚易服，著眼罩。偕心腹易沙數人潛窺舊堡城，冀圖進取。部下頭目生根安朋泣諫，不從。慮易沙三人爲害，磔殺之。逆酋即誅生根二十二人，而密約梭磨、卓克基，令與同謀。兩土司不聽，乃借殺易沙故，以梭磨土司、阿忠卓克基土司、阿甲曾與同謀，向梭、卓索取。兩土司堅執不與，因發上塞松岡之兵，攻卓克基下寨；雜谷鬧之兵攻梭磨。公聞報，即與總督商進取。總督先已委官剖斷，則抗不服。公時正患病足，不良於行。而審時度勢，實難緩。蓋雜谷鬧地近舊堡，中有古維州關居山頂，三面阻江。一人踞隘，即千夫可過。任其迭次并吞，梭卓既合爲一，又踞險守隘，則其勢更大，驟難成功。乃語總督曰：『聞蒼旺已密令土目中忠調孟董九子、龍窩各處番兵，將據維關以防征討。國家之事，利無不爲。今乘其未集，亟擊之，毋令釀成大患，貽聖主西顧憂。』遂檄城守參將六格，會同威茂協和楞額、松茂道張之浚、茂州知州黄庭銑，密授機宜。帶兵往。□以剖斷爲名，馳入維關，撥兵守隘。直趨雜谷鬧，以扼其要。而中忠所調之兵，尚未集也。一面具奏，即調兵進發，途獲逆酋入内地偵探之奸細十七人。不許一番回寨，聲息不通。抵雜谷，得助逆首目中忠，梟首以徇。番民皆願請歸流。公以其地屬威茂門户，土兵本内地熟番，向爲蒼旺之祖娘爾吉占據。部落日强，爲邊患。今聽其歸流，設營置戍，則内地永安，乃許之。仍督師馳赴卓克基，分兵三路，抵猛古。賊番固守抗拒，我兵奮勇，乘勢奪山梁，斷其汲道。連夜攻奪石角卡登甲各處，兩日一夜，已近賊巢，用反間殺其用事頭目阿拉三人。衆番解體，而蒼旺猶負固不出。則率兵直搗松岡巢穴，會賊内訌，争開門迎降。我兵入，獲蒼旺，奏聞斬之。漢夷兵民，無老幼，歡呼震林木。遂班師，并條議善後事。廷議以蒼旺一人之悖逆，合伏誅。而雜谷百年之歸，誠宜有後。請於松岡設長官司統其地，仍以蒼旺近屬爲之而雜谷無患。當公之馳奪維關也，甚急，病益加。而塾江逆匪陳琨謀不軌，又力疾往。事將竣，歸，没於途。天子震悼，諭祭葬，予謚襄勤。

公性至孝，母有疾，割股以進。父命射，猶挽强終日，恐傷父心。而母亦愈。少嫻詩歌，戎馬圀圄中，吟咏不廢。嘗自裒其生平所作，爲二集。一曰《薑園詩集》，一曰《蛩吟詩草》，藏於家。前後在官四五十年，躬擐甲胄，遍歷遐荒。其進藏，次於錫松工也。目感積雪，失明者半月；逾郭喇大嶺，觸啞瘴，失音旬日；甚至食盡炊斷，則河魚野獸亦與軍士同啖共飽。極人生未有之厄，生死利害毫不介意，卒能建殊功，享盛名，承先志而光史册。總其始終，所謂智勇兼備，誠能動物者。威信嘉名，蓋稱其實云。

論曰：謀定後戰，古名將類如是。威信公數當大任，所至成功，有以也。余讀《唐史》李德裕籌邊西川，悉坦謀率所部叩關請降，牛僧孺不許，敵人戮之境上，患終唐世。夫維關之險，夷得之，足以擾蜀；我得之，則可以斷諸夷之臂，而西南永無患。公先事乘機，一舉而定。無赫赫之功，而功遠矣。公嘗自誦曰：『大丈夫威行沙漠，完古人未完之志，生平願足。』嗚呼！豈空言哉！豈空言哉！

李蠡塘曰：大陣包小陣，時有游兵出没其間。遂令壁壘增奇，旌旗變色。此史公不傳之秘也。

紀周公光夏事

周光夏，字敏山，杞縣人。天啓乙丑進士，兄光燮亦進士。累官廣西左布政使，清介自持，有惠政。光夏爲人，倜儻卓犖，負至性而尚氣節。釋褐，授南京工部主事。抽分龍江餘羨金數萬兩，一不染，遷江西副史。乙酉後，從永明王南遷，薦擢工部尚書。督兵措餉，崎嶇閩粤間，志鋭甚。當是時，有同鄉人前官巡撫，入本朝任招撫者，督兵相遇。光夏慷慨數之，聲色俱厲。同鄉者方顧盼自雄，聞之氣喪，不能答一語。及事敗，降之不可，乃奮身赴鬥，死於兵。永明王賜祭葬粵東。夫人某氏羈身粵西，亦客死。其後六十年，冢孫墀隻身走粵，載兩櫬歸杞合葬。

余閱《杞志》，詳劉公理順事，而光夏事則不詳。夫劉之死，烈矣！身未秉國，闔室以殉。適當國家定鼎，表揚前烈，故彰彰人耳目間。南都失守，監國數更，逮閩粵欲燃已灰之燼，益難矣。而光夏受任於危迫之時，國脉已盡，不待智者，亦計時而知其敗矣。徒以忠義之氣九死不隳，復何計事之成敗、艱難跋涉而不爲其所難爲耶？又其時鄧州李永茂以前給事中歷事福王、唐王及永明王，以大學士死梧州，意圖恢復。史傳附及而《鄧志》更詳之。夫永茂自分必死而卒良死，死非其幸！光夏死兵事不詳，後之人復不振。史與志亦闕有間，蓋不幸中又不幸也！然百折不迴，其任事，視劉爲難；其死事，視李爲尤烈。而或則被光榮於昭代，傳遺績於没身，光夏獨不得與之俱傳，能勿憾耶？嗚呼！洪河喬岳，間氣不泯。既生之，而猶聽其泯；泯無傳焉，將何以式鄉邦、示來兹哉？余前游杞，從其族孫思鯤聞其略。思鯤，舉人光燮六世孫也，今亦死。懼終泯而書其事。

事實不傳，全以襯托烘染成文。空中寫生，鬚眉畢現，真韓柳兩家摹龍門得意之作。受業郝著識。

紀家乘遺事

先人有言：廣源公之在官也，歲歉，貧民負官穀數千石而徵不息。顧自念卑官，不可請命；坐視，復不忍，乃鬻家産代償之。家中落，再世而司農公出矣。夫修德不望報，積善餘慶，豈無徵乎哉？傳十餘世，到今受其賜，不可謂不久矣。無念爾祖聿修厥德，是後人之責也。夫司農公既貴顯，同族賴其力以起家，家各有成。又堂弟別駕公少失恃，育於公夫人。迨成立，猶析産以授族人，今尚道之。嗚呼！祖宗修仁行義，祥發一人。一人食祖宗之德，祖宗之德則不可一人靳也。或有幸通顯，自以爲功，視族人不啻秦越者，抑獨何哉？抑獨何哉？

小泉公同懷五人：完初公、保初公最少。公教育至成人，復析産推給之。及二公爲猶子膏油計，公乃受田數十畝，餘無取焉。噫！兄弟鬩於墻，誦詩者既掩卷太息矣！絶甘分少，百不一得如公者，真今之古人哉！泰恒生也晚，不及見大父龍章公之爲人。聞之父曰：『公於曾大父爲少子，曾大父豁達瀟灑，多逸興。公左右之得歡心。事兄尤恭，擇嗣撫孤亡如其存。公爲人岳岳不可犯，於族黨則排難解紛如不及。雖没，世人猶不忘云。夫貽厥孫，謀與繩其祖武，蓋相待如此其急也。小子勉之，勿行義不及前人耳！』泰恒謹志且告族人。

卷十一

上張南華夫子書

范泰恒頓首，南華夫子閣下：去年閲邸抄，知夫子晋職宫詹。欲上書稱賀，不果。又恒自下第出都，即赴南陽郡謁任夫子。比還家，假館僧房。今春來雍邱，且受徒焉。雖坎坷不可年計，而進取之志，終不可遏。伏念恒幸出大賢之門，每誇於稠人廣衆中，以爲榮幸。在都時近清光，益聞所未聞。近得所賜詩稿，反復觀玩，乃不禁暗然神傷而致恨於緣之淺也。

夫人有所長，皆能自樹立。或有一長終身者矣，或有一身兼數長者矣，或有每見一長，久然後成者矣。其一長終身或數年而一；有兼數長於一身、與數長而工且敏者，蓋數十年數百年乃一相遇焉。曠觀前代，惟蘇文忠已耳，惟趙文敏、董文敏已耳！文忠詩文書法，當時第一。而畫之怪怪奇奇，筆力跌宕，實爲米黄所見推許。然所謂『萬斛泉不擇地涌出者』，豈獨在文耶？史稱趙文敏過目成誦；爲文，操筆力就；以書名天下；其畫，山水木石花竹人馬，尤精緻。而董文敏又云『子昂一日能書一萬字』，其敏有足多者焉。至於奉召草疏，繫以筆斷而書，則自成一家，名聞外國。畫集宋元諸家之長，非人力所能及者。董文敏之能事，史又詳之矣。世祖以孟頫比蘇子瞻，而明之人亦以其昌比孟頫，不其然乎？不其然乎？

夫由宋而元而明，不爲不久也。多能且敏，數百年乃一再見。蓋人材若斯之難也。聞其風，心向往之，又未始不以不得親炙爲憾也。而今之世，乃有夫子！而夫子生今之世，恒乃親炙之，入門墻見美富，始極天下之大觀而無憾矣！夫子之詩與書畫，蓋數十年而僅有者也。夫子兼此衆長，而一日數十首，頃刻百十韵。手録文稿，數日而畢。對客渲染，片時幾紙。其工其敏，則數百年而僅有者也。然則文忠與兩文敏爲三絶，合夫子於兩文敏與文忠，又具四美。落落六七百年，天地清淑之氣，蜿蜒扶輿，磅礴而鬱積，誠邦家之光而亦親炙者之幸也！抑又思：多能如夫子、多能且敏如夫子，雖使三子復生，其亦未肯多讓。而三子者之當其生，則孰能不讓夫子哉？子昂因訪遺逸，官翰林。而元之世祖故非愛才善任也，元宰掌宗伯兼宫詹，其亦顯矣。而始則失意執政，終且遠避奄黨。彼神熹二宗，又安有特賞哉？若夫神哲之世，半生貶竄，訖無寧日。才高途窮至於子瞻，傷已！今皇帝神聖聰明，文教急宣。而夫子珥筆承明，導揚盛德。鋪張之辭亟進，雲漢之章時頒。春林作繪，喜動天顔；賡歌賜和，往復下逮。夫有非常之人，然後有非常之遇。夫子與三子，其多能同；多能而敏，亦同。而其遇之相去，爲何如耶？所謂數百年僅有者，非數百年所未有耶？恒何人斯而得睹之爲快哉？且夫井蛙不可語於海者，拘於墟也；夏蟲不可語於冰者，篤於時也。恒也入門墻、睹美富，安能漠然無所動於中乎？居平自思：天予人以七尺軀，限人百年而不能限人於千古。其百年，天之所能爲也；其千古，則非天之所爲、而人之所爲也。夫立德立功，或猶有待。無待者，獨言耳。

恒於駢偶之辭，非其所好。自其少時，即愛讀《莊子》《史記》二書；《國策》、西漢、唐宋之文，亦嘗究。心所願學者，則昌黎焉。古詩自漢魏迨盛唐，時亦觀覽。然生陋鄉，無所聞見。師心狂走，茫乎若迷。壯游任處泉夫子之門，竊聞緒言，稍稍有得。而心之所識，每苦手不能追，然尚有堪舉似者。安敢不就正於大君子之前乎？夫語文於周秦漢唐宋，尚矣。前明一代之文，宋方開之壤，自王李至荆川、遵岩、震川而振，至千子而再振。故近來論古文者，推千子；能爲古文者，亦惟千子焉。其譏王李之摹秦漢而遺唐宋，則是也。其在於今，又恐守唐宋而忘秦漢也。且人之初生，文於何有？習於凡近，即求爲平常語不可得。若心追古人而從之，則亦或先或後以至之也。人見王李襲取秦漢，貽譏千子，而實忘千子固由唐宋以達秦漢也。乃怵然以秦漢爲大戒，因噎廢食，弊蓋有不可勝言者矣。

昔人謂『學書者不學晋轍，終成下品』。而家允臨亦謂宋元諸名家，畫家之宗工巨匠也。吳人學衡山，何不追衡山之祖師而法之乎？即不能上追古人，亦不失爲衡山矣。嗟乎！取法乎上，僅得乎中。書畫如是，文亦宜然。舍唐宋則野，而置秦漢則薄。野，不可爲也；薄，亦不可爲也。如曰秦漢字句可襲，唐宋不然。夫真僞存乎其人耳，剽賊者何獨於彼而此幸免乎哉？以秦漢培骨力，以唐宋立間架。由乎法生其巧，淳古淡泊，自我作古，蓋不知秦漢，無論唐宋矣。譬如融金竇銅錫而爲之器，斑斕始出。去金竇治銅錫，而曰：『苟可以適用而已。』即光氣安在乎？今日爲古文者，卑者不過緝績成句，如詩家集唐而已；其高者，則傍宋人門户，不失故步而已。所謂震蕩飄忽，下筆怪變者，無有也；所謂因物賦形，各成一體，不名一體者，無有也。噫！寸心千古，惟不因循耳。豈古今人果不相及耶？

夫夫子，今之古人也。子瞻、子昂、元宰而外，未有倫比也。他人想望豐采，無由致其側者，恒親炙之，又不能久留左右焉。即不敢曰附驥尾而名益彰，而業之授、惑之解，其幾無望矣，能勿恨哉？夫天之予我，非偶然。百年泯泯，誠可爲大哀也。去昌黎之居如此其近，而起八代之衰於往昔，垂斗山之望於來兹，其成法具在也。置之既不可終日，而一步一趨，又慮瞠乎其在後。夫子憫其窮而開示之，勿置於不屑教誨之列。其知我而成我，恒宜何如報也？陶南星門人將赴京，期甚迫，倩人代寫詩文一册呈覽。臨穎依切！泰恒再拜！

任處泉夫子曰：氣魄直追昌黎《與孟尚書書》。

顧星五曰：於古文源流，實有心。得振筆抒寫，如崇山巨川，起伏斷續、曲折瀠洄，非今人所能測識也。

余曦庵曰：局陣從老蘇《上居士第一書》來，而紆徐俯仰、迴環變化，則又兼有歐陽之勝。

總之，熟於古人門户，故投之所向，無不如意。

上任處泉夫子書

范泰恒頓首，處泉夫子閣下：去冬南旋舟途想安穩，歲月更新，伏惟萬福。自恩村拜送後，居則若孺子之思母，出則如迷者之失路。涕泗交頤，誠不知其何從也！恒自早歲，立志學文。不諧於俗，坎坷不偶，且十餘年。夫一庸人譽之，何必喜？一庸人毀之，何必憂？人生天地，惟見遇於大賢，乃可貴耳。外間雖千萬人，誠不足云。

吾師臨懷，愛才如命。而恒也非超逸之足、棟梁之材，竟得混於伯樂之厩、樹於匠石之園。退而自喜，不容於心。且夫所貴乎知己者，寧惟是拔之泥塗，廣延聲譽云爾哉？必將拂拭礱磨，以成其美。故盛位有教育之樂，高材無暴弃之憂。以恒自惟：志高識淺，既無中行不倚之操，克自樹立，又不能刻意尚行。經困心衡慮，不少因循。探隱賾、盡精微，性命之旨，概乎未之有得；而纂言記事，復不成一家之言。可以信今而傳後，數者無一。何恃不恐？恒實不材，而所望於教育者，至切且急也。爾乃宫墻甫入，而夫子遽有浙水之棹。言無與正也，行無與繩也；是非無所與晰也。譬如渡河者中流而去維楫，忽不知其從流下，而忘反矣。歸求餘師，果安在哉？前承師諭，求師於古。夫詩書，具在方策而士鮮有成者，非必皆不知師承也；又非古人之明訓不足覺人而淑世也。其欲憤，而古人能啓之與？其欲悱，而古人能發之與？一隅之舉，更渺乎不可得也。學之而愚，與背之而馳，失則均耳，其何所適從也耶？

又諭：千里神交，勿悵離别！惟諸子聯翩而上耳。夫命者，難知而可必也；才者，易敗而難成也。業，精矣；行，成矣。有司之不明不公，其又何憂？雖然，自兹以往，諸子之業，果能必其精乎哉？行，果能必其成乎哉？師心而自用，不可也；問道於盲人，不可也。一齊衆楚，勢易見奪。幾何不弃其故，而新是圖耶？即幸而登賢書、謁金門，其不堪自顧者，猶故耳。嗟乎！嗟乎！齪齪者徒，既不足扶《大雅》之輪；而主持文教者，復不能久留焉。則是斯文將終不興於是邦也！若吾師於千里之外時辱眷注，賜之手教。使遠望者有所取法焉，則又幸矣！臨楮瞻依不盡！泰恒再拜。

復上任處泉夫子書

春夏間，兩接手諭，并賜《太夫子行述》一册。眷注之誠、教訓之切，實非恒之所敢望也。恒今歲二月内，授徒濟源段氏。昌黎云：『師者，所以傳道授業解惑也。』夫恒之惑，尚待解之者；恒之業，尚待授之者；恒之於道也，更待傳之者。分在弟子之列，身居先生之位。適自益其愚，長其妄耳。且恒之惑，所待解者誰乎？非吾師乎？業所待授、道所待傳者，誰乎？非吾師乎？夫吾師遠隔數千里外，而恒也昧其道、失其業，抱惑而無所與辨焉，又何師之可爲而恬然不知自愧哉？抑又思：『業精於勤荒於嬉』，恒以罷駑之質，而吾師或導其前、或鞭其後。三年來，幸無泛駕之虞。今師已去矣，前無所導，後無所鞭。斯時泥於好爲人師之戒，則不學；既不知不足而不教，又不知困。自是而不復進，其將出於此乎？故恒之爲此者，以爲人也，實自爲也。

伏承師諭：積以歲月，古人不難到。夫士之能到古人者，非但其心切向往也，抑其精神量力足以鼓舞而至之耳。恒年十五，家嚴赴粤東。同邑乏名師友，中風狂走者且數年。及年十九，從閩中鄭夫子游。蓋嘗喟然嘆興於學，然從事帖括，亦未暇及詩、古文辭也。無何，鄭師南去。而恒家復多内外之變，曠廢者又復數年。乙卯春，家嚴旋里。丙辰秋，吾師臨懷。既鮮家累，又獲明師。恒方勃勃然，復有進取之志，而馬齒已加長矣。邇來心血消耗、精力不足，危坐不能十日、伏案數朝儳然難繼。其讀一書，掩卷輒遺其辭；構一思，稍縱已逝。氣則餒矣！雖有志焉，而能逮乎哉？嗟乎！有爲之歲月方長，能爲之精神不給。過此以往，惟有望古增悲耳！何能抗衡古人耶？又及門如任蕭二子，固師所許爲才有可造者。恒向來凡有所作，輒是正焉。雖然，李翺、張籍所以能自樹立者，以有退之與共晨夕也。設使李張與韓常隔遐方，其能樹立如此耶？且才如李張、有學識如李張，即與韓遠隔异地，未必不自成立，然且得晨夕與共。今二子與恒，不逮李張遠甚。而負昌黎之望如吾師者，竟不能與共晨夕。此又李張之幸，而恒與二子之不幸也。

奈之何哉？奈之何哉？臨穎，曷勝依切！泰恒再拜。

任處泉夫子曰：未免擬不於倫。然盛衰之感、離别之傷，已情見乎辭矣。後幅乃更望古遥集。

余䜩庵曰：立意從文章師弟朋友處，切劘議論，以托不朽。舉筆便有千古在我之氣，而清空微婉、折而能奥、走而善留。歐陽子集中，醇乎其醇之文。

上鄭倬雲夫子書

范泰恒頓首，倬雲夫子閣下：自庚戌拜送後，莫適爲從，中夜悵然。繼有自閩來者，問無恙。外接手諭，知授經鼇峰，甚慰。嗣乏信使，缺音問且十餘年。近晤林某，備悉起居萬福！門下從游士，日益衆。不覺喜滋甚，而悲交集也。河内自國初一二巨公後，文獻失傳，後進無所向方。一時善進取者，創作揣摹之説，剽賊爲能，辭不己出。轉相仿效，惟恐不及，蓋數十年於兹矣。吾師力追古人，嘉惠後進，竊謂積衰可立起也。乃重門洞開，兼收并畜，幸獲獎藉者，動曰：『師所授如是而盡耳，吾所得如是而盡耳。』其授生徒，亦將曰：『苟如是，是亦足耳。』嗟乎！嗟乎！世無起衰之人，而古人之緒言未泯，自好者猶可遥述也。有起衰之人，而不遇非常之材以荷非常之傳，則竊一得以濟其鄙俚之習，萬古長夜，其孰從而覺也？夫閩中人文斐然矣，復得吾師振勵之;河内文獻闕如矣，不得吾師始終玉成之。何幸在彼，而此獨不幸乎？抑恒於此，更有不暇其悲而自悲者：恒少無師承，長多家累。内憂外患，更伏迭起。雖游吾師之門，而一暴十寒，終不能盡窺底藴。壬子夏，外患幸去。乙卯春，家嚴旋里。壯志未隳，馬齒已加長矣。抑又念：高達夫五十始學《詩》，蘇老泉三十始力學。士患因循不自樹立耳。彼二公詩文，同時罕有倫比，果孰爲限之耶？用是留意先秦漢唐大家之文，《史記》、昌黎，尤所慕焉。古詩則愛玩漢魏初盛唐人，而嘉魚、西江、桐城，二方之制藝，亦嘗究心。自惟爾時從師游，其所成就，或有可觀。今地限南北，師承無自。夫向有就正之人，而無其時;今有就正之時，而無其人。恒之無所成就，則已矣。而先達既去，來者多誣猥瑣齷齪，文獻泯泯，真可爲痛哭流涕而長太息也。丙辰秋月，幸有錢塘任處泉夫子來守覃懷，學問文章實邁等倫。加之相士有方、愛才如命、觀風八庠。恒首邀國士之目，始招入書院，繼進之署中。口講指畫，親承提命。恒方謂向之承師教而未盡其道者，庶幾相與有成焉。不意背疾時作，心血漸耗。湛深之思不繼，開卷之益無多。悠悠古人，惟增忉怛耳。其安能追而從之哉？己未冬，任師復以憂去。去冬補任南陽。然朝夕與游，恐不可得。吁嗟乎！不朽惟三，立言居一。授業解惑，古人所難。將同乎流俗，恒之所不安也;而師其成心、問道於盲，又恒所不忍也。恒幸得吾師，而吾師去矣！得任師如親吾師，而任師又去矣！語云『行百里者半九十』，果有天焉？不可人爲乎？抑文獻之傳尚曠然，其有待乎？反復以思，實不能無動於中者也。臨穎依切，不盡欲言！泰恒頓首。

任處泉夫子曰：悱惻纏綿，如泣如訴。至性人，故無泛語。

余曦庵曰：每於至性流露處，有哽咽不盡之情，令人低徊欲絶。

上彭西源夫子書

范泰恒頓首上書夫子大人閣下：恒待罪崇義三年矣。楚南接壤曠然，久未候。非敢故闊，誠念玷辱門墻，負期望之盛心，而中懷不安也！恒自乙丑通籍入史館，旋以憂歸。癸酉入都，栖止無地。夫子招居類澗園，朝夕過從，議論往復，以爲可教，乃獻散體文一册。時夫子卜歸有日矣，然且面爲商訂，以火繼日。謂：『此事從事蓋寡，生不宜自廢弃。』又：『古人文有十分，生有六七。讀書養氣，即古人不難到也。』恒謹受教，不敢違。其後一病三冬，逾甲戌，迫散館。又感時疫，或謂病劇，曷暫告。恒自惟七年憂居，叠遭大故，家中落，食指又多。古有爲貧而仕者，即抱關擊柝無不可。升沈聽之，且抱病以求，一當猶幸。迂拙之人，獲膺民社，蓋已竊據非分矣。

恒所治邑，在萬山中。深林密箐，居民鮮少。毒氣瘴氛，早暮瀰漫。舉家偕來，不習水土。妻疾幾危而蘇，子媳交病，長孫殤亡。去冬瘡毒叠發，恒亦憧然後免。三年來，入不敷出，已耗之産，填補殆盡。留此既不可歸，家又無計。《易》所謂『羝羊觸藩，不能退，不能遂』者，恒實當之。

爲貧而仕，仕乃益貧。誠不知其何以自處也！

夫有地數百里，榮辱在心，賞罰在手。苟有表建，雖貧何病？顧國家憲章既具，大府宣揚，德意綱舉目張。縣令小官，奉法順流，自畢乃事。有餘暇，竊食不忍，爰取舊業删訂之。事會所迫，間益數藝篋衍中，已哀然成帙矣。且夫立言不朽，古之人蓋嘗難之。恒也學未優，乃入仕；仕不優，復逃之學。目勞於簿書，口倦於叱咤。牛馬奔走，歲逾其半。所謂讀書者，無幾矣；養氣者，不能矣。六七分，恐日退也，況十分乎？半途不甘，高遠未逮。用此自怡，復自恨。投諸水火，蓋其宜耳。況公餘，有課詩文成集，夫子尚欿然不足。牢關固距，不肯視人。鄉先達如李文正、張文毅諸公集，手自較刊，而已作則不及。恒所中心悦服者，尤在此。而苟自滿、假遽災梨棗，自鄙而自蹈之。夫子即不過責，豈不有靦面目耶？第因兩年來，每謁中丞胡泰舒先生，輒詢以述作，間進一藝。又蒙許可，且謂曰手抄難竟，披閲亦不便。其刊木以來，而武寧余騰蛟門生省會相遇，不吝點勘。刊木將就，中丞又移節兩河矣。念其事已遂，乃裝潢以進，伏候裁正。抑恒更有請者：醇古淡泊，文家進境。恒文喜往復，然火氣未除也。若徑約之，又恐外强而中乾矣。夫諱疾者忌醫，而獻疑者獲益。夫子其何以處之耶？無任依馳！泰恒頓首。

余曠庵曰：國家養士百數十年，作人之化，遠過前代。而古學一脈，海内具隻眼者，不過數人。方望溪後，西源夫子實有心得。其於愛才，尤爲肫懇，皇皇焉若惟恐不見其成者。予居都門，叨愛尤篤。自恨無所樹立，深負期許。讀無崖此書，不禁涔涔泪下也。

復任處泉夫子書

處泉大子閣下：拜違師顔，丙寅迄今，十八年矣！承賜手教。知前年寄書已達，而吾師頤養佳况，亦得灼知。《快閣近詩》命泰恒屬和作序，益知吾師年高興逸。蓋天祐斯文、老成常留，而使後學得知矜式也。非泰恒一人之私，而泰恒之私更藉以慰。前書到時，適有案牘之累。今尚未脱，量移廣豐，亦恐羈絆，不果去。遲久未復，幸惟原宥。

泰恒在西江八九年矣，入乎險中，蓋亦有年，不止庚辰冬也。特其時軒然波起，天下皆見，而吾師知此一事耳。此邦多險途，贛右稱最。崇義僻處西南，往來其間，不啻數十。水底怪石，參差羅列，不一態。又水急灘高，山多曲折。偃風下逼，瞬息易向。舟行或失勢，立碎無援，鎮静者亦面無人色。而泰恒晦明風雨於其中，非但不懼也，泊舟稍暇，俗冗不到，凡山水名迹貯胸中而惟恐遺佚者，輒筆追之，幾忘其身在險途也。豈泰恒能淡忘歟？或道力素定歟？抑亦墮落已久，人情境地奇險備嘗，是區區者不足介意耳！

夫昔年家居，衣食頗饒，乃翹繁華而嗜古籍。幸游師門，得指授，亦自以爲終身足矣。其後通籍入史館，旋以憂歸，故步自在也。一蹈卑冗，入於坎窞而脱身無計矣。狻猊欲噬，兕象欲搏，猛虎不擇人而食，魑魅窺人而伺其過。爲腹劍，爲舌鋒，爲笑裏刀、暗中箭。設機以待者，陷阱以掩取者，張綱而一面不開者。或深墜而故高舉，欲排而故揚；或乘人推入井而又下石。左鉗右掣，前挽後擠，欲入不可，欲出不能。蓋去留兩難，仆立莫主矣。夫灘雖高，可他途避也；水急風惡，尚可防也。即不可避與防，然變者少而無虞自多也。今也爲時，久涉險深，防險又無術。人見其無術也，而設險出奇愈無窮。嗟乎！天險不可升，山川邱陵地險不可逾，人心險於山川！泰恒實親歷之。三百里十八灘，其天堂福地矣。夫動乎險中，木朽石泐。人非木石，其何以堪？彼履坦途而處順境，又遇人多淑者，有不笑此呶呶爲饒舌哉？雖然彼此不相逾，姑聽之耳。

泰恒素不嫻詩，又荒落已久，竟不能成聲。非敢故方師命也，目下事處多艱，過幾日恐小序亦不及作，是益重泰恒之過而負師乃益深。癸未春正月，舟行灘中，情見乎辭，惟吾師諒之而已。詩序勉成，附求教正。泰恒頓首。

與族弟用和書

寄來五弟文，逐篇閲過。其道之之法，具詳評内。憶余少年時，業無所授，兼苦家累，蓋狂走不可日計。自任處泉師臨懷，獲承善誘，而夕陽已西矣。邇來力不從心，每用自慨。然入門之路，則昭晰無疑。前教五弟誦習金章兩家文，故所作頗清健，不染時趨。若在肆力昌黎古文，沿而不止，其可量耶？道不遠人，在深信而不惑耳。夫吾家式微久矣，有五弟之才之美，復有吾弟左右之，其有成，則吾弟之幸。實弟之功，抑亦家門之慶也。余嘗謂子姓藩衍，别宗分派。自祖宗視之，則同體也。一體完而四肢殘、而不舉，其忍之乎？舍同體而付他人之體，其謂之何？其亦不知本者矣。竊不自揣，欲合族中從事文章者，爲一會而造就之。年來奔走四方，聯絡不暇。今與弟約閲文者，余也；主持會事，綱維其間，則弟之以也。共成盛舉，敦族情以綿祖澤，不亦善乎？抑又念不知來學、禮無往教，樂與者收否亦聽之耳。臨風望切，不盡欲言。

文氣遒厚，全從《左傳》得來。弟在文識。

與楊幾之書

辱承教言，殷勤甚厚。感愧交集，不容於心。抑區區之見，不敢自匿，請爲足下陳其巔末：

昔者三王之道，若循環終而復始。文何爲獨不然？夫破觚而爲圜，斫雕而爲樸，蓋史公謂漢之得天統者，此也。竊以今日之文，正復似此。密極矣，則宜疏；濃極矣，則宜淡。窮則變，變則通，通則久。變易之易，實不易之易也。昔東漢之文，易散而偶。然西京古樸之風，自在也；降而魏而六朝，靡靡之音作，《大雅》之樂亡；唐興，韓昌黎毅然起而振之。刊落陳言，横騖别驅，始若未之信，卒大顯於時。迴憶猥瑣齷齪輩，已忽不知何往矣。其於文之得失，相去爲何如耶？不寧惟是，國朝自康熙初年，文頗不振，圓熟之習浸淫人心。其時韓慕廬先生讀書山中，獨以古文爲時文。一出而鬱爲選首，風氣頓轉。起衰振靡，豈獨昌黎哉？數十年來，自好者猶知服古從先，則慕廬力也。孰謂古今人不相及耶？且夫得失者，時也；顯晦者，命也。能自樹立不因循者，則在我者也。今即不敢妄擬古人，厚誣藐躬，然與其步而趨之，無寧更而新之。步而趨之，面目不類，適逢彼之怒耳。曷若更而新之？或人睹其异者，則共觀而言之乎？泰恒之每顧而不悔者，誠有所爲。豈敢薄揣摹而不爲哉？夫揣摹亦必有道，非可朝發而夕至也。

泰恒不幸，少無師承，長累家務，中風狂走，不可日計。獨心追古人而從之，蓋亦有年。邇來心血漸耗，背疾時作。目之所見，轉瞬即逝；心之所思，移晷已忘。向日故業，蓋岌岌乎廢弃是懼。又安能他有所圖以期必售耶？夫『爲山九仞，功虧一簣』，古人所戒也；掘井九仞而不及泉，猶爲弃井也。今即未九仞耳，然沿而不止，未必不到。舍是而别爲聚沙之計，積行潦之水，其頽其涸，可立而待耳。此固泰恒所不忍自廢者也。抑泰恒於此事更有不敢自欺者。生見襲取之文，心實厭之。故凡有所作，寧安己拙，勿盗人巧。或意見所到，間同於人，只作不覺耳。覺之，終且顔忸怩而心不安。今一旦與時俯仰，必發狂疾。行將借榻翠筠道房，復理舊業。其得之，幸也；其不得之，常也。不然，功名文章，皆無所據。所謂一不得而兩有餘憾者，其長恨寧有窮期耶？反覆以思，不知所裁，唯足下明以教我，則幸甚！

任處泉夫子曰：與昌黎論文諸書相表裏。行文體質亦復相似。

與任易庵書

泰恒白：邇者讀足下《哭子詩》，淅瀝瀟颯，情見乎辭。昌黎所云『窮愁之辭易工』也。雖然，愁深矣，何見之不廣耶？今夫里巷小夫潝潝訿訿，與時俯仰。然且妻妾無故、子女林立，日詡詡相笑語。而磊落奇偉之士，或空乏其身，或迍邅坎坷。其遇不，則空稍饒；遇稍通，或天倫骨肉復多缺陷事。不知造物者，何愛彼而憎此也？抑又思：彼不過妻妾無故已耳，子女林立已耳，此外亦復何有？而磊落奇偉之士，其目前有如許可驚可愕之事，其胸中有如許抑塞拂鬱之氣，其口頭有如許欲吐而莫能罄之物。於焉思出蒼天，筆入無間。當其一家之言既成，方且藏之名山、傳之其人。以此視彼，其不可同年而語明矣。

且夫天心即仁愛，又安可不善承乎哉？在昔司馬被誣，《史記》乃成。百三十篇中尤令人喜者，率在怨懟刺譏之辭。設使草創未就，不遭極刑，吾知其所成者，大抵皆三代本紀、齊魯世家類耳。必無《封禪》《平準》等書之微文隱約也，必無《項羽本紀》《淮陰列傳》之扼腕嗚咽也，必無伯夷、屈賈、孟荀諸列傳之感慨不平、詭譎變化也，必無游俠、貨殖傳之淋漓悲憤也。乃子長受愁之益，初無安受其愁之心，故每念恥辱，汗未嘗不發背沾衣焉。夫造物者方與游於形骸之外，而我乃自索我於形骸之内，其愧兀者申徒嘉多多矣。由此言之，其以愁工我，天也；其受愁之益以立言，而不復因愁以自損，則人也。天不負人，人何得負天哉？足下學道者，豈不達此？恐情之所鍾，不暇自禁，而不知其不必爾也。漫成古詩一章，用以奉慰，還望是正焉。泰恒再拜。

任處泉夫子曰：爲哭子者解愁。篇中辭旨似乎假象過大，然文筆磊落鬱紆，想作者言愁欲愁，故别有寄托也。

與余曦庵書

白首舊人，江城重會，亦幸矣！不旋踵而遠别。河朔江西，不可合并，泰恒且奈何哉？抑此非區區闊别情也。奇無與賞，疑無與質，翻不如不遇高明。終處井底，猶不悶悶耳。文章得失，知已實難。未盡餘齒，懼墜坑塹。此事若不克成，不知造物者何俾此昂藏氣骨爲耶？夫數奇不封，則命也，亦安之耳。而善射亦不就，其謂之何？蓋讀書無福，至泰恒極矣。放廢之餘，故土遭水灾。田廬墳墓，盡被淹没。兩世大事未舉，兒孫失學，糊口無資，幾欲捶碎筆硯！情不可忍，而復理舊業。又以十二年不家，俗務糾纏，不能事事。泰恒常謂天能限人以百年，不能限人以千古。而吾兄亦語余，吾輩千古自在也。今若此，復何在哉？復何千古哉？又泰恒在江西八九年，江山之貺，獲益良多。不特講是去非，得吾兄指南也。鄙集八卷，尚缺其一本。擬索之匡廬山中，而事會多乖，亦不克就。及豫章登舟，晦雪連朝，默念來江時，廬山雲封，此番若見真面，即將來緣或未斷也。次日而杲杲出日，又次日星月皎潔。叠嶂九重，長屏羅列，五老相招，衣袂欲張。舟抵大孤塘，阻風三日。背面側面，睨而視，把臂而玩，又歷歷可睹也。昔昌黎貶潮州，道出衡山，禱山靈，則陰雲頓開。或謂昌黎福人，故鬼神聽命。余獨不謂然，山川眉目，掩閉千年。不遇高人，誰爲摹寫以示千古乎？至今讀昌黎詩，不但登衡山得見衡山，即未登衡山已如見衡山，或且愈於登衡山矣。此山靈待昌黎耳。即昌黎不得見衡山，何傷乎昌黎哉？泰恒於昌黎無能爲役，而禱於心、應於目。江西八九年，不合時宜。孰謂無人緣，遂無山緣耶？抑又念前年來江，不得見廬山；今日去江，見山之表，未見其裏也。倘天假之年，并與之遇。與吾兄前約尚在，搜岩剔穴，刻劃崖窾，永柳諸記，或勝衡山一咏。無昌黎之福，即柳州亦可爲矣。所謂千古，真千古也；所謂不限，真不限也。老益壯，窮且益堅，破涕爲笑。心期匪遥，况雨雪開霽，不且爲之兆以待吾輩乎哉？去年拙作數篇，承教未終。倘能仍加斧削，乘便擲來，即一載茅塞，又將豁然矣。吾兄其無意乎？敝門人回江之便，率候道履，并布瀆忱。泰恒頓首。

簡任易庵

冀北獲二馬，一强有力，踶跑奔踶，任車輒欲逞。坦道無虞，遇狹路則殆。其一馴甚，日可三十里。或同群絶塵而奔，又瞠乎在後。有善馭者，二馬并駕。人或目笑之曰：『一前一却。其何以行？即二馬亦心不然也。』俄而操轡執鞭，策之不疾不徐，追風逐電以往。衆莫之及，而馬之長咸盡。今家羈吾兄，恒與嘉之留京師，南轅北轍，莫適爲主，吾懼僨轅而敗駕也。薰風時起，率昂首鳴號以俟。

簡史維馨

前有自鄭州來者，聞吾兄楷模多士，教與恩并。當此登明選，公之時榮擢直指顧問耳，不勝欣慰。恒於九月抄假歸，明春復北上。目下囊底蕭索，一錢不留，尚不知聚糧何地也。今將南征，廿三日阻風，河干止宿李家莊。蓬户半閉，風嘈嘈作雨聲。犬吠籬間，騾鳴槽上。忽憶淵明《乞食詩》，未嘗不暗然神傷也。嗟乎！『廣文先生官獨冷』，似此，殆有過之。吾兄其將悲我而不暇自悲也。

簡楊幾之

恒落拓不羈，跅弛固宜，足下何爲我戚戚耶？塲後謁任念齊老師，知五策尤辱，特賞再薦而終格之。或有勸恒他塗以進者，顧自念一戰而北，則命也。其亦行矣，安見兩刖足不爲病乎？憶足下與易庵書，言『鉛刀尚堪一割』，頓使恒每飯不忘鉅鹿也。宛南不遠，將執鞭弭以從。

簡弟用和三則

『世進士』三字，所然親携來，面有喜色，睇視果佳。吾郡工大字者頗少，今獲此，則在覃懷可謂崔灝之《黄鶴樓》。即在此老，亦屬左思之《三都賦》，誠快事也。抑字與匾不相當，吾弟雙鈎妙手，幸爲一拓。潤色之功，過於草創，自古記之矣。

又

青出於藍，而藍於藍。然非藍，無以爲青。冰出於水，而寒於水。然非水，無以爲冰。吾弟能工劉所翁書，亦所翁之本可工也。『犖觀居』三字非盈尺不可。即煩揮毫，得之心，應之手。僕將早睹之爲快，用和得無意乎？

又

吾向在雍邱，見一舊家子，雖幼稚，玩弄能辨古圖章。心异之。昨索書弟舍，小侄兒牽衣啼擾，呵不可止。予投以印章一方，即愛玩不置，豈王謝家子弟嬉戲間亦有别致耶？雖然，少慧可喜，老大徒傷，反不如冥頑不靈者之不動人慨也。養蒙以正，願與吾弟共惕之。

簡成在中

厚氣健力，運筆如風雨。歷數晝夜，不知倦。制藝，如吾兄所謂鉅鹿之戰。同事者皆懾服，誰敢仰視耶？然山窮水盡，坐看雲起。思入妙來，泊然相遭，佳境又不在刻期也。夫詩文難兼。若吾兄，則二難并矣。釋兵解甲，從容運籌，請率先讓牛耳之執。

簡張子香

足下觀書閱文，不主一家。心力所入，輒開生面。嘗拈題試足下，舉先輩時賢所不能工者，獨能攻堅陷鋭，拔出前人之外，豈無厚入有間，足下別有芒刃耶？處泉師首先賞奇，蓋猶信。抑足下時藝追大力，而古文亦柳州爲近，清泠生峭，加之奇變。以韓濟柳，即開生面，不獨時藝矣。足下以爲然否？

簡蕭照宇

吾家龍圖公，君家紫眉公，同年好古。而紫眉文更著。君亦然。吾與君同學同年，文癖亦同，不知今蕭范能追前人否？昨見君《我逸堂記》，借莊言而反之，似也。然我逸則逸，非嗒然自喪也。却其不我逸者，以求逸乎？我逸而勿逸，乃得我逸耳。追前人之□請進一解，跋君記。

簡陶讓泉

足下胸中邱壑，筆底雲烟，朋儕中吾見亦罕。承惠毛穎，甚佳。但中書君雖中書，恐難爲，不善指揮人用命也。不突而老，是誰之過？一笑不盡。

簡弟用和

我在此，毫無善狀，所謂與世浮沈、以通狂惑者耳。前游梅嶺，拓得大字兩幅；登南安東山書院，拓得陽明先生像一幅。此地，桶岡峒有陽明平寇紀功摩崖石刻，字大四寸。幾欲往看，而卒不果。僕僕風塵，真俗不可醫也。前三幅寄去，平寇碑姑俟諸將來耳。内子近來舊病復發，較前更甚。署内上下大小，無不病者。無可延之醫，亦復無可服之藥。命竟何如？天竟何如哉？

簡朱生英千

適來時也夫？時乎？來即來，可適。借曰有待，是適人之適而非自適其適也。憂患在境，安樂在心。孔顔樂處，正須由此尋入耳。足下以爲何如？

又

自下視上者，不盡；自上視下者，不明。坐章源廟側來青舫，山水盤旋，人居錯落。烟雨晦明，氣象百變。正以處山腰，便領略耳。然當未始有廟之前，荒山蔓草間駐足遐思，形象已備。嗟乎！吾安得會心人，一證胸中邱壑哉？聶都多岩洞，待子歸來，更搜之。

簡弟用和五則

主人硯田，不知益治否？硯農墨莊，顧之殊可樂也。余糊口於外，直似行脚僧。今益以眷屬，又作火居道士矣。流行坎止，隨緣過度，幾不識人間世爲何境也。惟是識路老馬，到處頗有顧之者。去歲在杞，盧生本清，文頗不俗。益以正希、百川、昌黎之文，雖未深入，然已脱穎矣。到固陵，有吴生延瑞者，前科已中式，而請業不倦。稍濟以國朝大家，又登新科會試第十七名。前在江西，丙子房首徐作霖、壬午房首楊鈖，皆從事羅文止先生。而楊更有國初諸老風，今亦高捷南宫矣。時文不趨上乘，終致墮落不知。獨抱墨卷究終始，文名兩失者，何獨不旋面目耶？他人，吾不敢言；有侄如某，亦言不聽而説不信。法門不二，豈老僧肯打誑語乎？抑衣鉢之傳，將由是止乎？文章小技，觸之慨然。吾弟聞之，以爲何如也？

又

《燕川集》八卷，先刊數篇，煩弟校正之。其序文一篇，中幅頗有鏡花水月之致。不知者以爲寫景，知者以爲論文。且文體亦較老潔，嘗爲余矖庵所賞，故付刻也。昨日弟評吾文，輒能洞中肯綮。古人因文見道，弟則因書識文。視十年前，大有進境。又余性不耐煩，於古人文，惟略觀大意。昔五弟達夫心細眼高，嘗抉摘於毫厘，分寸不少寬假，真吾家畏友也。在西江時以語人，而今亡矣。聞弟論，頓使我不敢率爾從事。撫今追昔，輒爲心慰；然心慰，而益復心愴也。十載闊别，又不得常爲聚首。渭北江東，論文何日？古之人先忖余心矣！擲筆惘然。

又

聞硯農已延師讀書，吾弟頤養之餘，從容教子，信可樂也。顔魯公書撰《郭令公家廟碑》，文字俱佳。緣西安方伯大堂，即係令公家廟，至今碑仍存故處。而錢糧重地，搴拓較難。昨得之，特以寄弟，可廣向來顔書之闕。其柳誠懸五塊石刻，細按之，是《魏鄭公家廟碑》。緣康熙四十八年地震，碑仆。前方伯某公砌之堂壁，向亦少有拓之者。并構以資清玩。久欲立城西祖塋數碑，向曾與弟言之。蹉跎數載，未暇也。今舉行，一切磨石刊字，煩弟料理。《莊子》云：『巧者勞而拙者憂，無能者無所求。』吾之每事，有求於弟，弟自招之耳。吾弟以爲然否？

又

枋口據韓詩，古作『方口』，『方』即『枋』。從古較好。昔鄭谷口以别號傳後世，稱吾弟曰『范方口先生』，未始不韵。或稱『二口』，亦佳話也。我爲境所困，凡百俱廢。然矮子觀場，猶欲隨聲贊嘆也。病間一笑，亦强笑耳。可奈何？

又

吾弟長才大力，善事叠興。老夫聞之，慰甚。近日多病，筆墨久廢。屬作《重修玉清宫》碑文，稍痊當勉力爲之。非敢緩也，力不足耳。抑余更有望者：吾郡乾方昂聳，乃高臺寺也；後閣前鐘鼓樓一尾兩翼，若翔若飛。此合郡風脉所關，視玉清宫爲尤要。數十年來，頹壞甚矣。且古人作述所以傳後者，必托高塽之地。吾郡受沁水入城之害，自金迄今，凡三次。而高臺寺所存明成化年間水灾碑，至今猶存。彼檢沁樓天師廟，形迹蕩然，無他所托者，异也。弟如珍念吾郡，當於高臺寺後閣前樓，努力修整以培風脉。將前年所得澤州陳文貞公家刻《聖祖御書石》，敬貯於閣上四圍墻壁間，豈非大觀？弟之《水灾紀略》暨余跋語刊石，樹之鐘鼓樓下，亦可與成化舊碑并傳不朽，使後來者有所考證。不愈於文昌宫内地勢卑下，設有他患即遭淪没耶？愚見如此。高明如弟，或能一加采擇耳。

案：山西澤州相國陳文貞公廷敬康熙時在内閣，蒙御書頒賜。便蓄恭摹，勒石巨細數十方。致仕後，載以歸。因太行山徑難運，寄貯吾邑清化鎮旅店。公殁後，人無力運。致存旅店者垂六十載，間有殘缺。乾隆三十六年，先叔祖用和公在文言於邑令長安謝公維沛，自清化移置郡城玉清宫神祠，擬建亭藏貯。會謝公以憂去，其後叔祖屢言於邑宰，褎如也。壬子，叔祖殁，更無人過而問者。嘉慶壬戌，藜之官五河，聞居民在神祠市茶，石刻頗被擾害。甲子秋闈，寓江寧，晤揚州太守陽城張公敦仁。詢及文貞石刻，藜具以告，并懇其寓書豫省當道稽察珍藏。公亟然之。是冬，得公揚州來函。則已札致吾懷郡伯張公翽查修矣。戊辰秋闈，郡伯已將石刻敬貯覃懷書院講堂壁間。從此，御筆輝煌永垂奕祀。先大父暨先叔祖未完之志，亦可快慰於九京矣。照藜謹識。

卷十二

書《迴龍廟記》後

余向者有志乎古，然不得其門而入。及從處泉任師游，口講指畫，頗識迷途，猶未敢下筆也。及代作此碑，師曰可，而後古文之意度波瀾始昭晰無疑。夫以生平篤好之藝，好且十餘年，必得其傳乃成。文雖未盡善，忍弃諸？使余前此十餘年獲從師游，其所造，當不僅若此。即繼此常承師訓，亦或不止此。師今去矣，故步恐失，他復何望？抑又念向無起予如師者，則終身如長夜耳。欲如此可得乎？嗟嗟文獻不存，樹立非易。世之志乎古如余者多矣，其不得師，何可勝道？其不得良師，又將斫而小之。余不但自悲，而共悲之。悲之而竊自幸之也。

余曏庵曰：念念不忘師訓，是無崖生平根柢深厚，過於流俗百倍處。余嘗謂文章根於性情。今人受人之益，遂攘爲己有，向人唯恐泄之。無怪乎其心中腕底，無非俗氣填塞也。

書鄭端清世子《神道碑記》後

乾隆六年三月十七日，余讀書翠筠觀，觀去九峰山鄭端清世子墓二里。重其人，往拜之，隨入九峰寺。有豐碑横卧殿階，蓋世子《神道記》，而王孟津所論著者。孟津負文望，記詳以則，更於讓國事三致意焉。倘所謂記事，提要者與。抑余思世子卓卓大者有二，則《樂律全書》當與讓國并重。云自秦火後，六經偕亡，聖道熄滅。漢興，至孝武始向文學。其時言《詩》、言《尚書》、言《禮》、言《易》、言《春秋》，咸有人。而《樂經》蓋闕如焉。夫樂者，上以宣天地之和、鳴國家之盛，而下以滌暢萬物者也。孔子曰：『禮樂不興，則刑罰不中。』又曰：『成於樂，不其信與？』自《樂經》亡，而世無全才。其君子不幸而不得薰陶其德性，其小人不幸而不得涵濡於太和。豈盡在上者之過耶？則必有故矣。説者謂五經至宋儒而明，是固然。然使漢武時，於魯無申培公、高堂生，於齊無轅固生、濟南伏生、菑川田生，於齊魯無胡母生，於燕於趙無韓太傅、董仲舒，則程朱胡蔡，力於何施？世子於數千年後無所憑藉，得古聖絶學之繼，勒成此書。其勢誠難，其心亦更苦，故余嘗尊世子，謂不在程朱下者，非妄也。説者又謂：立德立功爲上，立言其次也。世子無赫赫之功，而德則已至矣。言胡足并重？余又不謂然。夫言，亦視其大小耳。三代而上無聖人而不爲天子宰相者，故其功顯。三代而下，聖人不得位，而立言以輔世。言之所在，功之所在也。故孔子者，天之木鐸也；程朱胡蔡者，孔子之木鐸也。然則泰伯、伯夷、季札、子臧，得世子而五原記擬之四子。程明道伊川、朱晦庵、胡文定、蔡九峰，得世子而六。其言也，其功也，與其德如日月并明也。程朱胡蔡所論述，著在功令，巍然配食孔子。世子之書雖上於朝，惜明季諸臣才識不遠，不能深知其功在六經而左右聖道也，又不知其於國家化民成俗之方、學者修身成己之事，而非區區小補也。無建議者，訖未頒行。

嗚呼！何幸若彼而不幸若此哉？抑又思《書》記堯、舜、禹、湯、文、武以來行事之故，故其迹顯；《詩》言志、道性情，故其辭著；《禮》序朝廷郊廟閨門里巷，故其文備；《春秋》褒譏善惡，故其法彰；《易》著卦爻，象變吉凶。悔吝之占，故其數可稽；《樂》以審音，其器具其妙罕傳。非好學深思、心知其意，誠不能與於此也。賴此書存，正可俟而不惑耳。一時顯與晦，又何足道？世子他著作多散亡，不亡者惟此書耳。板則吾邑孫氏世守之。

書湛甘泉《周易測義序》後

余少時讀《易》，欲事觀玩，先究文義。竊怪今經錯亂，經傳不分。及見古經而文言傳，又止乾坤兩卦，上繫『鶴鳴在陰』以下七條。自『天祐』之一條，下繫『憧憧往來』以下十一條。與文言之釋兩卦象辭者，類而不相屬，又疑焉。最後見湛甘泉序《周易測義》，則云古本《周易》此十九條，原屬文言傳。蓋上下繫辭，統論全經之凡例。而此十九條，則間釋各爻象辭未盡之義也。文從義順，即觀玩可施矣。自制藝興而經學亡，局促訓詁家轅下，於經義不敢置喙。即有好古深思、有所見而不克自伸如此者，豈復少乎？方今經學大著，《周易》已復古經。其未盡復者，獨此耳。夫古人因文見道，不遠於文而以言道，難矣哉！

書《許魯齋先生文集》後

魯齋先生仕元，合乎孔子『仕止久速』『君子時中』及『素位而行』之義。前明何柏齋瑭辨之詳矣。非邱瓊山獻媚朝廷、妄事詆諆者比。近河内某令言魯齋嘗事金爲小官，余不謂然。然未有以難也，考《元史》及《魯齋遺書》，皆無明文。惟《續宏簡録》本傳小注云：『其父家貧，命爲郡從事，見州縣追呼旁午，遂辭去。』夫兩漢掾吏，猶有職守，在服官之列。唐之藩鎮，得自辟朝官爲從事。宋元以來，只庶人在官者耳，有何職守而謂其仕金耶？其或有礙明人如瓊山輩，不知如何醜詆矣，豈區區謂華人不當仕夷耶？公生於金，長於元而仕於元。與江南之宋，更不相及也。既知仕元之無妨，又污以仕金而曲爲之辭，誠何心耶？自南宋後，議論多而實踐少。明體達用如魯齋，蓋鮮矣。雖世祖於魯齋未能盡行其道，然體遇之隆，出處之正，三代而下，實無比倫。吹毛求疵而潔愈顯，何傷乎日月之明哉？余，懷人，非黨懷人也。天下公議，聖賢大道。恐其既明而復晦也，故繼柏齋而辨之。

書茶寮碑紀功岩墨拓後

出崇義，涉過埠、道思順，至桶崗峒，高峰夾立，綫路曲折，曰『鎖匙籠』。入峒數里，一水盤旋，中有孔涌水出。上窄下寬，『桶崗』名以此。四山迴合，立石屹然無依著。高數丈，闊丈餘。大書深刻，爲陽明先生摩崖碑茶寮者，其地名也。左上有『紀功岩』三字，字大徑尺餘，亦公手書。字畫尚完好，命工拓之。石旁小字，泐不可求矣。其西山下，即公殲寇處。先是，巨寇藍天鳳據此峒，與横水峒寇謝志珊爲脣齒，而聯絡八十四峒賊以抗王師，擾及三省。此寇平而寇氛盡熄矣。當公駐師刻石後，留兵守之。乃即横水設縣，互爲聲援，其後則移兵駐文英。余周覽形勢，青幛插天，前依鎖匙爲險阻，後通范陽大山。以公之用兵如神，破他峒易如反掌。至此出奇計，僅乃克之。非以其地而然耶？太平久矣，然居人尚少。樵子牧夫往來其間，豈知昔之人經營劃削辛勤至此哉？夫兵可不用，而不可無備。桶崗西南至文英營九十里，東南至崇義亦百里而遥。深林密箐，山河阻隔。公曰：『刻茶寮之石，重舉事也。』嗟乎！事後之計，豈必待有事耶？

書家弟質夫《河内水灾紀略》後

辛巳，郡城水灾。時予在江西閲邸抄，見河南常撫軍初奏被水五十六州縣而無河内，心竊喜。繼奏則及之。又河北總鎮田公奏署内水深九尺，王命賜書及官物盡被淹没，不覺大駭。憶少時，見堤畔巨碑，大書曰『史公堤』。蓋前太守史公東昌於明神宗四十年，積石成堤，民無昏墊災逾百年。數十年來，石堤壞，又被人盜去。每歲水漲，則刋土補堤，幾幾乎懼其潰決，而今驗矣。甲申歸里，與質夫陟堤觀水勢，水過，沙積南北。深丈餘，長數里，即石不可得。若架橋，集舟取河北沁陽堅土，刋沙接地以築堤，或堅且久也。乃因沙基作沙堤，又加灣堤以附之。西北風起，沙隨風飛。不數年，堤存幾何？且積沙，豈能抗水乎？竊恐後之視今，尤不如今之視昔也。雖然，使余言幸而不中，或猶河内之幸哉！或猶河内之幸哉！乾隆丙戌中秋，臨淮書院書。

書藏書册子後

予曾王父有圖書之好，大父守而勿失。先君子遭家多艱，不能自專，多爲親戚持去，存者無幾。予姓好讀書，自弱冠而後，授徒四方。大梁鄉試，計偕北上。隨處購覓，垂三十年，積書萬餘卷。手自丹鉛，并輯名人評注。甲戌散館，改官江西，携帶數十種，餘皆録其目於册，貯之家。辛巳，沁水決。郡城平地，水深丈許。田園廬舍，盡被淹没，而藏書亦付波臣矣。甲申歸里，檢未没之書，皆成積塊，堅不可啓，乃棰之以杵。有隙可乘，則用竹篾挑之。書之可觀者，尚存數百册，約三千餘卷。視曩時，僅三分之一耳。豈不大可惜哉？夫予視先人無能爲役，而嗜書之癖則同。

數十年悉心搜羅，乙夜評點，且積勞致病。中年怔忡，至於今未痊。厥惟艱哉！一但付之波臣，幸存者如隔世相逢，可不寶諸？抑又見同鄉前輩窮困時，恨無書可讀。致身通顯，能聚書矣，而子若孫，弃猶泥土不一睹，或付他人不顧也。即幸而不弃，從事舉業，汩没於制藝而不好書。雖有書，又安能望其讀耶？嗚呼！惟好書，始能讀書。亦惟讀書，始能惜書。安可强哉？安可强哉？

書王巖公先生自撰《壙記》後

士有真氣骨，始有真文章、真事業。得於天者半，成於人者亦半。然數百年，或一有之。有之顧不重哉？巖公先生文章政事，一本於剛，蓋吾鄉百餘年所僅有也。没未久，行義不彰，非後死者之責耶？先生爲人，略見於自撰前、後《壙記》中。夫人之知我，不如我自知。斯言也，先生誠無憾。而當時後世，生同鄉者，能無憾乎哉？

附《壙記》

抱甕老人姓王氏，名作梅，字巖公，號二瞻。蓋取「陟岵屺瞻父母」之義。抱甕老人，其晚年别號也。由康熙己丑進士，初任江南合肥令。以詔舉治行有聲，行取部曹。旋緣福建臺灣新變，特旨改授海防同知。三年，加正四品，仍留原任。後告終養歸，未抵家而父卒，僅得養母五年。終天抱恨，誓不復出。計自十三補諸生，十五食廩餼，二十拔入成均，二十一登賢書，三十一成進士，四十而入仕，五十而挂冠，此其閱歷之大略也。

生平不能作一句欺人之語，亦不能受分文非義之財。聞善未嘗不喜，疾惡自知其隘。恤民如己病，憂時如杞人。豈有所爲而然？蓋中有不可强者矣。此其志行之大略也。

與人以直道相期，而暗於知止。又舉動多疏闊，徒慕汲長孺。蓋次公之爲人而不知其不可及，且不知其過戇而未蹈道也。以是動多齟齬，患與謗叢。愛之者逾國士，而惡之者如仇讎。晚年雖痛自懲悔而學殖荒落，德終無加焉。止辦能，謝絶人事，抱膝杜門耳，此其交游之大略也。

幼承庭訓，於古今文源流派别頗少有得，而不欲以文名。苦愛兩漢諸循吏傳。而屢任繁劇地，與願違。雖在官，頗竭心力，而不欲以廉能名。嘗太息謂人曰：『文字之壞，壞於雅俗共賞一言；吏治之壞，壞於名實雙收一言。』妄以爲近時確論。而自傷命坐磨蝎，恐名根未除，增致悔吝，故讀書。以惰自失，業作吏，以未老投簪。其甘苦之故止，自喻之當不，直有識者一哂也。篤信乎聖賢之言，謂經傳所載，的然俱切於日用。無隻字欺人，但患不能體認耳。居家不用釋老，凡二氏之説，近理而能亂真者，頗能抉摘其是非。家世忠厚，恒語子弟毋習爲浮薄，以傷累世醇謹之遺。又嘗謂治生之道，惟農事爲善，蓋農取之於地者也。盡其利不爲貪，盡其治不爲巧。恒心恒産，相終始焉。其他無一可者，以其弃信而害義也。

嗟乎！吾之生平，殆亦略盡於此矣。昔先考妣之葬也，壙記皆不肖自爲之。不敢嫁名顯者以重予罪。今老矣，自恨學問行義，無所成就以不愧先人於九原。第撮其大略，繕爲二紙：一將來礱諸磚石，納之壙中；一留家塾以示子孫，存吾面目之本然而已。其生卒歲月，俟兒輩續記之。勿庸計也。

余曩時撰壙記時，年未七十。後以吾鄉多謀桔槔之利，易世後開渠穿井，慮未能免，遂不欲納諸壙中。此稿久置廢篋無問矣。自七十九、八十兩年，夜患不寐。私維當年作吏，雖此中可信無他，而或過於操切。即有餘殃，難免爲後人之累。因取從前舊事，於卧間細加點勘。憶少時讀書，篤信古人『火烈鮮死』之語，故兩任劇地，事叢民玩。於笞杖，誠少所縱舍。然徒流以上諸關欽部憲件，減從輕典者，十且八九矣。故作吏九年，從未杖斃一犯、瘐死一囚。余歷任正署，俱置有日計堂簿，可按察稽也。訟牒有牽涉婦女者，必曲爲省釋以養廉耻。雖犯奸不笞下體，止批頰代之，而押令叩首於節婦蔡金氏、貞女丁楊氏之門。蓋蔡丁，乃余力請特題旌表者。亦云愧，亦云勸也。又南中拆賣奴僕、質當婦女，習爲故然，故略。當之風，無地無之。而廬鳳之間，强媒搶孀，出門歌唱，久成惡習。余痛加整飭，又通詳兩院，遍行上下江，一時頓爲肅清。計前後關提完聚之案，在江南者幾二十，在海外者四十餘。高安相國朱公嘗過肥邑，見余禁約，大爲激賞。嗟乎！後之莅此土者，若鑒余之心，嗣申而明之，其有裨於民生風俗，豈淺鮮哉？康熙丁酉，河南宜陽民變。當事請剿捕，已越二載，且屠一巨鎮矣。余謁選入都，適特旨命韓城大司寇張公往視師，得便宜行事。張公，余己丑禮闈總裁師也。召余計方略，余謝鄉村書生不知兵，但河南安有亂民？皆有司過聽胥役驅之耳。聞用兵以來，百姓怨其郡守。及河北鎮左營將兵者次（『次』字前後原各空一字，當是避諱人名）骨，若先易置此二人，而開誠喻以順逆，自當帖然矣。公亟爲首肯。隨馳渡河，嚴飭按兵無妄動。而易置其文武之不職者。不兩月而亂悉定。計始終，未戮一人，首惡惟遠戍黑龍江而已。雍正甲辰，朝議廣漕河，盡取懷之丹水以入運儀封。宗伯張公總督倉場，主其議。溧陽史公，時爲少宰，贊成之。以前懷守方公有賢聲，俾董其事。余時有臺灣之命，瀕行矣，適遇方公於途次，問其事。余曰：『丹水，尋常不過一綫耳，公所知也。然夏秋之交，汹涌瀰漫輒里許。今築石堤障其南，此里許者安歸乎？懷距運河數百里，所濟能幾何？水一發，則沿河上下數十村之民，皆爲魚矣。廬舍田疇墳墓，無論也。覃懷爲公過化舊地，不可不留意。』方公然余言，而約偕至儀封，所力言之事得寢。其他桑梓諸事，如廣沁堤，但取土於堤内；開廣濟渠，但復其深廣之舊。一切蠲目，盡歸諸民，而官無問焉，則民不驚而事易集。漕糧之徵運、倉穀之出納，雖時有末議，當事者率以爲老生常談，褎如也。總之，事無難易。廣聽，雖磐石如轉圓，塞聽，則萬牛皆回首，蓋如斯矣。此余二年以來，午夜捫心，勉期乎、自反之三者。其間時逾四紀，案壘數千。士民有口，鄉里有耳。耿耿此衷，天日臨之，豈能欺哉？然區區之志，亦良苦矣。姑蟬聯記此，以質同人。知我，罪我，不敢計也。乾隆戊寅八月，卧雪老人續書。時年八十。

書經書論文總册後

文莫高於《尚書》，去僞存真，居然四代法物；《周易》卦爻辭作於文周，簡奥絶倫；夫子《十翼》參差高下，遒宕離奇，千古奇文之祖；而《春秋》謹嚴，又經世鴻辭也；『三傳』議論，醇駁不一，而文則各極所長。雜如《禮記·檀弓》《月令》，高古峭逸；《周禮》之《考工》，尤稱奇崛；至《論語》乃夫子門人所記，上論嚴謹，下論稍縱宕，故非一手；《大學》《中庸》體大思精；《禮記》中原本爲佳；而《孟子》之馳騁，則晚周之文也。中天以後法備理明，而文則遞降矣。氣運爲之，末如何也。

書《戰國策》選本

『五經』、『三傳』、《周官》、『四書』，皆妙文也，然高古難學。學古文，斷自《國策》《莊子》始。西漢《史記》，其繼也。八家以韓爲宗，餘七家參考可耳。蓋玩經傳之文以培骨力，讀《莊》《孟》以取神氣，《國策》以下間架始立。俗選動以左國公穀秦漢八家兼收并蓄，讀者但『流觀山海圖』

耳。以云治古文，蓋難言哉。

《國策》多四字排句，蓋襲左氏之弊也。任處泉夫子嘗病之，然略其排衍，采其警策，固在善於取精者。

書《蘇武傳》

襄城劉芳草太史與方靈皋先生論史，謂《蘇武傳》始曰『使持節』，繼曰『杖漢節歸』，至京師乃不納節，是其疏處。靈皋亟然之。篇内增『納所持節』四字，意本諸此。

書《五代史》

按《遼史》劉輝上書曰：『宋歐陽修編《五代史》，附我朝於四夷，妄加貶訾。且宋人賴我朝寬大，許通和好，得盡兄弟之禮。今反令臣下妄意作史，恬不爲怪，臣請以趙氏初起事迹詳附國史。』朝廷嘉之。愚謂輝言是也。曹彬潘美敗，楊業死，太宗又嘗僅以身免。求和輸幣，數往乃許。且尊蕭太后爲叔母，聖宗爲兄弟。既爲兄弟，即是與國。且宋輸幣於遼，遼未嘗輸幣於宋，豈有輸物於人而列之屬國者？又《五代史》於石晋亦書契丹入寇，尤爲可笑。既尊之爲父，豈有父寇子者乎？中國自不振，而或臣或友於人矣，豈得以一統大邦自居耶？且遼金嘗有中原土地，自與漢唐外國間入者异，何得以外夷待之耶？至南宋於金，輸物曰貢曰獻，稱侄稱臣。而史家猶以外夷黜之，豈有以人爲君爲尊長而拜事之，爲人役而可飾爲役人耶？史以傳信，名實安在？『諸侯用夷禮則夷之，夷而進於中國則中國之。』孔子之教，固不可背哉。

書杜詩選本

乾隆甲子，從杞令王禹林先生借觀宋牧仲太宰評點杜詩，一經指示，真面頓見，信可寶貴，不幸濕於辛巳之水。甲申歸家，重爲挑出。老眼已花，見櫜批，如失珍而再得也。吾子孫其慎守之。

癸酉夏在濟寧，見王西樵漁洋兩先生評杜詩，各出意見。合牧仲評本，可稱大觀。惜途間匆匆，未暇手録，蓋至今猶耿耿也。今年來霍山，見無名氏杜詩評本，手眼獨高。抄録之以備參考。此等不傳之秘，子孫若不知慎守，非罪人乎？向在都門，曾手抄名人評《李賀集》，爲同年王端木借去未還，至今憾之。又借宋蒙泉同年《四家評李義山詩》，最爲善本。隨身十年，到家付楣兒，爲人竊去。幸同年成在中評本尚在。今借其本而再鈔之，兒孫輩其幸勿再失也夫。乾隆丁亥九日書於衡山書院之學山堂。

書李義山《韓碑》詩後

序本書，辭本詩，公自言『約六經之旨而成文』，不其然乎？味義山詩，知言哉！知言哉！夫物之堅者，磨而不磷。粗砂大石，於公乎何傷？段文昌以僞體易風雅，昔人致慨。抑思西施王嬙美矣，值嫫母則愈美。今學士家罕有問段文者。而公文之書萬本，誦萬過，又不獨義山之世然。則段碑，固《韓碑》功臣哉。

書韓文

憶在都中，寓彭西源師類澗園。見同館中有持近日名公議删古文一册，不覺駭然。一日，與師論文，師曰：『昌黎《馬説》「嗚呼！其真無馬耶」句本蘊藉可住。下接「其真不知馬也」太説明，則索然無味矣，此句可删。』予曰：『若使昌黎知此失而自改之，必由上文漸漸收拾，紆迴曲折，以「無馬」句徑住，方神完氣足。今突删之，文則是而氣不足矣。』夫子深以爲然，願與知言者共參之。

予少好《莊子》《史記》，作古文無入手處。任處泉師教之讀韓文，如水投乳。後雖參看柳歐，然宗仰終在韓也。三十餘年，味之愈深。

史公文烟雨迷離，滅盡轍迹。《原道》雖有轍迹而離奇變幻，幾與之抗。歐陽本論，則循途守轍，能走而不能飛矣。此古今文章升降之由。

昌黎《原道》，論之絶也；《平淮西碑》，碑文之絶也；老泉審勢，策之絶也；介甫言事書，萬言書之絶也。

《與孟尚書書》，中段反覆抑揚贊嘆孟子，正爲自己寫照。客位透切，叙到主位不煩言而解矣。此妙，惟侯朝宗知之。魏叔子詆朝宗，只門外漢耳。汪鈍翁又不足言矣。

予官西江日，數以滕王閣爲館。冬夏之景，晴雨之況，江漲潦盡之痕，備領之而不能道也。讀昌黎記，深爲恧然。

論體在唐時逐段挨叙，猶沿兩漢文法，昌黎《諍臣論》、柳州《封建論》皆然。至宋人則打成一片，局完而法備矣。學古者以後人之法，而運以前人之神，其庶幾乎？

書柳文

『乘雲氣，御飛龍，而游乎四海之外』者，昌黎也。柳州則以無厚入有間，奏刀砉然，如土委地。蓋八代之衰，韓起之，柳輔之。韓長在大製，柳長在小品。輔車相依，缺一不可矣。嗟乎！從流而上，惟舵是賴。操舟者可忽乎哉？

昌黎文如名山大川，柳州則幽篁曲澗也。并此二難，文章之大觀備矣。且其氣味亦相近，後來者遠未之逮。

書序至韓尚矣，而山水游記則推柳獨步。若宋人之記只似論耳，非正體，且氣骨亦遠遜唐人也。篤古者當自知之。

江西崇義之聶都山，周圍五十里，章水出焉。山有二十四岩穴，其中空而結形，蓋石乳所成也。或明或暗，或高或下。下者入重淵，高者出曠野。又自南山北望：石笋千根，參差林立，真奇境也。予宰崇八載，游亦數矣。讀柳州諸記，益觸吾感。

予嘗有《章源廟圖記》《聶都山房記》，搜岩剔穴，亦可備觀，惜不逮柳州也。

書范文正公文選本

文正公，不以文傳也。而文特至清古淳健，鏜鎝崢嶸，有西漢之風。同時諸公茂如也。顧就文論文，須擇其尤雅者，勿存見。少讀者詳之。

書蘇東坡文選本

八家之文，叙事議論兼長者，昌黎也。歐公則叙事長，議論短；東坡則議論長，叙事短。予選歐蘇兩家，取其長而遺其短。蓋達其源，則流者自可燭照而得也。此其故，何李不知，即唐歸茅亦罕窺及。

書壯悔堂文

明文氣骨，莫高於王陽明，而變則未盡。歸、唐、茅三家，只以時文爲古文，勿得。以其有擴清何李王李之功，而奉爲極則也。朝宗雖晚出，文實駕而上之，以追唐宋八家之踪。三百年來，一人而已。

儲六雅云：『明文能走而不能飛。能飛者，惟侯朝宗耳。』可謂知言。又胡泰初中丞不滿叔子文，見與予合。近人益難言矣。

朝宗論文，於閑散處低徊往復以盡其意。至大議論，人人能解者，衹以一兩言控勒，歸於含蓄。真能參古文大三昧者。而叔子駁之。此魏文所以少情致而侯文所以能走、而復能飛也。三四百年，孰窺此旨。

書王漁洋《懷古詩》後

阮亭此等詩，吾不知味在何處。古人餘唾，敷衍成文。反詆少陵五言發揮議論之非，千古一談，牢不可破。噫！其悖矣！

古人行事已有史傳，後人咏古，只史論耳。論必各出意見，始有關繫。未聞再作一傳，徒蹈雷同也。如淵明《桃花源記》，妙絶古今。王摩詰仍作，如題敷衍，毫無意味。而詩家輒推爲上乘。何耶？且古詩即曰淡而彌旨，未可云淡而少味也。弃山珍海錯，而惟茹毛飲血之是尚。是『聖人不死，大盗不止』矣。詩本小技，觸之慨然。

書《擬明史列傳稿》後

劉芳草先生，丁未選庶常，即假歸，以事著述。嘗於張南華夫子壁見先生所贈序似曾南豐，然未知其能史也。在虔南，謁觀察董公，得先生明史擬稿。反覆觀玩，益嘆史才難而先生爲不可及。余性好古，而文多應酬，無關至要。同年余曬庵規之曰：『君即不厠史局，誠就明史作論斷，仿君家《唐鑒》故事，亦不朽之業也。』余謝不敏，實不忘先生其先得我心哉。抑先生假歸三十年，有田可耕、書可讀，紀事纂言，信今傳後，無憾於史職不任也。而余也憂居七載，饑驅無寧晷。近且簿書鞅掌，日在泥塗矣。夫歸家無耕田之具，作吏無讀書之時。塵務經心，天分有限。嘗自謂天能限人百年，不能限人千古者，竟限之矣。嗟乎！序列傳稿，率爲先生惜，余竊爲先生幸。噫！何幸獨在先生耶？

書朱孝子家傳後

士之讀書明理，當父母之難，或有畏强暴而退縮隱忍者。朱孝子，閭巷人也。仇不報，心不甘。卒能遂厥志，豈不足以愧當世而羞學問之士哉？其孫英千植品能文章，十與鄉試，猶不售，僅以行優貢成均。孝烈之報安在耶？夫樹本深則末茂，英千彰乃祖之行，丐傳以傳不朽。孝思篤矣！文章致身，吾終於孝子必之也。閭巷人可忽乎哉？

書楊孝介家傳後

孝，庸德也，能盡者即奇行。式鄉邦而表人倫，豈必科名烜赫、事業顯著云爾哉？孝介先生，純孝性成，少長無間，自盡其心，非以爲名也。而再世之後、厥後，克昌科名，事業有以繼前徽而顯當世。人驚其發之奇，何莫非行之庸有以基之耶？嗟乎！人倫之至！人倫之常也！有親者可以油然而動矣。

書友聲册後

嚴平子先生工詩而達於文，與當世名流相往還。彙其手翰，緘而藏之。文孫且看，君復裝潢成册。今觀之古貌古心，天下士如聚一堂，是可羡也。蓋其時勢屬喪亂，士氣猶通。處山林而留心經世之業，猶不乏人。其志不得，猶能形之筆墨以泄其抑塞磊落之氣。噫！此其所以爲古之人與，而古之人可多得與？

書《劉所然游記》後

太史公歷覽名山，故文多奇氣。抑文有奇氣，則名山益奇。且山之奇，文著之而文可當卧游，文益奇矣。嗚呼！覽游山記而不知卧游，或游矣而文仍無復奇氣者，所翁將不顧而唾之。

書儲中子『孝哉閔子騫』一節文後

『孝哉！閔子』句，即夫子贊詞。與大孝大知一例，下文乃申明耳。稱名稱字，乃記者偶异，《左傳》中此類甚多。古人文體，不得以後人律之也。即如《論語》所載『陳成子弑簡公』下，乃曰『陳恒弑其君』。若論文法，宜書曰『齊陳恒弑簡公』。弑君之賊，何得稱謚？孔子明曰陳恒，而立案何得曰成子耶？他如子謂子賤子、謂公冶長稱名稱字，正自不拘。勿得以『仲尼曰』三字疑子思之不作《中庸》，以『曾子曰』三字疑《大學》之不出自曾子。訓詁家不通古書之文，而執以疑古，且妄定古。因而改古，何怪時文家之拘拘耶？

書胡中丞制藝後

時文者，古文之一體，而又自成其體。古之時，無所謂紀傳碑志記序論策也。既已有之，則是數者又隨時各有其體，不復以古文之體爲體。蓋不離古人，亦不貌古人。即時文曷异焉？宫傅胡公文篤古而達於辭，得古人之意，度波瀾而矩矱則一之於時文。及其成，而古文之情狀又時時見之，一如紀傳碑志記序論策之各具一體也。嗚呼！至矣！雖然，有本焉。公天性開朗，學有心得，貫通乎注疏章句，而證以獨見。口講指畫，會心者如游得歸。自經書子史，逮漢唐以來文字，復校其真僞工拙，不肯一字受古人之欺。故其生平，不屑止以時文見也，而時文一體已昭昭如是。然則讀公之文，抑亦可按而識其源流矣。

書張子香遺文後

子香冷而深思，真境不得，文不妄成。予每舉四書中難題三四百年來人所未開之境以試之，輒能洞微出顯，拔出前人之外。如『可與立』二句題，大力靈皋俱未能力透交關。『齊景公有馬』二段題，高邑止得其貌，百川又逾題界入。子香手無不關節頓開，騰躍而神不散。其他文皆類如此。子香亦嘗舉季文子三思節子、以四教節等題以難予，亦未有蹈襲前人者。予嘗語子香：『吾二人文若合刻，則調劑適均矣。』子香深然之。然吾二人自見不足，文皆星散不存。子香之徒收存數十篇，又爲無識者竊去。予兒楣檢收予文百篇。散失之餘，又没諸水。好事者或匿而不出，吾二人文何不幸？而不幸又豈止吾二人耶？前在西江，胡泰舒先生屢促予刊時文，無從構覓。歸田後，搜求軼遺，暨西江入闈之作共八十篇，而子香之文則僅存二三首矣。附之集中，以俟嘗一臠而知味者。

書詹義庵遺稿後

文章窮而後工，亦久窮而後工。夫蓬門蓽户，發憤爲文，固矣。而席豐厚者，神凝而志不紛，若無難奪旗先登。乃屢戰而北，自疑自悔，百求當而卒無一當。歲月既多，蓄積愈厚。迨時過文留，後之人且愛之慕之，低徊流連，不忍去。又嘆境之窮而工，猶不如遇之久窮而益工也。嗚呼！始未信而卒顯於時，豈獨昌黎哉？蓋義庵詹先生亦其人矣。先生非窮者也，而遇之窮且久，則莫如先生。小試每冠其軍，入鄉闈輒不利。俯仰寬然，適心獨往。因不遇，益治其文；屢治屢高，而益不自滿。藏之篋中，不肯出。其子若孫始出而傳之。當世見者無不驚其刖足生前而剖璞於身後，寶而貴之，人無閑言。使先生試輒售，或屢試而終售，亦未必優悠磨礱，發其光輝如此其至也。嗟乎！世固有遇不久窮而顯榮於當世，乃其文不啻好音之過耳，逾時而寂如無有矣。

以視先生，果孰得而孰失耶？夫窮變通久，天道之常。豈文章亦有氣運乎？讀先生文，可以興矣。

書乙酉科河南闈墨後

光州吴中丞閲闈墨畢，語予曰：『河南文較他省，終覺小樣。』予曰：『亦覺淺薄。惟其淺薄，所以小樣，不在篇幅長短也。』中丞深以爲然。若多讀書，從事於古文大家，則義藴深而氣味厚，何小樣之有？予非知文者。若中丞公，則閲歷多矣。屬在鄉後輩，可不勉諸？

今春在雍邱閲壬午河南闈墨，真三十年來所莫京者。前在江右，聞同人言文風亦爲首指，蓋主司王羅兩公眼力獨到，乃使士無遺美耳。然則文衡豈易稱哉？

己卯分校江西鄉試，本房佳卷甚少。副主司欲取清淺之文充數，予乃將二場抹而薦之，始能遺去兩卷。場後查之，果老荒疏與新入庠者。同鄉周君《禮記》房佳卷亦少，所中房首甚不佳。副主司自爲改易，終不成章，周君不能力争也。嗟乎！士屈三年，幸得一試，而妄爲弃取以負國恩，磨勘不之及，豈不深可恨哉？

《史記》一書，《項羽本紀》《封禪書》數十頁不爲長，諸傳贊數十字不爲短。時文亦然，只在義藴神氣分辨耳。此科闈中拔取短章兩作，可謂具眼。曩分校江西，有執弃短之見者，皮相可恨。蓋士之見屈者更不少矣。

書某司馬《太白山紀行》後

司馬子長好游名山川而無行紀。及作《封禪書》，於山川鬼神之祀則又加詳。夫以子長之筆作游記，當爲名山生色，闕如誠可恨。而所紀鬼神之祀又多所訕譏，非鋪張揚厲之文也。文雖佳，抑又有憾。某司馬紀太白之行，序事近子長。而表上德、志憲誠、爲民請命，不憚勤勞。一舉而三善備，殊非《封禪書》可比也。關中盛事，敢書之以告來者。

書《芝龕記》後記董觀察公所著傳奇

人性之善也，忠孝節義之事，儒生有之，武夫亦有之；大丈夫有之，婦人小女亦有之；中華士女有之，蠻荒巾幗亦有之。沈雲英報仇保土，秦良玉仗節勤王，烈烈轟轟，奇之著、庸之謹也。嗚呼！此豈徒氣爲之乎？抑余觀故明末造，口談道學、鬚眉如戟輩，或俯首降賊。中原陸沈，辦賊者又多束手無策。何儒生不如武夫？丈夫不如婦女？而處中華不如生蠻荒也？然武夫婦女蠻荒中，且能有此。則性之善，益信而有徵。其不忠孝不節義者，氣爲之而無疑於性矣。噫！古樂云：『亡民，行不興。』傳奇導俗，事半功倍。觀察公意念深矣，豈曰『小補之哉』？

自題小照

余行年五十，客爲作小影。以示友人，或曰：『肖。』或曰：『有肖有不肖。』余曰：『吾有形。形者，形亦不能肖。矧假繪以形吾形，其又安肖？雖然形，形者惟吾自見耳。見吾形以索吾形，形其仿佛或亦可得。古人云：「一毫不肖，即不是吾。」余謂一毫能肖，何莫非吾。但曰形耳。雖甚肖，實不肖矣。』友人曰：『子言幾達者。』因泚筆而書其端。

題司農公遺像後

嗚呼！此我高伯祖大司農公任吏科時畫像也！白皙而長，神氣秀發。雖燕閑而凝然有立朝風。夫視於無形，猶云如在。像在，公故在也。對越匪遥，其敢弗敬！裔孫在文復新之，可謂孝矣。謹識之以告後人。

題道重履霜挽額後

此錢香樹夫子手書以挽吾父也。吾父孝友之行，式於鄉里。顧友猶易知，而孝則有不能盡知者。有形之孝人或知之，無形之孝人尤有必不能知者，六十餘年，惟天鑒之！夫子乃言之而中，孰謂人鑒不如天鑒耶？又孰謂天鑒不自人鑒耶？夫孝格人天，斯爲大孝。仰思懿徽，恐行義不及前人耳。乾隆戊子季冬六日夜，男泰恒識於墓次之帳廬。

跋愛吾廬

吾廬曰愛，陶公用以自適也；廬曰愛吾，范子取以自警也。夫范子之愛，亦博矣。每覽古人言行，輒不能去之於懷。及乎尤悔叢集，漫不加省，抑何吾愛人而吾不愛吾也？夫吾與吾周旋久矣，常見故吾，而不見新吾，不幾吾喪我乎？且古人，惟自愛始爲。吾愛吾，即不博人愛，奈何不自愛也？今而後，入此室處，尚勿肝膽楚越哉？若陶公者無愧。天覆吾，地載吾，又余所有志而未逮也夫。

跋慎餘堂

嗚號相招還，詫人聲奔踶相逐，反怪人迹不與。同群且不可，遑曰『吾已出於非人哉』。夫適异國者，見似人而喜。彼惟是人也，苐曰人耳。人耳，嗚號猶是，奔踶猶是。有一選聲踐迹者，相形見絀，擠之乃大快。而詫與怪，抑末也。嗟乎！此非入於非人，難乎其免。似人勿論，更勿論是人矣。雖然，榮辱何計，所動乃天地也。取餘於己，奈何弗慎？

張子香曰：法而奇。

余曦庵曰：爽快似西風掃落木，瀟灑如秋雨下殘更。此種文，唯熟於《莊》《列》，乃能爲之。

跋願起廬

文以載道，非小技也。南宋後脉涣筋弛，五官具而精氣亡。蓋其衰，一八代也。世無昌黎，故莫爲起之耳。夫起衰者，必返其本。明人救弱以狂，衰不可起。鑒其狂，而更以弱濟之，衰豈復可支乎？且風氣隨人，時何能限？明詩復古，則竟古；懲僞古，乃至廢古。明文之弊，又不獨明人受之也。嗚呼！從流忘返，非余所願；障川迴瀾，又恐莫逐。其願昌黎之居則近矣，敢不勉哉？

張子香曰：尺幅而包括閎遠。味復油然以長、淵然以深。其本領不可假也。

跋澗谷居

居澗谷者，心非澗谷，鄙矣。心澗谷而必澗谷之求，設其不類，即無寧居乎？噫！吾自無澗谷。澗谷曰居，不澗谷也；澗谷，吾所自有。居即不澗谷，無非澗谷也。夫類與不類，豈必在居乎？不在居，乃可名吾居曰澗谷居。

余曦庵曰：清空敏妙，北宋人講道學本色。南渡後，便有頭巾氣矣。

跋虚白室

室一也，而室不盡白，豈室咎耶？夫白室受之，而或則白，或則不白。則非室之所能爲也。且處暗者，亦自謂白。自謂白即弗白矣，此無他，有予室以白者，而室始白；有予室以白者，不必迫。欲白其室，而室始白。白，非虚不生；虚，非集又必不能虚。嗟乎！寧惟室哉？

彭西源夫子曰：曲折遒逸，白描高手。

跋蓬園

大鵬，九萬里不爲大；蜩鳩，榆枋不爲小。物我相視，何必相笑哉？且扶摇羊角，有待也。深林一枝，隨時可巢。小之笑大，則宜耳。而二蟲，豈無知？嗟乎！蓬之心，不可有。蓬之間，未始不可居。此園可適，勿羨漆園矣。

張子香曰：奇而法。

余曦庵曰：却是説理之文，莫被此老瞞過。

跋丁御天如如亭亭在池中

菩提無樹，明鏡非臺。如如有亭，豈有如如哉？雖然，月不在光，光莫非月；水不在色，色莫非水。識得真如，何處不作如是觀？且丁子，静者也；丁子，故非静者也。澄心此亭，水天一色。生定生慧，觸目洞然矣。或曰：『撤去亭子，面目復何在？』予曰：『本來面目，故自在。』質之丁子，或亦相視莫逆否？

一片空明，如是如是。弟在文識。

跋聚芝亭

丙子丁丑間，署中書舍産芝數本，聚植一盆，燦如雲霞。或曰：『此祥也。』夫民物藩息，髦士彙征，其爲芝始大而聚乃久。區區草木之祥，長民者顧以自侈耶？雖然，無善政而叠覯兹祥，夫亦愈知惕矣。且藩息彙征，安知此非其兆？姑揭吾亭以俟之。

跋品蓮居

花之君子，不在世外。懼其染而思避世，即染之機。故隱逸易，君子難也。然《易》曰：『獨立不懼。』又曰：『立不易，方能自立。』斯君子矣，奚其染？周子謂：『同余者何人？』豈古今人果不同耶？位存，祝子居曰『品蓮』。蓋自愛，非隱者也。

跋學山堂

衡山，屏邑南而朝冠峰，特與講院值。夫不讓土壤，故山能成其高。或培塿自安，及壓卑而陟高，即高終不可得而成。始於一簣，有進無止，漸而胸中具邱壑，又漸而五岳起方寸，蓋學山可至於山也。以升吾堂，豈徒仰止而心向往耶？

跋聽濤亭

有孤松鬱蟠山阿，作亭其上，時聞澎湃聲。蓋水入石竅，激而成鐘；風入松梢，蕩而成濤。其迹殊，其情一也。夫衡岳渭水，坐收檻外，亦奇矣；而據高者韵彌長，冥目會心，所得不更多耶？有其聽之又不止，撫而盤桓矣。

跋竹塢

余家太行，山陽許良竹塢，游息久矣。此間叢篁倚户，翠色交加，徑穿内外。間迹不接，而聲自相聞也。晨夕於斯，豈异行陽耶？夫游息者，必先藏修。如切如磋，如琢如磨。君子之有『斐棻竹之猗猗也』。入此塢而不謀所處，即有竹恐難免俗耳。取則不遠，願與游息者共勖之。

程崟堂曰：或謂題跋俱入文集，似非例。然節短韵長，變幻不測，蓋源出史公。而韓柳王三家，其嫡派也。奚其詫？

卷十三

祭先大人文

唯乾隆十二年二月二十日，不孝男泰恒偕不孝泰履，謹以剛鬣柔毛庶饈之儀，哭奠於父親大人之靈柩前曰：

嗚呼痛哉！不孝泰恒，違膝下僅數月，胡天降割使吾父遂至於此耶？泰恒守官京師，不克承大事；泰履少不更事，大事恐多憾。復何面目對吾父柩前耶？惟是撫育多年，仰報無日。追憶省事以來，即何能自已於懷耶？昔吾父生子維艱，泰恒少多病。越十年，復生泰履。童戲膝下，未嘗一日離也。泰履五歲，吾父赴粤東，泰恒十有五耳。當是時，父坎坷在外，不能歸來；吾母復多病。内外之侮，更伏迭起。兄若弟形影相吊十四年間，孰有過而問之者？乙卯夏，吾父旋里，泰恒始得肆力問學。而家業消耗，吾父憔悴拮据，時形於色。又泰恒功名遲鈍，不能蚤獲五斗以抒親憂；泰履亦多病，廑父憂，不能代父力。嗚呼！十年而近，仍不异二十餘年之前。『老年操勞，必無令子』，諺言益信矣。不孝之罪，百喙奚辭乎？歲庚申，泰恒選貢成均；辛酉，領鄉薦。其年十月，泰履亦出嗣二伯父。逾年，泰恒會試取明通、授學博，幸獲微禄爲承歡地。豈知天降禍於我家，又借一第速吾父於淪亡耶？泰恒乙丑成進士、入史館，父不自以爲功，曰：『此祖宗積德之報。』官閑禄薄，迎養無資。家貧父病，支持又無力。且泰恒假歸以九月廿四日，祖母見背即在十月二日，憂喜交集，繁費無等。迨丙寅家室不幸，又不可意料矣！先是，祖母之喪，吾父哀毁積勞，遂爲病基。春間小愈。與楣孫既娶婦，泰恒遂北上。秋，得父手諭，則曰：『我病已痊，汝幸勿憂。』我輒心喜，不料楣婦疾作。逮十月，與次女孫相繼亡。父病復發矣。而泰恒一病三月，幾死京師，亦即在此時。當泰恒之病卧也，時對人泣涕，恐不克生見吾父之面。幸而稍愈，又幸吾父及見泰恒之面也。豈知泰恒病時，即吾父見背之日！

嗚呼！蒼蒼者天，何不使泰恒仍下第、得依庭幃耶？即登第，何不任外吏，不辭卑冗、猶得迎養耶？何不移泰恒之病於丙寅春、不能北上耶？即在京師，何不病作於夏，逮秋冬，猶可聞信遄歸耶？又何不病而死、待父九原，尚可親承顔色耶？泰恒恐不得見父之面，父竟不見泰恒之面矣！泰恒幸父得見其面，泰恒終不得見父之面矣！數月之内，想音容而不真！瞑目之時，知望子之何狀？生不能養，憂不能分，不能奉湯藥於床前、視含飯於棺内，萬恨攢心，百身莫贖！更何言哉！更何言哉！

明歲五月，泰恒應散館。方冀外補爲養親計，而今無及矣！泰履嗣而孤，尚待父教，而今無望矣！泰恒數年來奔走在外，父督楣孫不少寬假。雖不才，猶冀成立，而今不能矣！嗚呼！粤東十四年，歸家有日；京師止一載，覿面無從！六千之程，告語如親；數寸之木，形神不接。惟孝不於親，本虧而末槁矣。即使幸成立而椎牛以祭，何如菽水之逮存？不可爲子，不可爲人。視息偷生，所爲强顔耳，復何謂乎？抑又思祖母未葬，父心不安也；父棺在堂，恒責未竟也。母老多病，子幼未成，又非异人事也。欲死不能，貪生不可。泰恒且奈何哉？

又吾父爲人卓犖，不關情兒女事。及去年泰恒拜别，父泪且頻頻墮。泰恒與任夫子書，亦恐『終天之恨或不能免』，不禁垂涕泣而道之。嗚呼！今不幸言而中矣。父泪頻下，果爲永訣之兆矣！意外之變，慘痛已極；意中之變，悔恨何窮！兩月來，夢見吾父，心間事猶歷歷如聞也。警而覺，即悵悵矣！父靈不遠，將何以處不孝等耶？嗚呼哀哉！尚饗。

張子香曰：情至者，不論文。即以文論，雜之昌黎集中，不可復辨，其氣盛也。

祭家婦王氏文時在崇義

唯乾隆二十六年二月朔四日，燕川主人特備數饈之儀，遥祭於亡婦王氏之靈曰：

嗚呼！汝去崇義赴遂昌，甫半載而遂罹此變耶？一年以來，未知確音，將信將疑亦久矣。今知之，此家運不幸之尤，又何能已於言耶！憶汝始歸吾兒楣，吾兄澄庵語吾曰：『此婦知書識禮，乃范氏第一婦也，敢以此爲家門賀。』吾亦竊喜，嘗語汝姑曰：『吾一子耳。婦如不善，更無他望。今幸矣！吾家有賴矣！』汝姑亦謂然。吾自通籍館選後，疊遭喪事。家業蕭條，殊不及汝家。而汝安貧孝養，助楣不逮，蓋十二年於兹矣！吾携眷來崇義，每多拮据危險狀。汝受驚懼，亦嘗與共。即楣赴京謁選，無米之炊，債負更多。吾性褊急，嘗過責楣。汝委曲將順，典衣飾以相助，又爲楣百法措處，心力既竭矣。楣歸自京，携汝與汝子之浙江。雖無佳兒，尚有佳婦相助爲理。興或未艾，吾與汝姑方快於心也。孰知去未逾年，竟成此變！非汝負楣，楣實負汝！尚何言哉！尚何言哉！嗚呼！吾祖母持家六十年，終吾祖未竟之志；吾母多病，汝姑助之亦三十餘年。使汝不夭折，則繼汝姑以理吾家，必有數十年内助之福也。汝而至此，復何冀乎？吾失意宦途，汝姑終始患難，已傷於心。今遭此變，其何以堪？今汝姑赴浙，吾尚羈崇義。姑撫孫而不見婦面，翁傷别而更慟媳亡！吾兒無佐理之人，幼孫有失母之憂。言念至此，吾肝腸幾碎裂矣！又汝素精女工，逾年來并無手製寄汝姑，吾已詫之。及去冬，吾將赴省，夢汝手携汝子立於右室門内。吾更怦怦心動，疑汝來托子，以今驗之，果不虚矣！雖然楣即負汝，汝勿責楣。若與校，何以安吾二人耶？何以保汝幼子耶？楣雖有一朝之失，念吾二人，念汝幼子，亦可釋憾於地下矣！嗚呼！汝之孝於姑，吾知之；汝之順於夫，吾知之；汝之屢失子而止存一子，愛子心切，吾更知之！吾在一日，决不使汝子有失所之憂也。吾不食言，汝益當默相楣以安吾、以保汝子！汝之心迹不更彰明較著耶？且汝聰明人也，靈爽不昧，庶聽吾言！此告。

情真語摯，樸而彌文，當與《祭十二郎文》并有千古。受業郝著識。

祖母祔葬祭文

乾隆三十三年十二月四日，不孝孫泰恒偕泰履，謹以剛鬣柔毛庶饈之儀，致祭於祖母、庶祖母之靈曰：

嗚呼痛哉！泰恒乃於本月六日得祔葬祖母、庶祖母於吾祖之兆耶。仰惟吾父之葬吾祖也，迄今五十有九年，時泰恒方三歲，泰履未生也。吾祖母之卒二十四年，不克祔葬。期過矣，然亦有故。祖母卒在乾隆十年，吾父病而卒，即在十一年。大事未舉，時則爲之。其後逾久不葬，罪在泰恒，於出嗣之泰履，無與也。泰恒自乙丑入史館，旋丁父母憂，近十年。日事奔走以糊其口。甲戌宰崇義，丁丑命孫楣歸里圖葬，不果。及泰恒罷官歸，又以奔走在外，不獲即舉大事，以竟吾父未竟之責。泰恒於吾父，不可以爲人子；即於吾祖母，不可以爲人孫！負慚天地，復何逭耶？猶幸乾隆十五年恭遇覃恩廣被，貤贈吾祖文林郎翰林院庶吉士，前祖母與祖母并貤贈孺人。泰恒之仰報祖母者在此，泰恒之代吾父以仰報祖母者，庶亦在此。然泰恒托吾祖、祖母之餘蔭，幸列清班，又任外吏。樸實之薦方達帝廷，以直獲譴，倏而罷職。嗚呼！泰恒不謹吾父之教，上負祖母撫育之恩，又不克早舉大事以完吾父之責。今日者手啓元堂，匍匐將事。迴憶三歲時，隨吾父以葬吾祖，雖無知識，然祖母、父母無恙也。吾祖母今安在？吾父吾母今安在？欲隨吾父母以葬祖母，其可得耶？其可得耶？又泰恒少多病，值吾母亦多病，以養以育，庶祖母之力爲多。吾父没矣，庶祖母大事之舉，非泰恒之責而誰責耶？禮雖有限，情實難忘。祔葬吾祖，一同祖母。即吾祖母亦可心慰於地下矣！祖母、庶祖母靈輀將啓，精爽匪遥，嗚呼痛哉！伏冀來饗！

父母合葬祭文

乾隆三十三年十二月六日，不孝男泰恒偕不孝泰履將葬吾父贈庶常公、吾母吴太君於祖塋之次。預於四日，謹以剛鬣柔毛庶饈之儀，致祭於靈柩前曰：

嗚呼痛哉！吾父之卒於今二十三年，吾母卒亦十八年矣！掩柩在堂，歷久不葬，有所圖而不果，將有待而幾誤。飲恨終天，負慚無地！泰恒之罪，即擢髮其可數耶？初，吾父卒，泰恒羈官京師。醫藥含殮，并未躬親。聞訃歸，因得侍吾母。雖列清班，貧困猶昔。衣食奔走，奉養多虧。怙恃之恩，既百不一償，惟冀得一善地以妥父母之靈。而新塋祖兆，幾無隙地，有不可苟且舉事者。居憂時，曾卜一地，又爲術者所誤。歲丁丑，自崇義命棺歸家，圖舉葬事，卒亦不諧。歷時至今，泰恒年六十二，泰履年五十二。日暮途窮，其將焉圖？不得已，暫葬新塋。非本願也。夫吾家上世，席先人之蔭，得善地以報先人者，可屈指數也。河内祖塋，僅葬兩世。大司農公始發，而贈司農公另葬佳兆。觀察公葬，贈公於新兆，亦始還祖塋也。别駕公同懷五人，而次居中即别葬，情猶可安。泰恒席父母之蔭，不能報父母之恩。泰恒不能養父母之身於生前，又不能安父母之靈於身後。過此以往，依父母於九泉，更無地也！離父母而他適，情不忍也。仰惟前人，義均無處，泰恒且奈何哉？且吾父母，祖父母嗣子媳也。備歷多艱，泰履或不知。泰恒幼而見聞，豈能一日忘耶？祖父見背，變故遞生。吾父迫外侮，内遭嚴母，委曲將順，蓋數十年。吾母多病，仰事益難。生子育女，幾危者數。吾母嘗爲泰恒言之，猶歷歷在耳也。吾父母遭際之苦倍前人，育子之艱倍前人，獲子之報不及前人，安身之地更不及前人！蓋泰恒萬恨填胸、百身莫贖！高天厚地，不容載蓋！即乾隆十五年恭遇覃恩，父母并邀敕贈。不肖之身，感出望外矣！然没而被榮名，何如生而獲厚養？遠而得豐祭，何如葬而得善地？泰恒由丙寅思今日，由今日思將來。二十年前，抱恨終身；二十年後，不又抱恨終古耶？泰履出嗣二伯父，其責當更有在。而泰恒執紼引柩，呼號何及？不敢求諒於二人，惟有飲泣於清夜耳！父母之卒雖久，父母之靈如在。嗚呼痛哉！伏冀求饗！

祭亡室謝孺人文

唯乾隆三十四年十二月丁丑朔，越祭日壬戌，燕川主人率兒楣檽果孫照藜，祇以剛鬣柔毛庶饈之儀，致祭於亡室謝氏之靈曰：

嗚呼！汝竟舍吾及子女與孫而長逝耶？汝歸吾家四十四年矣。初，吾祖母年高，吾父外出，吾母多病，一切家政，惟汝是賴；其後，祖母、父母喪葬諸事，又惟汝是賴；吾官京師，家内支持，亦惟汝；及官江西，署内公私事相助，又惟汝。吾與楣罷官歸里，楣赴都，吾主講席於外，汝在家撫二幼子。無翁無姑之女，與失母之孫，艱難拮据尤甚。蓋自始歸以來，有四十餘年之勞，而無一日之逸，視吾殆又過之！蹉跎至今，欲恃夫而夫無可恃，欲依子而子無可依。飲恨以没，尚何言哉！尚何言哉！情苦言短，惟汝余知。汝靈不遠，庶其來饗！

楊嘉之曰：節短韵長，情文相生，令人不忍卒讀！然勉讀一過，能不惻然增伉儷之重耶？

公祭吴宫保尚書文代

唯乾隆三十六年十一月庚子朔日，具官某某致祭於皇清誥授光禄大夫、太子太保、兵部尚書、陝甘總督吴公之靈曰：

嗚呼！我公竟乘驥而不返耶？聖天子眷顧西陲，惟公是賴；遐邇軍民，惟公是依；文武僚屬，惟公是憲。公之一身，華岳不足喻其重，洪河不足比其大。周公、召公，同此分陝之任；方叔、召虎，并此克壯之猷。仰瞻老成，典型長在。而何竟忽焉遽逝耶？始公之登第也，在今上御極之元年。任户部郎長、國子監卿長、光禄參政内閣，未幾而兵部是貳焉。歷試中朝，秀出班行。天子知其能，乃踐外任。撫軍甘肅、河南，總制兩湖、雲貴，前後陜甘總制，於今三任。公正己率屬、振旅誠民，丕績昭然。而三至陜甘，任久而政愈懋於此見。聖主在位，必得賢臣。知人善任，古無倫比。而公自通籍三十餘年，隨地立效以圖報。稱者畢抒其素所藴蓄而無憾於身殁也。屬在某等，其奚以悲？又公復莅陜甘，在今年之七月。甘省灾祲，間告外藩。抒誠來歸，備紆籌策。力疾，勷事而不言勞。病篤入告，天子惻然動念，准假調攝。復命御前御醫乘傳西來胗視之，方冀速痊以待後效也。迨公殁訃聞，天子念公久任封疆，老成練達。近懋乃績，尤見周詳。乃加恩晋贈太子太保，入祀賢良祠。復命所司察例應得恤典，將次第而加厚焉。兩廑睿慮，誥諭疊頒。生存死亡，哀榮大備。此人臣之極分，而千載不可逢之隆眷也。公而有知，將益無憾，又何必爲公悲耶？而第念典型雖留，老成難再。天子西顧之謨，奚所勷贊？兩省地方數萬里，士民奚所依而安？軍旅奚所依而振？外藩往來、夷漢雜處奚所依而和，以輯内外同僚？有公事奚所咨而謀？文吏武弁奚所秉命而恪恭趨事奔走，任職以作之憲也？嗚呼！高如華，而雲封矣；長如河，而流滯矣。周召之遠謨未竟，而方虎之壯猷中歇矣。某等或隸舊屬、或方來承教，戴之深、望之切，而公不可復作矣，如之何而不悲耶？嗚呼！我公生而爲英，殁而爲靈。公容不遠，陟降在庭。尚饗！

敕贈文林郎倚少袁公墓志銘

憶十餘年前，有同邑王生，歸自洛陽倚少袁公所。言公孝友任恤，樂育後進狀。余聞之輒心折。歲辛酉，與公子大宣同鄉舉，詢公起居，益聞所未聞。壬戌赴公車，拜公長安館舍，數聆教言，始嘆曩日所聞果不謬，謂當於古人中求之。及大宣與余同捷南宫試，余厠史館，旋憂歸。蓋自乙丑以來不相見者，數年矣。去年冬，大宣遣伻持公行狀來丐志，余不文，何能志公？然何忍不志公？

按狀：公諱良謨，字叔文。倚少，其號也。其先人卜洛以居，蓋自明初，三傳至斐，斐生孟初，孟初生加賜，加賜生存涣，存涣生誥贈奉直大夫、兵部車駕司主事文增，公祖也。生公父拱，康熙壬戌進士，由翰林院庶吉士敕授廣西分巡左江道。厥子四三即公。分巡公將赴粵，以公侍。行抵任，七月即憂歸。公繞膝，孺啼至不可解。嗣遭母夫人喪，則哀毁幾至滅性，分巡公諭，乃止。未幾，分巡公病且劇，偕伯仲侍湯藥。醫曰：『糞苦尚可療。』公潜嘗之，則大痛曰：『味甘矣！』病殆不起，然猶懼分巡公之見之也。及哀毁，亦若前喪。必誠必信，祭葬悉如禮。嘗見其《哭内詩》有『九原有覺雙親在，好視晨昏代爾夫』之句，其孺慕蓋終身云。又兩兄未有子，弟復早世，公獨大宣一人耳。鄉黨間皆爲袁氏危，公乃深惟大宗之重而己身之尚可待也，則令大宣後伯兄。閲數十年，竟有三孫，伯兄歸厥子。乃以長孫嗣，次嗣二房焉。蓋辛丑壬寅間，歲大荒，飢餓徧閭里。公與伯兄傾槖周濟，多全活。或有相質以業者，既酬其直矣，易時年豐則念向且竭所有與諸人，矧可乘厄利其有？乃集質業者，悉焚其券，券千餘金。太守將上其事，公止之。嗟乎！晚近之人，其不古若矣；富而好行其德，徒虚語耳。當是時，大河南北，灾荒略相等。田舍翁多儲數斛粟，居爲奇貨；同姓戚友或視若秦越，聽其輾轉於溝壑；不肖者乘人緩急，以少值獲多業。立券外，錙銖不少益，矧肯焚且還其業？及時和年豐，廛税田租若山積。三十年來富厚不絶者，比比也。而一二慕義樂施者，門祚或衰落不復振，又余所歷歷目睹矣。夫爲善無近名。濟困扶危，君子本無所爲而爲也。而數有不齊，所謂報施善人者，果安在？嗟乎！觀公家，幾危而盛。鄉黨之惑，其可解，且可勸善於無窮也。

先是，袁氏居洛，數世咸力耕，不求聞達。分巡公始以詩書大厥家，又惴惴焉不克繩武之是懼。公少穎异，奮於學。年十四補博士弟子員，益肆力於經史古文辭，卓然成家。乃自癸卯鄉薦後，連不得志於南宫，遂以教付厥子，訓課惟嚴。而四方有志者聞風向往，衣食育教之，不少吝。今大宣舉進士，有聲，其他亦多成就。若王生則不幸死矣，乃其言不有徵耶？惜乎公未大用，教澤所及不廣耳。然嘗分校己酉山東試，同考者應受諸卷外，咸樂得官卷。公獨白主司，願以官卷易五經。而所取又皆知名士。夫愛惜人材而濟以明，人攸難。公此事，足傳矣。又奚見少？昔公之侍父而南也，七歲耳。舟過洞庭，暴風斷柁。衆皆惶懼無人色，公鎮定如常，其器宇有過人者。長，善書而富著述。足迹所至，輒見記咏。有詩、古文各四卷，未梓也。梓者，對山堂時藝一卷云。公生於康熙二十七年九月十九日，鄉試中式以癸卯。迨丙寅，將膺縣任乃病。三年而没，蓋乾隆十五年二月之五日也。距生時，得壽六十二。配呂孺人，于歸三載，生子而卒。繼配郭孺人、張孺人。男句即大宣，呂孺人出。娶郭氏，孫三，女孫四。大宣將於年月日葬公於金鏞鎮祖塋之次，而以呂、郭兩孺人祔。余於公爲通家子，誼不容辭。又思行義如公，所謂老成典型者，庶其在兹。爰爲銘曰：『謂天可知耶，胡蹙其馳而不竟其施也？謂天不可知耶，蘭茁其芽而枝葉胡蔓以滋也？基培而大，山壘而奇。停之畜之，乃單厥釐；袁氏載德，其昌有時。匪天私公，惟公自爲。』

敕授文林郎直隸獲鹿縣知縣南叟顧公墓志銘

故友南叟顧君，諱爾極。將歸窀穸，其孤熙丐余志其墓。余與南叟交逾四十年，誼深矣。未老，早别去，何忍志吾友耶？又何忍不志吾友耶？南叟之先諱福者，職承一郎以安衛懷慶。由揚州遷居之時，洪武五年也。福生郡庠、生士魁，士魁生鼎洪，鼎洪生思曾。南叟祖也。思曾生南叟父瑛，字修儒。以南叟官完縣，遇覃恩，祖、父并敕贈文林郎，祖母胡氏、安氏，前母王氏，母閻氏，敕贈孺人。

南叟幼讀書，諳練世故。言論經緯，迥出行輩。余嘗謂南叟他日宰一方，必以懋績著。南叟且遜謝未能也。後余通籍，官庶常。而南叟任山西之岳陽，憂歸。後補任直隸完縣，旋調獲鹿。時余任江西。間隔數年，然家人南來，每聞南叟循良聲。其在岳陽，奉檄撥倉穀，賑夏縣。則奏記上官，就近買穀，交賑所。平糶本邑穀以補帑金，運費省而賑濟早，上官獎焉。莅完縣，設法捕蝗，連歲有秋。聽斷明敏，不留獄。獲鹿有修城役，矢公矢慎，不派一物，役一民。邑方倚爲父母，勒石志愛。而南叟不幸没矣！既没，士民呼號奠祭，送柩歸里，往返二千里不憚勞。非實心實政入民心而動民隱，胡能如是？

先是，修儒公艱厥嗣。歲甲午，閻太孺人生南叟。而异母弟堯年，名爾杰，亦是年生。南叟純孝性成，能博二老歡。承順諸庶母，并獲豫順。於堯年親愛尤至，煦煦藹藹，終身不少間。凡百所需，有可以爲弟謀者，一不吝惜。及之官，必携弟侄并眷屬如己身。余潦倒場屋，浮沈宦途久矣。往來南北，閱人不少。其自負友愛，動謂鶺鴒有懷，既翕無忝。而鬩墻禦侮之時，塵厥慮者，比比皆是。及其同氣間，不但視同秦越人，或操同室戈且不乏也。又或謂他人昆，宦途通譜，异姓式好，稱兄弟不啻骨肉，而骨肉兄弟不可問。此其人可以欺天下而不可以對故人。嗚呼！視南叟之待异母弟，猶得自比人類乎？又余少多病，游嬉外祖家，與南叟門閭相向。余長南叟七年。南叟少如老成人。即相善也，余習文章，嘗因南叟是正其表兄王巖公。太守表侄孝廉繩武、丹麓王君，亦以至戚主其家，余又交之。其後復因南叟與巖公、繩武聯姻婭。而丹麓先余入史館，爲前輩。南叟亦登仕版，爲名邑令。可謂一時之盛也。未幾，繩武前没，余入史館，丹麓亦亡。一行作吏，而巖公先生又故矣。南叟於先達同輩中，年最少，仕進又漸達。余雖蹉跎而歸，故交零落，方期南叟少相依、老相偕也，孰謂其溘焉又逝耶？嗟乎！余年未耄，而少長於余者，皆不可作矣。南叟以耐久交而不久於世。每一念及，氣結吾膺，復何忍志其墓？然交如余，而忍不志其墓耶？

南叟以貢生，初任山西平陽府岳陽縣知縣，再任直隸保定府完縣知縣、正定府獲鹿縣知縣。遇覃恩，敕授文林郎。生康熙五十三年十月初三日，以乾隆三十一年六月十八日終獲鹿之官署，得年五十三。配薛氏，候選州同薛公諱某女，敕封孺人。側室孫氏，子三女六，娶適俱名族。今以乾隆三十四年十一月某日，葬南叟郡西祖塋之次。銘曰：『惟孝友弟，古訓則宜。三仕爲令，克既厥施。年雖中壽，不朽是期。』乃余懷之惓惓者。友朋之際，肝膽相照而誰其知之？

序次簡而波瀾闊，激昂震蕩，感慨涕洟，不可以一家名也。志以『故友』二字作提綱，前伏後申。後幅抽出友愛，與交誼相映發，自是一綫。銘中補志所無，亦昌黎慣用之法。受業郝著識。

臧宜人行狀代劉學使

嗚呼！宜人竟捨予而長逝耶？宜人歸予家三十八年矣，甘苦與共，艱辛備嘗。黽勉同心，粗就家計。今日者王事馳驅，無暇内顧。方冀閫政盡舉，肅雍著範，匡我不逮也。胡天不吊，遽至於此？宜人姓臧氏，太學生例封文林郎，中書科中書琅友公季女，其仲姊即予從兄義圃繼室也。予初聘安邱張氏，雍正癸丑春，予年十七入庠，方議親迎禮，而張氏遘疾歿。義圃兄來謁吾母太宜人曰：『琅友公少女，吾姨也。備四德焉，可室吾弟。』遂諧婚。越歲來歸，太宜人喜動顏色曰：『真吾婦也。』既偕諸嫂氏日事高堂，視德形聲之外，務得歡心。太宜人安之。吾家本非素封，手足衆多。食指漸廣，内外咸操作從事。予性耽書，又不能事生産，雖晨昏不稍缺。而宜人左右就養，助予子職者，爲不少矣。予少孤，依母太宜人以長。乙卯春，太宜人顧予兄弟曰：『汝父見背已十八年。吾朝夕勞勩，汝曹幸成立，宜各自爲謀，庶我得少息。』命析爨，伯仲兩兄分祖屋，皆依太宜人以居。叔兄與予得村南之張家莊，人衆屋隘，議徙居。宜人謂予曰：『太宜人齒高，不宜遠離。且予少未嫻内，則君又攻舉子業，胡可分心匆遽徙？』乾隆丙辰，長子鉅玢生。戊午，予中副舉。賀者在門，宜人曰：『雖驂乘，亦可慰萱堂期望心矣。』庚申，次子鉅珍生。太宜人尤愛之，朝夕提携。予有二子二女，居三楹，勢不能容，乃謀徙居。壬戌夏始遷，宜人以太宜人之愛珍兒也，留之膝下。三四朝必躬詣寢門服勞，晨往夕歸，以爲常。丁卯戊辰間，比歲不登，佃人多負租。而黠者又匿其所有，與貧者比。有告宜人者，則曰：『是未必然。信有之，亦冀延殘喘耳。』堅勿令予知。租絀，遂乏食。有終日不爨時，宜人則脱簪珥付質庫以易米、雜糧。糠核自食，以精者遺予，予亦不能下咽也。追維此景，猶若昨日事，而又何能釋然於懷耶？己巳秋，宜人遘篤疾，卧月餘。而太宜人忽病。當是時，舉家驚惶，不復能顧宜人。宜人聞之，力疾，起。使人掖之，趨侍湯藥。及太宜人殁，呼號幾殆，蓋亦不復自顧也。辛未冬，予服闋，謂宜人曰：『生計如斯，不可鬱鬱久居。予行將北上，冀博一第，否則不返。特以家事累若矣。』宜人許諾。癸酉，獲雋京闈；庚辰，捷南宫，授庶常；辛巳，改遷吏曹。此十年中，爲二子娶婦，一女遣嫁，又喪一女一婦，再娶一婦，皆宜人獨任之。予雖兩至家，如僑寓，諸不與聞。壬午，迎宜人入京。睽隔者八年矣，顔色枯槁，頓异昔時，蓋已久攖宿疾，而予尚未之知也。乙酉，奉命典試粤東，宜人躬親治裝。夜以繼日，竟成咯血症。侍者以告。詢之，則曰『否』以慰行人也。戊子春，又奉命送琉球使臣至閩，宜人以行李故，病復發。九月旋奉命視學秦中，宜人偕來。謂予曰：『君族蒙朝廷厚恩，起家甲科，多登仕版，顯名中外。數年間，君又疊承任使，學臣職在造士。任大責重，而陝甘兩省幅幀廣闊，日事奔走，勤慎將命，是在君耳。署以内，自吾事也。』予聞之，輒爲脱然，然宜人病時發。予以公事故，初不經心。去年九月，校士鞏昌，與宜人别，無他恙。别後，十月即得疾。來往郵書皆秘之，恐擾予懷也。今歲三月至興安，始以病劇告。四月自鳳翔還家，人稱勢稍減，視三月間有起色。予亦竊幸，或無害。六月返自乾州，見其漸瘥，猶冀速愈也。孰意七月十三日，痼疾頓發。越二日，竟長逝耶？

嗚呼！昔之日，場屋潦倒，奉養多缺，幸得佳婦以慰母心也。繼而子女成立，以婚以嫁。一身楮柱，中年有賴焉。到於今，外迫公事，内資贊勷，視昔尤急矣。而乃憂則與共，樂不與同。吾去家而病，由我得；吾在官而老，不與偕。屈指生平，萬恨攢心，而謂余能不悲耶？宜人性醇謹，不與人忤。或侵之，若罔聞知。觀者不平以告，則曰：『彼無是。毋相疑。』由是罕有怨者。又急人之難如不及，仁慈其天性也。而自奉則甘淡泊。吾家有張姓僕婦，三世舊人，衆共養之。其子不才，所得粟布，盡輸飲博。嫗瀕於殆者屢矣，宜人衣食之。迨其病歸，子復不顧。又頻餉之，以終其年。有陳嫗者，年七十餘，目雙瞽，溲便不自主，人厭且憎。來歸，宜人令婢善視之。逾十年，病將不起，則呼其出贅子負以歸。養生喪死之具，盡畀之。即墨老嫗，貧無子，就養於弟。弟弃諸野，宜人招之來。經紀之，弗失所。常買一女奴，傅姓也，時及笄。或云其有夫，即呼其父歸之。又一少婢，買久矣。其母來視，涕泣不忍去，即令携歸。居京師，有言同鄉人貧困而裸跣者，宜人聞之愀然，命閽人代爲區畫。或謂：『人實迂汝。』宜人曰：『吾恐以逆詐失之也。』卒與之來。陝隸人及守夜者多貧困，則加意恤之。周急賑乏，數數然也。居常茹素，非祭祀、賓客，不殺牲。布衣補綴數年，不更。或笑其太自苦，服之罔斁也。閑紉紈綺，緘笥不御。曰：『温暖無异。吾爲造物留不盡之藏而已。』遇臧獲，未嘗杖扑。大不悛，則曰：『吾將告汝主。』然卒不告。特以相恐，且勸予慈以畜之。御者與僕構謀，盜乘騎。予將究之。宜人曰：『事未可知，到官，必服刑，奈何？』予遂止。迨御者去，始言其事不誣，特不欲速獄耳。而今而後，不復聞相勖之言矣！嗚呼痛哉！和泪濡墨，略述梗概，以俟君子觀覽焉。

憶庚辰春在贛州，代董恒巖觀察作母氏行述，竭半月之力始成。董旋故，而文不傳矣。惜哉！自記。

卷十四

經書卮言

一今文《尚書》，或莊古、或奇崛，氣味龐厚，尋繹不盡。古文淺薄，又多割裂，增益僞造無疑。然自有僞古文出，而真者莫能勝顧。朱子嘗疑之。而歸震川、郝京出，李穆堂諸公辯之詳矣。自非深入古人堂奥，殊見不及。宋人尚涉兩岐，况近人乎？向與彭西源師論文，崇尚今文，適合鄙見。標其真者，又甲乙其僞而附存之。尊經傳疑，予竊有志焉。

一《周易》，文字至周始立卦爻辭，尚矣。孔子《十翼·彖》《象傳》，簡而蔚。《繫辭》《文言》《説卦》《序卦》《雜卦》諸傳，奇變無方。有德有言，言故莫加。費直、王弼割裂經傳，貽恨千古。然費氏初亂古制，各卦皆若今：《乾卦》《彖》《象傳》，列本卦後。今遵之，各卦皆仿乾卦之例。先經後傳，以傳附經而不裂經。至《文言傳》申《彖》《象傳》未盡之義，反復咏嘆。或詳或略，宜在《繫辭》之後，不可移也。又上下《繫辭》中，『鳴鶴在陰』以下各條、『憧憧往來』各條，以類相從，宜在《文言》之内。湛甘泉《周易測義序》，言之甚詳，今從其説而訂正之。酌古準今，似爲完善矣。

一《毛詩》，咏歌王化，象在言外。後世文人，但祖爲『風』『騷』耳。《國風》之隱約，《雅》《頌》之鋪張，大制作豈能外也。余常謂史公贊得《風》之遺。昌黎詩歌、志銘，具《雅》《頌》之觀。面貌或肖或不肖，不足論也。

一《禮記》，文最雜，有周、有秦、有漢。《曲禮》之古奥，《檀弓》之峭逸，《月令》之肅括，其他樸茂温醇，亦多斐然可觀者。至《大學》《中庸》二篇，本無錯簡，斷章亦不必。李安溪、王若霖、李穆堂常詳論之。或曰：『此亦漢文，周無此格。』亦確論也。蓋漢人儘多精言，但不似宋人好標榜、立名號耳。世有篤古者，當自辯之。

一《春秋》，經也，綱也。無傳則目不詳。顧古人經傳，各自爲書，非以傳附經也。杜預分傳麗經，割裂不通，與《周易》今經同弊。向見彭西源師讀本，上格書經；傳文列於下格，可謂變而不失其正者。又俞長城《左傳論》，文類經。於前總傳，於後事具首尾。文無割裂，頗爲完善。然以經從傳，作時文體式，則不可。今仿西源師本：上格書經，下格列傳，傳文則具首尾而聯絡之。不惟尊經得體，并可還《左氏》本來面目矣。

一《春秋》，經也；《左氏》，傳也；《公》《穀》，斷也。同一事，而斷則或异或同。或斷内序案，義例錯出，援比各當。而其筆之峭削嚴冷，如刀劍、如斧鉞、如鈎、如鋸鐵。案如山不可移，掇正以合勘互證，乃得取衷。故《左氏》可單行以備案，而《公》《穀》必合參以定斷。既讀《左氏》，不可不讀《公》《穀》；而公、穀又不可各自爲書，以不便於對勘也。合選二傳附諸《左傳》之後，而三善於是乎備矣。

一《周禮》之《考工記》，或曰出自漢人手。顧其文博奥奇古，與《檀弓》并稱二美，非《吴越春秋》《越絶書》可比也。俞長城嘗謂《公羊》奇以逸，《穀梁》峭以深，余謂《檀弓》峭逸、《考工記》奇奥。彙而選之，可稱四大奇書。

一《論語》之文，淳古淡泊，高不可及。其中有似《左史》者，無點綴痕；有似《國策》者，無蹈厲氣。他或數言成章，一句成節。含蓄深遠，探討無盡。雖上下論記，言似非一手，而神妙則一也。顧嘗自怡悦，不敢舉。似惟胡泰舒先生論文首及之，故知具眼人有真賞也。

一《孟子》之文，恢奇怪變，隨事賦形，色相不執。兩論後又一開天手也。無孟之奇變，而妄希兩論之淡泊，躐矣。非外强中乾，即枯木朽株，庸足觀乎？舊傳宋人評，未當也。魏叔子批點《齊宣王章》，筆妙盡見，惜他不及耳。意度波瀾，輒爲拈出古文凡例。

一學者根柢在六經，識見在諸史。古人有德必有言；後世有德或不必有言。《西銘》道理，程子亦識得。自謂無子厚筆力，非謙也。『言之不文，行之不遠』，自古記之矣。又論文則專論文，一切腐語平調，概弃勿收。至文無殊旨，舊評有當者，輒仍之。

一《莊子》爲奇文之祖，自漢唐來，能文之士皆法焉。舊評多賞其宗旨，此與腐儒讀語録無异。惟吾師任處泉先生評點内七篇，就文論文，筆妙始見。余參用之，復以評其餘。又内篇無可遺，外篇、雜篇非一氣呵成者，不妨摘段。然段必具首尾，文法乃全，非復摘句陋習也。

一《國策》雄深雅健，昔人所賞。獨吾師處泉先生謂多偶句是其病處，然偶句亦多峭健。學其峭健，弃其鋪排，是在能者。

一《史記》之文，處泉任師曰：『妙在突。』余曰：『亦妙在伏。』師然之。又老蘇謂其裂取六經傳記，以破碎汨亂其體。然入爐錘，即成史公之文，非復六經傳記之文。班孟堅竄改《史記》，高下何如？故知有筆人方能用古也。

一西漢諸帝詔，古厚可誦。賈、晁、司馬，文筆古橫，卓然特出；匡、董、劉向，經術深而氣味亦茂。若東方《客難》、揚雄《解嘲》、鄒枚之上書，已爲東漢開先，必不可選。惟揚雄《諫不受單于朝疏》又古健可取。

一韓昌黎約六經之旨而成文，高處尤在；諸碑志出入典誥，莊古無倫。歐公學其議論，不學其序事，實不能學也。熟玩今古《尚書》，始知其源。然學韓必由議論入。詭譎變化，不可方物。然後進之莊古，乃非木强。或云：『學韓，先肅括。』直是躐等。

一柳州骨力遠超宋人。其諸記佳矣，但句調似賦，少昌黎參差高下之致。自來無人道及。試觀老杜秦州紀行詩，叙述變换、參差不齊。詩且然，况文乎？其他雜六朝體，概去之。儲選多於茅，亦未見此善於彼也。

一歐文謂并韓，非也。謝疊山先生云：『學韓不成，終不平庸；學歐不成，必無鋒鋩。』此言信然。歐公議論，時有韓之變化，而奇矯則不逮，且多近俗處。選故宜慎。其碑版《五代史》叙事，近《史記》，又多可取。然曹子桓云：『公幹有逸氣，惜不遒。』歐公所少亦此耳。其銘詞不如昌黎之古；即論贊多平實語，少味外味，亦不如《史記》也。自來妄推，余不敢徇。

一王介甫文，叙事遜歐而議論勝之。其遒折處，文品尤貴，更非曾所及也。選録獨多，識者詳之。

一老泉之文，老健沈着，應在大蘇上。子瞻諸策，筆太直而少變化，氣太縱而少停蓄。識見固高，文品較下。不從韓柳歐王歷觀之，不知也。入選論增於策，策增於記。蓋叙事尤所短也。

一子由之文近父兄，而骨力較嫩。雖曰㬉㬉可愛，然太近時矣。南豐多實語，少變動。昌黎約六經之旨，何嘗道六經隻字？宋派濫觴於此，故二家選從約。

一司馬、歐陽，叙事時有變調。如《伯夷屈原傳》《張子野志》《瀧岡阡表》，或謂此等尤佳，殆非也。凡事有可詳者，實叙爲上。事迹略而不間以議論，文於何有？史以事辭勝，正爲此，然不得已耳。惟荆公叙事，夾論較工，又當别賞。

一文至宋而法備，是誠然。然爲中材準繩，則可耳。後人之密，終遜前人之疏。文到樸率處，大是難事。由法生巧，變化從心。隨手拈來，自成一奇，此殆天分也。非浸淫於《史記》、《莊子》、昌黎者久，豈能猝辦？局促宋人轅下，終身罕睹此境耳。

一近人好言歐曾，似矣。然不以《史記》、韓文培其骨力，則筆終提不起，亦揉不碎。豈得好歐曾也？又歐曾兼蘇，亦爲酌中之劑，不得以朱子絀大蘇爲禁也。今人遜古人，只是眼孔低，講究庸，不盡關時代也。

一文章之道，議論易，敘事難。且議論之文多應酬，不工尚無關繫。若上爲朝廷作史裁，下爲名山藏著述，記事纂言，敘事尤要。是選於《史記》《五代史》尤加意。昌黎碑志，亦多入選。永叔則敘事文多於議論，柳州、荆公碑志可觀者，并具載。學者以古文爲時文，固有志。即以時文爲時文，亦多僥幸。惟委以著述即束手矣。從事古文者，可不慎哉！

關中書院條約

示諭諸生，此間自横渠張子。許魯齋、馮少墟兩先生後先講學，淵源有自。諸生既少而聞之，近日大中丞崔公揭『格致求仁』之旨於堂額，陳公訓以『居敬致知』躬行之法。鐫之貞珉，又諸生所目擊者。功在返求，豈事虚車？顧文章者，載道之器即此。是學又未可忽而不講也，約得數條，臚列如左：

一四書須玩白文也。後人傳注，依文解義、旁推交通，皆可類推。但讀注，須玩白文，以白文自有語氣也。始由傳以尋經，繼玩經而得意，是在能者。辭説難詳。

一文章須先窮經也。古人之經，集字成句，集句成章，未有文法不講而義理條貫者。昔昌黎論文，首在辨古書之真僞。蓋自秦火後，經傳雜出。後人見一二理語，即奉爲拱璧。真贋莫辨，道理安明？必識得古文源流，考其時代，按其氣骨，則真假立見。始不受前人之欺，然未可强也。能具隻眼，故自昭晰無疑耳。

一博古，次須考史也。史家叙事，首推《左傳》。然《春秋》《左傳》各自爲書，後人割傳附經而傳不全，千餘年來未有更正者。太史公叙事，學左氏而去其浮誇，故能質而不俚。班氏叙事詳密，志表論贊，辭多實排。宜荆川選本，專録傳文；歐陽之《五代史》，叙事幾同《史記》。其前序後論，自數篇而外，多平實語，少味外味，故當分别觀之耳。又歐公議論遜昌黎，而叙事時或過之，以史家自有史裁也。識者詳之。

一古文宜求上乘也。自前明何李王李專事秦漢而上，故有僞磁之誚。唐、歸諸人力矯之，始由八家門户。自是厥後，但知八家，以秦漢爲大戒。沿而不止，弱不可支。不知秦漢可僞，八家亦可僞也。治弱者須壯其本：以秦漢培骨力，以唐宋立間架。其究也隨手生變，自成一家矣。學焉而各得其性之所近，是在擇而取之者。

一時文宜識源流也。制藝開，自化治而正嘉而隆萬而啓禎，文體日備，變而愈精。化治諸公，非不能以古文爲時文也，以文體初開，謹守排偶。正嘉氣暢矣，填經語而對偶不變。隆萬漸就衰弱，至啓禎，大家真能以古文爲時文。吐弃陳言，化其板實。神味氣骨融冶古文，而時文之法自隨方。靈皋先生所謂『雖化治前輩，亦嘆未到』者，才力不及而妄援先輩以自解，又難免靈皋之譏矣。高者獨標神骨，次者馳騁經史，在量力而處之。

一詩學不可不講也。韓昌黎云：『鋪張對天之洪庥，揚厲無前之偉績。雖使古人復生，臣亦未肯多讓。』故於《淮西碑》，文本《尚書》、詩摹《雅》《頌》。金石刻劃，於古未有倫比。柳州《平淮西雅》出入《風》《雅》，亦力與抗衡。後學者即未之逮，而從事三唐，力求正始，未可從流而忘返也。張文端公謂唐詩如純錦，應制爲宜，旨哉言也。若欲登作者之林，則漢魏以來源流俱在，當爲諸生徐俟之。

一書法不可不工也。時文出自古文，楷書出自篆隸，一也。由篆而隸，由隸而楷，故中鋒之字，不外篆隸。昔人云：『綿裏藏針，尚矣。』後來者或以骨勝，或以態勝。筆，性所近，擇而慕之，由古而參之，以時斷，未可貌古而不適於用也。又自來能文者，多不能書，終屬遺憾。程子曰：『余作字甚敬。』何嘗非學？勿以小技而忽焉。

一威儀不可不端也。應對進退，小學在此，大學即在此。居鄉立朝，無不由此。平日不講究而熟習之，异日通籍出仕，揖讓周旋，猝而學之，晚矣。今兹翰林院堂中大書『整齊嚴肅』四字，孰是可草野而倨侮者？書院爲造就人材之地，非但講學論文也。衣冠進退，雅飭循循，所宜相觀而檢點耳。

以上八條，於院中事誼，殊多未備。但能從事於此，自不暇及外務。文品人品，是二是一。若平時苟且揣摩，習爲入俗之文；即口談道學、空言體認，設功過格、立遷改條，皆皮相耳。非余所及也！至於嚴出入、守規矩，監院諸公告論具在。各宜凛遵，其毋忽！

紀夢

乾隆己丑六月廿五日，寓武安王氏家塾。夜夢人送玉版四片。二片撰字，二片無字，以黄絹裹之。且曰：『此君家舊物也，今以奉還。』時次兒檽從，醒而語檽曰：『藍田生玉，良玉生烟。此娶婦生子之兆。』不數日，得長兒楣家言云：本月廿六日，爲孫照藜聘婦。係伊母王氏侄女。予乃悟前夢之非虚也。因起四乳名，曰『玉生』『玉成』『玉舉』『玉珮』，俟他日得曾孫名之。而記此爲之券。

紀韓文公裔孫襲世職事

張月槎先生名漢，雲南石屏州人。雍正中，由翰林授河南府知府。過懷慶，謁韓文公祠。題額云：『功不在孟子下』。又詩云：『雪擁雲橫去國憂，何年遺骨瘴江收？山爲儀表千人見，潮比文章萬古流。佛與聖門爭壁壘，公持吾道付程周。思由己溺功同禹，應有傳經累世酬。』五六一聯，實能道出文公有功聖道，爲從來題咏者所未及。末聯謂文公子孫，當與宋儒後裔同襲世職也。其後河南大吏具題，敕賜文公裔孫韓法祖世襲五經博士，皆先生此詩爲之嚆矢云。謹記其巔末如此。

紀金陳逸事二則

甲午春，在大荔署，見華容嚴瀨園《友聲册》，有金正希先生所贈五言排律一首，其書絕纖弱，不類其文，更不類其人。夫能文者，例不善書，似也。以罡風浩氣之人，而手書乃如是，豈史公所稱『子房狀貌，不稱其志氣』耶？蓋文與書不足定人久矣，於正希何怪焉？

向在江西省城，見陳大士先生太乙山房古文，不入家數，絕無可觀者。因嘆大士老而不遇，一生好古，盡用於時文。古文之不能專攻，信矣。即震川亦然。震川古文近歐曾，而筆力不振，不如其時文也。十上公車，精力固有專耗耳。二公且然，況不如二公者乎？

示照藜語六則

過分話即是打嘴話。每見事未成而期其必成，卒至無成。諺云：『寧吃過頭飯，莫説過頭話。』戒之哉！

家運衰，越要維持；時勢艱，越要振起。即不復興，亦可緩敗。即不遽成，亦可少壞。

凡人好名，猶知顧惜節操。不好名，即肆無忌憚，無所不至矣。故古人恐好名，今人惟恐不好名。

自以爲智，未有不愚；自以爲得，未有不失。吃虧而不自覺，迨覺之日，已無救矣。哀哉！

真正豪杰，須從戰戰兢兢中來。安意肆志而出之，必至於敗。故孔明一生事業，只是謹慎。

偉岸人居卑官，當提此心於此身外，蓋隨分應酬者，身也；不隨身爲升降者，心也。以心殉身，本來面目，豈堪自對耶？

示櫺與照藜語

燕川范子偶閲近科墨卷，諭子櫺、孫照藜曰：『吾昔年見直隸某科鄉試，主考某某二公，選其科全墨而序之。其大旨謂作文者宜各盡所長，勿謂磨勘例行，遂作爲不著痛癢之文以避磨勘而壞文風也。蓋防其流而流有必至，今果然矣。又近因主考出題割裂，而議處之將來必出大題。夫大題，或數節、或段落，未始不可防蹈襲而杜揣摩，然此亦非明眼者不能也。大約理道政事，兩種題目而已。二者流弊，昔年所謂雅正清真者，必返而爲冗長浮靡；或戒冗長而以短簡，爲先輩以誤人也。夫時文之化治，初體耳。正嘉有題面而不忌填砌、合掌；至隆萬亦題面且空殼矣。啓禎大家，乃能脱盡時蹊，以古文爲時文。國朝名家，亦由此軌善。夫方望溪之言曰：「作理題，前輩多以經語、語録詁之。」至章陳輩出，乃能以清言闡至理，到今終莫之易。昔人又謂江西作典制題，必闡明制禮之義而不事鋪陳典故以爲長。以予度之，將來作理道題，必又寫語録；作政事題，必仍填經語。而以深刻爲詭异，以奥衍爲繁冗，以峭健爲生硬。群用土羹木飯相餉遺，而嗜同膾炙，非之而無舉刺之。而無刺，苟求免於磨勘，而文風大壞矣。夫防弊者，必知其弊之所在。且思患而豫防之，幾見逐臭之夫能自知其臭乎？且天下大矣，患無能爲文者，不患無能知文者。某某二公既知防其流，豈無繼起者挽厥頽波耶？予老矣，不能長爲汝輩鞭其前、策其後也。守而勿失，是在汝輩！』

論作文一則示族孫照池

凡作文，惟在平日義蘊廣，涵咏深。一題到手，隨筆寫去，自生曲折。及文成，諦視之，高下中度，法律自合。若立意布局，數段便成死格而無生氣矣。讀文時不可鹵莽，亦不可執著。必求解，不必求甚解。古之人，不余欺也。

論文示照藜

選金正希、章大力、陳大士三先生之文，分爲二集。授照藜而告之曰：『汝亦知爲文之道乎？如治病然：有對證之劑，有利導之劑。君臣佐使，參伍錯綜而病始療。金之曲折遒健、鬱勃深沈，尚矣。然入理不精，體亦未備，故需章陳。夫陳之宏闊恢奇，不濟以章，則研味不細；而舍陳事章，又固而存之，不盡其變也。以金爲主而輔以章陳，取菁華而弃糟粕，文且庶幾乎？又時文者，隨時之文，因風氣而不爲風氣轉移者也。啓禎大家盡易化治正嘉隆萬之面貌。時文至此，再無可開之境矣。然懲蹈常習故之弊而避實擊虛，其弊也。空調移用，又生口實。讀三家之文，重發題意，不遺題面。於實字，闡義理；於虛字，傳丰神。輕重有倫，虛實并到。蓋治病而不復生病矣。汝其記之。』

又

以正希爲主而參以章陳，時文之本立矣。而遒逸如百川，沈著如靈皋。近日文章，又自有大宗也。勿浮勿滑，勿率意。而馳學焉，而得其性之所近。抑又補其偏而救其弊。照藜於二方，可不擇而取之乎？

又

得史遷之神爲時文，明三百年，止正希先生一人而已。若震川，只歐曾耳。以震川爲史遷，豈但不識震川，直不知史遷矣。然非深於史遷，亦不知正希也。四百餘年，何知言之難耶？震川尚不逮昌黎，安望史遷？自唐、歸以來，言古文者，竟以永叔當子長矣。時文源流，無怪汶汶也。汝其知之。

又

時文一道，有正路焉，有旁門焉。明文如唐、歸、金、陳、章、羅、艾、楊，正路也。黄陶庵稍粗，亦正路也。如幾社、復社，王茂源、章雲李，旁門也。又一種不合時宜之文，如吉士思曠之在啓禎，終身青衿，無恠也。又如國朝康熙時之方百川、王芸渠，文高而不合時，亦無得焉。其在今日，方、王皆適時之具。而方之不修字句，王之過於枯淡，法之而知所戒，則得矣。夫俗氣不可有，浩氣逸氣不可無。王芸渠論文，動曰『無烟火氣』，幾見白房板屋可以作廟堂、太羹元酒可以宴嘉賓？雲林白描之畫、王孟田家之詩，可以飾宫闕而登雅頌哉？處冠裳文物之會而餐風飲露、欲游四海之外乎？從事塲屋者，不可不深戒也。汝其知之。

訓照藜語

孫照藜從游關中豐登兩書院，好攬名勝，不憚危險。於西安登慈恩寺浮圖，陟壞磴，必躋其巔。寓臨潼，窮驪山之勝，晦明不厭。乙未九秋，乘余赴西安，竭五日之力，潛游華山。歷晦明風雨，履險索奥而後返。倉皇恐受責，而余誨之曰：『古人藏修，不廢游息。但恐游其外，不游其内耳。西安故城，包六爻，而慈恩浮圖則第六爻之岡阜也。浮圖七層，非有九層、十三層之高也。而以陟其巔：南山如几，渭水似綫，翔鳥咸見，其背踞高基以聳其勢耳。因高爲高，高不可逾。美哉！其始基乎！雖然，猶借於勢而爲之也。驪山，於終南爲别支。合計之，不啻培塿。而温泉出其下，長生殿基朝元古閣聳其上。將雨而雲出谷，鳴而風生。有靈則名，信乎其不在高也。而由赤水盡華陰界，華岳北突，面目畢露，雲臺南行。由玉泉院至青柯坪，陟磴歷峽，扳絙而上白雲庵，得小憩。自蒼龍嶺上玉女峰，蚪折以達東峰；再下而西上以達南峰，金天祠在焉。登落雁峰，坐仰天池，東西峰前，猶肩齊，兹則脚下矣。下故道，南折而陟西峰，芙蕖千葉，攢簇惟肖。山之得名，或以此。夜來明星摩蕩，如盤日耀東海。俯視一綫，倏而雲穿入户，已復晴現。遥岑白松蟠石上瀰漫，岩谷不可數計。下山回顧，拔地起。倚天而立，四面毫無依著。而三台屏其後，岡嶺抱其前。千萬岩巒，東西拱向。晝夜觀玩，會心不遠。豈遜於白之《登》、甫之《望》耶？夫胸中饒邱壑，雖耐登臨，然非大觀也。而方寸之間，五岳頓起，即尋邱經壑，又不足言矣。抑又念太史公歷覽名山大川，故其文有奇氣。然非生龍門、耕牧河山之陽，受其父執手之訓，即南游江漢、歷九嶷、探禹穴，北涉淮泗、講學齊魯之邦而不自奇，豈能賞奇？又何能克成其奇以見賞於千百世下之好奇者哉？嗟夫！鴻鵠之至，不在郊外也。舞雩之下，亦有學問也。由其外及其内，患豈在游？吾猶恐汝之不好游也夫。』

楊子安曰：即游爲訓，雙關到底。而筆力曲折往復，不可捉摹，信作者之怪於文也。恐游於外不游於内，深得訓誨義。至用筆奥衍，意味雋永，雖使河東復生，亦必變色失步矣。

受業郝著識。

此文作於九月廿五日，乃祖父絶筆也。曲折纏綿，氣味深厚，絶無一語孱弱爲暮年衰竭之徵。孰意自秋徂冬，遂成不起。嗚呼！而今而後，吾將安仿哉？乙未除夕，孫男照藜泣志於同州講院。

擬鄉試録科二則 附

余困諸生十年，考試之苦，備嘗之矣。通籍入翰林，作令江西，三與分校之役，取士之典，抑又詳矣。深愧不自樹立於考試取士之法，竊有志而未逮也。今年已老，多健忘之病。偶遇司文衡者，欲申其説，恐或見而忘之，不能盡辭，以致聽者之不察也。謹條其事如左：

一赴省録遺之例，宜變通也。近例大中小省，按中式之數以録科。赴省録遺，亦勿得逾額。但正案所取者，多有本生爲教書起見，求録科而實不赴場，或家貧無力，路遠無費，及丁憂患病、緣事羈誤者，每科缺額不下千人。及數百人在學，使録遺之時，先扣正案名數，再行考取遺才，不敢逾額。而投卷之後，覈其實數，則又不足正額。及再曉諭，而不録者已去，不能復試矣。夫成例固不敢易，而遺於額中，似亦可憫。如學使奏請於每府隨棚科試之後，即就本棚考試，遺才不必赶省。除照正額録科外，每學多取二三十名以爲備擬補額之用。令其一同赶省，查投卷缺額，即可以次補數。實額既滿，則不准復收。其各府貢監，亦照河南省例，隨棚科試，録遺亦同。生員不必赴省，或有事故不及考者，准其赴省録遺，則學使既省考校之煩，士子不受跋涉之苦，貧窮者更不困無益之費，而備擬者再限於額，亦無憾於守候之勞矣。

一分房副榜之例，宜酌改也。例載省分大小，各按五經多寡爲中式之數。而一經數房所分之卷，有佳有不佳，判若天淵。簾官就文論文，隨例多薦。而主司拘於各房應中之數，相沿不變，致令佳文限於額而見遺、惡文拘於額而見收。即主司或欲稍爲變通而房官每執例以争，雖主司亦莫之强也。余三次入簾，目擊此弊而無如何。又有歲拔各貢生中副榜，及副榜再中副榜者。往往選期將及，因再中而停其選。蓋計後不計前例也。在中者既不願，而未中者又不能幸獲，兩無益耳。典試者宜奏改此例。俾分校，不必計房，惟取佳文以滿各經中式總數。分文不佳者，即不許多中，亦不許争執。拆號填榜時，遇有貢生中副榜、及副榜再中副榜者，即於薦卷中取而易之。則真才不致遺落，無才不至幸獲，而貢生副榜均不至抱憾矣。

以上兩條既非瑣細無益之事，又非變例難行之舉。學使典試，留心愛才，徒以拘於例而不克遂其願。變而通之，在一轉移之間耳。謹録其説，以俟采擇者。

記乩仙語 附

乾隆丙子二月五日，萬安舟中幕客沈君爲余設箕，請仙降壇。清虚道人劉公名其昌者，東晋人也。下壇詩曰：『迤邐路迢迢，乘舟漾寂寥。天低兩岸樹，日涌一江濤。流激灘頭石，春融柳上條。漁人頻泛泛，貪得不辭勞。』時岸旁多魚舟，晝夜不息。『一江』初作『贛江』，方訝其不對。仙即書曰：『「贛」字失對，改作「一」字。』噫！神矣哉！

六日辰時，舟行灘河中。復請劉仙下壇，詩曰：『行遍天涯路，深林最渺茫。不知春幾許，惟見野花黃。』又曰：『部洲游遍歷虔州，雲裏清音遇莫愁。欲去峰前乘玉鶴，却來灘上上蘭舟。悲歌有意非屠狗，扣角無腔豈飯牛。十八源泉聲不息，深深相接古今流。』書畢，云：『吾往西南有事，少刻再臨。』午時再請降壇，詩曰：『夜短晝分寐，幽林任鳥啼。風清蝶夢杳，樹古鶴鳴低。好句思韓孟，狂懷抗阮嵇。甫來東北上，不復再馳驅。』又求仙人一詩，即書云：『范生與我未謀面，文正常言得稔知。人笑飯訕非比我，衆遭糠誚豈因伊。要知兵甲全藏腹，偶向清虛共説詩。身惹御爐香上客，到來山谷暫栖遲。』清虛爲仙人法號。辰時七律第七句是『何若呼號聽消長』，嫌其欠穩。午時請教仙人，即易『十八源泉』句。抑何其虚懷服善如是耶？